가끔씩 툭하고
러시아어로 부끄러워하는
옆자리의 아랴 양
Иногда Аля внезапно кокетничает по-русски
3
Я здесь.❤

"계략을 꾸며볼까~."
미야마에 노노아
미국인 할머니에게 물려받은 금발을 지닌, 학교 신분 계급 최정상에 군림하는 날라리. 성별을 가리지 않고 많은 이들을 매혹시키는 학교의 인기인이지만, 그 본성은…….

"기왕 깨물기로 작정했으면, 어금니 꽉 깨물라고."
"리셋, 시켜줄까?"
사라시나 치사키
현 학생회 부회장이자 2학년 2대 미녀 중 한 명. 별명은 『학교의 정모(征母)』. 연인인 토우야의 학생회 운영을 압도적 무력으로 돕고 있는 최강 여고생. 의외로 지나치게 활발한 게 흠.
쿠제 마사치카
선거전에서 아리사의 파트너를 맡은. 중등부 시절 학생회 부회장.
부모님이 이혼하면서 쿠제란 성씨를 쓰고 있지만, 어릴 적에는 스오우 가문의 신동으로서 장래를 촉망받았다.

"갑갑해……"

"—무기입니다."

목차

프롤로그 스오우 …… 011

제1화 러브 코미디에 러브 코미디로 맞선 결과 …… 019

제2화 리셋은 무서워 …… 055

제3화 특히 청소는 하기 싫지 않아? …… 109

제4화 이, 이게 문화 차이라는 건가…… 139

제5화 여러 의미에서 눈부셨습니다 …… 183

제6화 여러 의미에서 열이 올랐습니다 …… 225

제7화 5M인 것 같습니다 …… 271

제8화 인사 …… 323

에필로그 앞을 …… 371

후기 …… 382

가끔씩 툭하고 러시아어로 부끄러워하는 옆자리의 아랴양 3

SUN SUN SUN 지음
모모코 일러스트
이승원 옮김

프롤로그 스오우

커다란 단독 주택이 줄지어 있는 고급 주택가 한편에, 그 저택은 있었다.

깨끗하게 정돈된 정원, 그리고 역사가 느껴지는 정취를 지닌 서양식 저택. 주위의 집과 비교해도 한층 더 돋보이는 이 주택이야말로, 수백 년에 이르는 역사를 지닌 명가, 스오우 가문의 저택이다.

이 저택의 어느 방에서는 세 사람이 모여서 한창 저녁 식사를 하고 있었다. 전체적으로 고급스러움과 차분한 분위기가 감도는 방에는 긴 식탁이 놓여 있었다. 그리고 난로를 등진 상석에 앉아있는 이가 바로 저택의 주인인 스오우가 현 당주, 스오우 겐세이다.

올해로 69세가 되는 그는 노쇠함이 전혀 느껴지지 않는 건장한 육체를 지녔고, 꼿꼿한 등골이 당당한 품위를 자아내고 있었다. 얼굴에 새겨진 주름 또한 그에게 위엄을 더해 줄 뿐, 쇠약함은 눈곱만큼도 느껴지지 않았다. 마치 격렬한 비바람 속에서 연륜을 쌓은 거목 같은 품격이 느껴졌다.

겐세이의 정면에 앉은 이는 그의 딸인 스오우 유미, 그리고 손녀인 스오우 유키다. 키와 몸매가 크게 차이 나는 점을 제외하면, 매우 닮은 모녀다. 유키가 이대로 나이를 먹으면 장래에 저렇게 되지 않을까 싶을 만큼 닮았다. 하지만 코, 입과 얼굴 윤곽은 쏙 빼닮았어도, 눈만은 명백히 달랐다.

어머니인 유미는 유키와 달리 눈가가 살짝 처져 있으며, 오른쪽 눈 밑에 눈물점이 있었다. 그 눈매와 그늘진 표정은, 아버지인 겐세이와 상반되게 유약한 인상을 자아내고 있었다.

"……일전에, 학생의회가 있었다지?"

식사를 어느 정도 마쳤을 즈음, 겐세이가 천천히 입을 열었다.

"듣자 하니, 참가자는 마사치카와 타니야마 중공의 영애였다던가?"

"네. 오라버니는 어디까지나 쿠죠 양의 보좌 역할이었지만요."

그 점은 지금 자신의 등 뒤에 서 있는 아야노를 통해 전해졌을 거라고 생각하면서, 유키는 만약을 위해 정정했다. 하지만 겐세이는 그런 사소한 점에는 전혀 흥미가 없다는 듯이 코웃음을 쳤다.

"중등부에서 너와 마지막까지 겨룬 상대라고 해서 얼마나 대단한가 했더니…… 의회 도중에 퇴장했다지?"

"네. 그럴 만한 사정이 있는 거겠죠."

"흥! 어찌 됐든 간에, 결과적으로 마사치카는 학생회장 후보로서 입지를 얻었다는 거다."

겐세이는 불쾌하다는 듯이 잔을 기울인 후, 빈 잔을 식탁에 내려놨다. 그러자 겐세이의 뒤편에 있던 아야노의 할머니가 즉시 빈 잔에 와인을 따랐다. 그 후, 겐세이는 형형한 눈동자로 유키를 쳐다봤다.

"잘 들어라. 상대가 누구일지라도 패배는 절대 허락되지 않는다. 너는, 반드시 세이레이 학원 학생회장이 되어야 해."

"알고 있답니다. 할아버님."

"확실히 너는 재능만 본다면 마사치카의 상대가 못 되지. 하지만 너는 재능을 지닌 자의 책무를 안다. 그 점에서 본다면, 마사치카(그 녀석)는 틀려먹었어. 누구보다 뛰어난 재능과 축복받은 환경을 지녔으면서, 그것을 내던져 버렸지."

겐세이가 쓰디쓴 목소리로 그렇게 말하자, 유미는 슬며시 고개를 숙였다.

"잘 들어라. 세상은 불평등해. 부, 가문, 외모, 그리고 재능. 태어날 때부터 가진 자와 가지지 못한 자는 명확하게 나뉜다. 유키, 너는 모든 면에서 가진 자로서 태어났어. 그렇다면, 그 몫을 세상에 환원해야만 해. 그것이 가진 자의 책무인 게다."

그것은 유키 남매가 어릴 적부터 주입받아온 가르침이

자, 스오우 겐세이의 절대적인 가치관이다.

“재능 있는 자가 그것을 살리지 못하고 썩어가는 것은 죄라고 여겨라. 재능 있는 자에게는 그것을 세상을 위해 써야 하는 책무가 있다. 그 책무를 내팽개친 그 녀석에게 네가 진다는 건, 절대로 있어선 안 되는 일이다. 유키, 알겠느냐?”

사랑하는 오빠에 대한 폭언을 겐세이가 내뱉자, 유키는 마음이 술렁거렸다. 하지만 유키는 그런 속내를 겉으로 전혀 드러내지 않으며 단아한 미소를 머금더니…….

“네, 할아버님.”

그렇게 말하며, 조용히 고개를 끄덕였다.

◇

“유키.”

“어머님?”

식사를 마치고 방으로 돌아가려던 참에 어머니가 말을 걸어오자, 유키는 뜻밖이라는 느낌을 받으며 돌아보았다.

“무슨 일이시죠?”

“…….”

용건을 물어도, 유미는 시선을 돌린 채 좀처럼 입을 열지 못했다. 그래도 끈기를 가지고 기다리자, 이윽고 유미가 입을 열었다.
"마사치카와…… 사이좋게 지내고 있니?"
"네. 물론이죠."
"……그래."
유키가 환하게 웃으며 답하자, 유미는 시선을 돌린 채 고개를 끄덕였다.
"으음, 오라버니한테 무슨 볼일이라도 있나요?"
"아, 그런 게 아니란다. ……이제부터 중국어 수업을 듣지?"
"네. 원격으로요."
"그래……. 힘내렴."
"네."
유키는 공손히 인사를 한 후, 아야노와 함께 방으로 향했다. 그 뒷모습을, 유미는 지그시 응시했다.
"휴우……."
방문을 닫은 후, 유키는 작게 한숨을 내쉬었다. 그리고 앞을 바라보면서, 등 뒤에 있는 아야노에게 말을 건넸다.
"……아야노."
"네, 유키 님."
"잠시만 바디 필로우가 되어줘."
"알겠습니다."
모르는 사람이 들으면 귀를 의심할 듯한 지시지만, 익숙한 듯이 고개를 끄덕인 아야노는 「실례하겠습니다」 하고 말하면서 침대에 누웠다. 그러자 유키는 아무 말 없이 아야노의 몸 위에 눕더니, 정면에서 꼭 끌어안으면서 그녀의 가슴에 얼굴을 묻었다.

유키는 아야노를 안은 채 좌우로 몸을 굴리면서, 그녀의 가슴에 얼굴을 비벼댔다. 아야노는 그동안 가만히 있었다. 유키의 몸에 팔을 두르거나, 머리를 쓰다듬어주지 않았다. 그랬다간 유키가 지닌 주인으로서의 긍지에 상처가 나고 만다. 그것을 알기에, 아야노는 아무 말도 하지 않으며 바디 필로우처럼 가만히 있는 것이다. 그리고 몇 분 후, 유키는 힘차게 얼굴을 들더니, 침대 위에서 무릎으로 서면서 흥 하고 콧김을 뿜었다.

"좋아, 회복됐어!"

"이제 됐습니까?"

"응, 고마워. 이야~ 역시 찌찌는 위대하다니깐."

진심 어린 목소리로 그렇게 말하며 침대에서 나온 유키는 컴퓨터 쪽으로 향했다.

"머리를 빗겨드리겠습니다."

"응, 부탁해~."

아야노는 침대에서 데굴거린 탓에 흐트러진 유키의 머리카락을 빗으로 단정하게 빗겨줬다. 그 손길은 너무나도 상냥했으며, 그 눈에는 한없는 애정이 깃들어 있었다.

"적당히 해도 돼. 어차피 어깨 위만 나올 거잖아. 그것보다, 마실 걸 준비해줘.”

“알겠습니다. 커피면 되겠습니까?”

“응. 오늘 밤에는 브레해저와 아노유메가 하거든. 특히 브레해저는 하이라이트야~. 헤헷~. 오늘 밤에는 안 재울 거야~. 오빠~.”

심야 애니메이션과 시청 후에 할 감상회를 떠올린 유키는 즐거운 듯이 미소 지었다. 아야노는 어느새 평소와 다름없는 모습으로 되돌아온 주인을 보고 내심 안도하면서, 소리 없이 방을 나섰다.

제 1 화 러브 코미디에 러브 코미디로 맞선 결과

"여어, 쿠제! 지난주의 토론회는 대단했다고!"

"타니야마 양에게 이겼다며? 놀랐어…… 학원만 아니었으면 보러 갔을 거야."

토론회 다음 주의 월요일. 교실에 들어선 마사치카를 맞이한 것은 클래스메이트의 호기심과 찬사로 가득 찬 목소리였다.

"아까운 짓 했네. 꼭 봐야 할 정도로 끝내줬다고."

"이야, 진짜 열띤 대결이었다니깐. 그 정도로 볼만한 의회가 될 거라고는 솔직히 생각도 못 했어."

아무래도 마사치카가 오기 전부터 교실 안은 그 이야기로 시끌벅적했던 것 같았다. 사실 교실로 향하는 도중에도 토론회를 직접 보러 왔던 이들이 자랑스레 그 이야기를 늘어놓는 모습을 곳곳에서 봤다. 지난주의 토론회는 그만큼 화제성이 있는 것이다.

"처음에 타니야마 양의 주장을 들었을 때는 승부가 갈렸다고 생각했는데 말이야~."

"맞아. 게다가 그 후의 질의응답에서 전혀 질문을 하지 않았는걸."

"저기, 실은 어디까지가 작전이었던 거야?"

"알았으니까, 일단 가방 좀 내려놓자……."

흥분한 목소리로 캐묻는 클래스메이트를 향해 쓴웃음을 지으며 말린 마사치카는 자기 자리로 향했다.

(아니, 그렇게 관심이 가면 또 한 명의 당사자한테 물어보라고…….)

마음속으로 태클을 날리며 내가 쳐다본 곳에는 또 한 명의 당사자……라고나 할까, 대표자인 쿠죠 아리사가 있었다. 그녀도 토론회의 주역 중 한 명이지만, 주위에는 아무도 없었다. 그녀가 말 걸기 어려운 상대라고 여겨지고 있다는 것을 한눈에 알 수 있는 광경이다.

(뭐, 마음은 이해가 안 되는 것도 아니지만…… 회장 선거에 나가기로 했으니 이대로는 곤란하긴 해.)

선거에서 학생들의 지지를 얻어야 하지만, 클래스메이트와도 제대로 커뮤니케이션을 취하지 못해서야 논외다.

그러니, 마사치카는 이 대화에 아리사를 억지로 끌어들이기로 마음먹었다.

"좋은 아침이야, 아랴."

"응, 좋은 아침."

고개를 들면서 인사를 하는 아리사의 책상에는 평소와 마찬가지로 교과서가 펼쳐져 있었다. 교실 안이 자기에 관한 이야기로 시끌벅적하지만, 그녀는 자신과 상관없다는 듯이 수업 예습을 하고 있었다.

(아마 자기 이야기로 시끌벅적한 이 상황에서, 어떤 반응을 보이면 좋을지 모르는 거겠지만…… 그래서야 클래스메이트도 너한테 말을 걸지 못할 거라고.)

여전히 인간관계가 서툰 파트너를 보며 마음속으로 쓴웃음을 머금은 마사치카는 등 뒤에 있는 클래스메이트에게 시선을 보내며 말했다.

"이 녀석들이 지난주의 네 무용담을 듣고 싶다네."

"뭐?"

당황한 듯한 아리사의 반응을 깔끔하게 무시한 마사치카는 가방을 내려놓으면서 클래스메이트를 돌아보더니, 그녀와 마찬가지로 당황한 클래스메이트를 향해 손을 들어 보이며 말했다.

"그럼, 자세한 이야기는 아랴한테 들어. 가챠가…… 나를 부르거든."

""""야!""""

마사치카가 진지한 표정으로 스마트폰을 꺼내 들자, 클래스메이트가 헛웃음을 흘리며 태클을 날렸다. 마사치카는 그 반응을 개의치 않으며 스마트폰을 쳐다보더니, 진짜로 게임 앱을 켰다.

"그럼 아랴. 뒷일을 부탁해."

“어, 잠깐만—.”

마사치카를 사이에 두고, 당황한 아리사와 클래스메이트가 시선을 마주했다. 누가 먼저 입을 뗄지를 가지고 클래스메이트가 시선으로 서로를 견제하는 가운데, 마사치카는 앞자리에 있는 히카루에게 몰래 시선을 보냈다. 그 시선에 담긴 의미를 정확하게 파악한 히카루는 약간 난처한 미소를 흘리면서 아리사에게 말을 건넸다.

“쿠죠 양. 토론회에서의 그 연설은 쿠죠 양이 생각한 거야? 아니면 마사치카와 합작했어?”

“응? 아…… 그건 일단 내가 생각한 거야. 쿠제도 의견을 내주긴 했지만…….”

“흐음~ 그렇구나. 이야, 깜짝 놀랐어. 쿠죠 양이 연설을 그렇게 잘할 줄은 몰랐거든.”

“고, 고마워……?”

히카루가 먼저 말을 건네자, 다른 클래스메이트도 머뭇거리며 아리사에게 말을 걸었다. 대화가 시작되자 호기심이 거북함을 앞선 건지, 단숨에 이야기가 퍼져나갔다.

“질의응답에서 아무 질문도 안 한 건 작전이었어?”

“응. 그건 미리 정해뒀던 거야.”

“그럼 쿠제가 도중에 난입한 것도 그래?”

“그건, 나도 예상 못 한…….”

아리사가 이런 상황에 익숙하지 않으면서도 열심히 대답

하자, 마사치카는 이미 다 돌린 가챠 화면을 쳐다보면서 마음속으로 만족한 듯이 고개를 끄덕였다. 웬일인지, 아리사를 중심으로 1학년 B반 학생들이 즐겁게 수다를 떨었지만…… 한 남학생이 **그것**을 언급한 바람에 분위기가 확 바뀌어버렸다.

"그건 그렇고, 타니야마 녀석이 도중에 도망쳐버렸잖아? 덕분에 확 김새는 것 같았다니깐~."

아마 절세의 미소녀인 아리사와 대화를 나누게 되어서 텐션이 상승했거나, 아니면 그녀에게 점수를 따려고 한 말이리라. 그러자 남자애 몇 명이 동조하면서 사야카를 헐뜯으며 아리사를 추켜올리는 분위기가 형성됐다.

"맞아. 자기가 덤벼놓고 도망가다니, 진짜 꼴사나워."

"그래, 그건 아니지~. 적 앞에서 도망치면 어쩌잔 건데."

"질의응답 시점에서 완전히 쿠죠 양의 페이스였잖아~. 이제까지 진 적이 없었던 만큼, 의외로 맷집은 별로였던 거 아냐?"

아마 그들은 아리사가 「뭐, 의외로 별거 아닌 상대였어」란 반응을 보여줄 것을 기대하고 있겠지만…… 그 말을 들은 아리사의 실제 반응은 달랐다.

"……."

아무 말 없이 입술을 깨물더니, 미간을 찌푸리고 있었다. 예상과 다르게 아리사가 불만 섞인 반응을 보이자, 주위에 있는 클래스메이트가 당황했다. 갑자기 찾아온 그 기묘한 침묵 속에서, 아리사는 천천히 자리에서 일어났다.

"쿠제, 잠깐만."

"응? 아, 맞다."

지명을 받은 마사치카는 스마트폰을 호주머니에 넣으며 자리에서 일어나더니, 퍼뜩 뭔가가 생각난 듯한 반응을 보였다.

"아, 아~. 그러고 보니 학생회 관련으로 볼일이 있었지. 미안한데, 남은 이야기는 나중에 나눠."

마사치카는 클래스메이트를 향해 그렇게 말한 후, 아리사를 뒤따르며 교실을 나섰다. 그리고 아무 말 없이 빠른 걸음으로 걸어가는 아리사의 뒤를 따르던 마사치카는 학생회실에 들어간 후에야 드디어 입을 열었다.

"왜 그래?"

마사치카가 물었지만, 아리사는 아무 말 없이 미간을 찌푸리고 있었다. 하지만 마사치카는 아리사가 왜 불만을 품은 건지 짐작이 됐다.

"타니야마가 욕먹는 게 그렇게 싫었어?"

"……그게, 타니야마 양은—."

"그 녀석은 우리에게 토론회로 도전했고, 도중에 도망쳤어. 우리 반 녀석들이 한 말은 무엇 하나 잘못되지 않았다고."

"하지만, 그건……!"

무심코 언성을 높였지만, 더는 말을 잇지 못한 아리사는 안타까운 듯 이를 깨물었다.

"하아……."

"……."

아리사가 말로 표현하지 못한 마음을, 마사치카는 정확하게 이해했다. 그러면서도, 한숨을 내쉬었다. 그녀가 이런 쪽으로 얼마나 서툰지 알기 때문이다.

"……확실히 우리는 타니야마의 그 행동에 담긴 그녀의 마음을 알아. 그 녀석이 토론회 도중에 강당에서 뛰쳐나간 이유도 말이지. 그렇기 때문에 『토론회로 도전을 해놓고 도중에 도망쳤다』라는 사실만 가지고 제삼자가 이러쿵저러쿵 떠들어대는 것에 네가 울컥한 이유도 이해는 해."

"……."

"하지만 말이야. 솔직히 말해 정정당당히 싸웠을 뿐인 우리한테는 아무 잘못이 없고, 타니야마한테 무슨 말을 들었는지는 몰라도 우리가 가슴 아파할 필요는 없어. 안 그래?"

"……알아. 하지만 사실 나는 이기지 못했어. 그건…… 무효 시합 같은 거잖아?"

그래도, 납득이 안 되는 것이다. 사야카가 그런 행동을 취하게 된 근본적인 원인은, 자신과 마사치카가 페어를 짰기 때문이다. 그래서 제대로 결판을 내지 못한 상태에서 얻은 것이나 다름없는 승리에 납득하지 못하는 것이다. 고

결하기 그지없는 긍지를 지녔기에…….

"그럼, 어떻게 할 건데? 만약…… 어디까지나 만약에 말이야. 일전의 토론회를 무효 시합이라고 주위에 알려서 타니야마의 명예를 회복시키더라도…… 그랬다간, 우리가 거머쥔 토론회에서의 승리도 물거품이 될 거야. 패배자를 치켜세운다는 건, 상대적으로 승리자의 격을 떨어뜨리는 게 되거든."

"……."

"무엇보다, 타니야마 본인이 그걸 바라는지도 확실치 않아. 승리자가 패배자를 불쌍히 여겨서 손을 내민다는 건, 패배자에게 남은 마지막 자존심을 짓밟는 행위라는 말을 들을 수도 있어. 애초에, 패배 선언을 한 건 타니야마의 파트너인 미야마에인걸."

"……나도 알아."

마사치카가 담담히 설득했지만, 아리사의 불만 섞인 표정은 풀리지 않았다. 이해는 하지만, 납득하기 어려운 것이다.

어디까지나 합리적으로 생각한다면, 이 건에 관해 마사치카와 아리사가 취할 행동은 『모르는 척』이다. 노노아의 항복 선언을 받아들이고, 아무것도 모르는 척 승리자로 행세해야 한다. 마사치카는 그렇게 생각하고 있으며, 아리사 또한 그것이 옳다는 사실을 알 것이다.

하지만, 마사치카는 고뇌에 빠진 아리사에게 「고집불통」이라며 화내지도, 「마음에 안 들면 멋대로 해」 하며 밀쳐내지도 않으며, 그저 묵묵히 지켜봤다.

(아름다워…… 눈부신걸.)

그저 선거전에서의 승리만을 바랄 뿐이라면, 아리사를 설득하면 된다. 하지만, 마사치카에게 있어서는…… 그것보다 더 중요한 게 있다. 그것은 아리사의 찬란한 빛을 지키는 것이다. 아리사가 납득할 수 있는 형태로, 그녀를 학생회장으로 만드는 것이다. 그렇기에…….

"뭐, 어디까지나 합리적으로 생각하면 그렇겠지만…… 그런 건 아무래도 상관없어."

"뭐?"

"중요한 건, 네가 어떻게 하고 싶으냐니까 말이야. 통명한 표정으로 꾹꾹 눌러 참지 말고, 전부 털어놔."

자기를 설득하려 하던 마사치카가 갑자기 놀리는 듯한 투로 그렇게 말하자, 아리사는 뾰로통한 표정을 지었다.

"어떻게 하고 싶냐니…… 그야, 타니야마 양을 돕고 싶어. 하지만, 그건—."

"응, 좋아. 그럼 그렇게 하자."

"뭐?"

마사치카가 어깨를 으쓱하며 승낙하자, 아리사는 의표를 찔린 듯한 표정을 지었다.

"……괜찮겠어? 너도 말했다시피, 타니야마 양도 그걸 바라지는 않을 거야. ……이건 내 자기만족이거든? 게다가, 토론회에서의 네 노력이 전부 물거품이 될지도 모르는데……."

"괜찮아. 이 일을 괜히 질질 끄는 것보단, 깔끔하게 청산하고 기분 좋게 방학식을 맞이하는 편이 나을 거라고."

마사치카가 별일 아니라는 투로 그렇게 말하자, 아리사는 미안한 듯이 시선을 살짝 낮췄다.

"……일을 성가시게 만들어서 미안해."

"개의치 마……. 내가 말했잖아? 『버팀목』이 되어주겠다고 말이지."

아리사는 마사치카의 말을 듣고 떠올렸다. 그날, 마사치카와 했던 약속을. 「내가 옆에서 네 버팀목이 되어줄게」라는, 그 말을…….

"쿠, 제……."

약간 멋쩍은 듯이 시선을 피하며 머리를 긁적이는 마사치카를 보자, 아리사의 가슴 깊은 곳에서 무언가가 샘솟아 나왔다. 그것을 확인하려는 듯이, 아리사는 가슴 앞에서 두 손을 모았다.

억누를 수 없는 감정이 담긴 눈동자로, 마사치카를 응시했다. 마사치카는 그런 뜨거운 열기가 담긴 시선을 받았지만…… 그걸 신경 쓸 겨를이 없었다.

왜냐하면, 눈치채고 만 것이다. 멋쩍은 마음에 돌린 시선이 향한 곳, 학생회실 안쪽 창문. 그 창문에 비친…… 회장 책상의 뒤편. 그곳에 숨은, 누군가를 본 것이다.

(누군가, 있어.)

그렇게 생각했지만, 실은 회장과 부회장이라는 것을 바로 눈치챘다. 이 학교에서 가장 유명한 러브러브 커플이었다. 덩치가 큰 토우야와 키가 큰 치사키가 좁디좁은 책상 아래편에 몸을 욱여넣고 있었다. 당연히 두 사람의 밀착도는 MAX였다.

(완전 러브 코미디를 찍고 있네…….)

자기 상황을 제쳐둔 마사치카가 전율하며 마른침을 꿀꺽 삼켰다.

(이건…… 그건가? 단둘이서 러브 코미디를 찍고 있는데 누군가가 들어와서 허둥지둥 숨었지만, 「어라? 이거, 혹시 숨을 필요 없었던 거 아냐?」← 『지금 여기』인 거지? 왕도적으로는 사물함에 숨지만, 책상 아래를 선택한 건 대단한걸……!)

아마 저기서는 현재 진행형으로 「저기, 이상한 곳 좀 더듬지 마!」, 「아얏! 좁으니까 어쩔 수 없다고!」 같은 대화가 펼쳐지고 있을 것이다.

이대로 가면 맞닿는 숨결, 땀이 밴 몸과 두방망이질하는 가슴 때문에 갈 데까지 가버리고 말리라.

(그래. 메인이벤트는 저쪽이구나. 흠, 그럼 적당히 타이

밍을 봐서 아무것도 모르는 표정으로 나간 후에 은근슬쩍 사람들이 여기로 오지 못하게 막는 게 멋진 후배의 소임이겠지. 잘 훈련된 무대 장치로서의 행동이라고 할 수 있을 거야.)

오타쿠 뇌를 풀가동해 그런 결론을 낸 마사치카는 아리사를 돌아보았고…… 순정파 소녀 같은 표정을 짓고 있는 그녀를 본 바람에 당황하고 말았다.

(어?! 어라, 뭐가 어떻게 된 거야?! 우, 우리 쪽에서도 러브 코미디 이벤트가 발생했어?! 큭, 아차. 실수했어! 이건…… 단순히 『둘이 함께 숨어서 몸도 마음도 제로 거리 이벤트』가 아니라, 『러브 코미디 파동에 휩쓸려 분위기가 고조되는 이벤트』도 포함되어 있었던 건가?! 우리는 저 두 사람이 밀착하게 만드는 무대 장치이자, 두 사람의 분위기를 고조시키는 역할이기도 한 거구나!!)

마사치카는 2차원 방향으로 생각이 폭주하고 있었지만, 이러는 사이에도 아리사는 슬금슬금 다가오고 있었다. 그것도 열기를 머금은 시선을 보내면서, 양손을 가슴 앞으로 모은 채…….

(아, 큰일 났다. 뭐가 큰일 났냐면, 여러모로 큰일 났어. 아무튼 큰일 났다고. 이렇게 되면 억지로 방향성을 전환시킬 수밖에 없다고오오오오―?!)

어마어마한 위기감에 사로잡힌 마사치카는 금단의 장르

변경을 시도했다. 그렇다. 러브 코미디에서…… 단숨에 시리어스로 말이다.

"그런데, 언제까지 거기 숨어 있을 생각이죠? 회장님, 사라시나 선배."

마사치카가 《오타쿠라면 한 번쯤 입에 담고 싶은 대사 랭킹》 상위에 항상 랭크되는 단골 대사를 입에 담자, 아리사가 「뭐?」 하는 표정을 짓는 것과 동시에 회장용 책상 아래에서 쿵! 하는 소리가 들려왔다.

(아, 머리를 찧었나 보네.)

마사치카가 남 일처럼 여기며 쳐다보는 가운데, 토우야는 거북한 표정으로 몸을 일으켰다. 그 후, 눈빛이 흔들리고 있는 치사키 또한 슬금슬금 책상 밑에서 나왔다.

"아…… 미안하다. 나올 타이밍을 놓쳤거든."

"바닥에 떨어진 걸 둘이서 찾고 있었는데, 너희가 진지한 이야기를 시작하니까 나오고 싶어도 나올 수가 없지 뭐야……."

치사키는 궁색한 변명을 늘어놨지만, 마사치카는 태클을 날리지 않았다. 그리고, 아리사는 그럴 여유가 아예 없었다.

"으음…… 그럼 서로가 아무것도 못 보고 못 들은 걸로 하면 어떨까요?"

"아, 음. 그래. 그렇게 할까."

"그럼 이만 가볼게요. 가자, 아랴."

비교적 차분한 사람끼리 재빨리 이해관계를 일치시킨 후, 마사치카는 아리사를 데리고 학생회실을 나섰다. 문을 닫고, 한숨을 내쉬었을 때…… 아리사와 시선이 딱 마주치고 말았다. 그 순간, 갑자기 시선이 흔들린 아리사가 뒷걸음질을 쳤다.

"아, 저기, 나……."

동요에 휩싸인 채 말을 더듬던 아리사는 더는 못 참겠다는 듯이 확 뒤돌아섰다.

"나! 좀, 할 일이 있으니까……!"

그리고, 아리사답지 않게 어딘가를 향해 다급히 뛰어갔다. 남겨진 마사치카는…… 복도 천장을 올려다보며 「으음~」 하고 목을 풀었다.

"이럴 때는 문에 귀를 대고 엿들어야 하려나……. 왕도적 전개라면 도중에 문이 활짝 열리면서 『어, 언제부터 거기 있었어?!』 같은 소리를 듣겠지만, 사라시나 선배라면 기척으로 눈치챌 것 같기는 해……."

그렇게 중얼거리면서 어깨 너머로 학생회실의 문을 쳐다보며 진지하게 생각에 잠긴 마사치카는 그야말로 오타쿠의 귀감이었다. ……그저 현실도피 중이라고도 할 수 있겠지만 말이다.

◇

"우와~, 이것 좀 봐. 파이멜의 신작, 대박 귀엽네~."

"아, 그거 괜찮네~. 나도 가지고 싶어~. 하지만 이번 달은 좀 쪼들리거든~."

"파이멜? 아, 그거라면 내 연줄로 구할 수 있을지도 몰라. SNS로 선전해준다면 말이지."

"진짜~? 역시 대단하네!"

"인마, 너희는 팔로워가 6,000명 정도 아냐? 그 정도로 선전이 되겠어?"

"너무해! 팔로워가 1,000명도 안 되는 사람한테 그런 소리 듣고 싶지 않거든~?"

점심시간. 결국 아침의 그 일 이후로 아리사는『말 걸지 마, 이쪽 쳐다보지 마 분위기』를 마구 뿜으며 대화 거부 상태였기에, 마사치카는 사태 해결을 위해 혼자 1학년 D반을 찾았다. 하지만…… 찾는 인물을 발견하자, 좋든 싫든 우물쭈물할 수밖에 없었다.

이름 순서대로 앉아있다면 복도 쪽 자리일 테니, 복도 창문을 통해 말을 걸면 될 거라고 생각했지만…… 생각이 물렀다고 말할 수밖에 없었다.

(큭! 어마어마한 리얼충 파워……! 무리야. 더는…… 다가갈 수 없어……!!)

마사치카의 시선은 얼마 전에 토론회에서 맞붙었던 미야마에 노노아를 중심으로 한 집단을 향하고 있었다. 노노아 말고 남녀 두 명씩 총 네 명의 학생이 모여있었으며, 전원이 한눈에 알 수 있을 만큼 학교 신분 계급 상위층이었다.

다들 외모가 괜찮은 편인데다, 교칙 위반에 한 다리 걸친 수준의 멋을 부리고 있었다. 그리고 그런 복장을 하고 있다는 것을 전혀 개의치 않는 듯한, 「생활 지도가 무서워서 어디 꾸미고 다니겠냐!」 하고 말하는 것처럼 태도가 당당했다. 그런 외견적 요소가, 학교 신분 계급 중위층 이하가 다가가지 못하게 하는 찬란한 느낌을 자아내고 있었다. 한편, 그런 그들의 중심에 있는 노노아는…….

"저기저기, 노노아~. 이건 어떻게 생각해~?"

"으응~?"

딱히 주위에 있는 들러리의 대화에 끼지 않으며, 나른한 듯이 눈을 반쯤 감은 상태에서 자기 책상에서 스마트폰을 만지작거리고 있었다.

"이거, 파이멜의 신작이야. 괜찮은 거 같지 않아~?"

"아~ 그거? 으음~ 일전의 촬영에서 같은 시리즈를 써봤는데, 나는 영 별로였어."

"어~ 그래? 그럼, 나도 됐어."

"이봐, 진심이야?"

"응. 실물을 본 노노아가 미묘하다고 하는걸."

"저기, 그것보다 노노아. 이번 일요일에 우리 홈 파티에 와주지 않겠어? 우리 친척 중에 노노아의 팬이 있거든."

"뭐어~? 시험 전인데?"

들러리…… 응, 들러리다. 주위에 모여들어서 노노아의 흥미를 끌려고 말을 거는 남녀와, 스마트폰을 만지작거리며 대충 상대해주고 있는 노노아. 그 모습은 추종자가 여왕님의 기분을 맞춰주고 있는 것처럼 보였다.

"그럼 시험공부도 겸해서 말이야. 응? 부탁할게!"

"으음~."

"부우~. 노노아, 요즘 너무 매정한 거 아냐~?"

들러리 중 한 명이 그렇게 말하며 입술을 삐죽 내밀자, 이제까지 관심 없는 듯이 스마트폰을 만지작거리던 노노아가 벌떡 자리에서 일어나서 활짝 웃으며 그 여학생을 안아줬다.

"거짓말이야, 거짓말. 농담 좀 했어~. 파티? 꼭 갈게~."

"정말? 만세!"

"정말이야, 정말. 그것보다……."

그제야 노노아는 포옹을 풀더니, 마사치카가 있는 쪽을 천천히 돌아보면서 복도 창문 밖으로 몸을 내밀었다.

"쿠젯찌, 나한테 볼일 있어?"

"아, 으, 응. 그래."

"그렇구나~. 여기서 이야기하긴 좀 그런 거야?"

"맞아. 가능하면 다른 데서……."
"오케이."
딱히 이유도 묻지 않으며 고개를 끄덕인 노노아는 주위에 있는 들러리에게 말을 건넸다.
"그럼 잠시 갔다 올게."
"아, 응."
"나중에 자세히 이야기하자."
"오오~."
"그래~."
들러리들은 다양한 감정이 담긴 시선으로 마사치카를 힐끔 쳐다보더니, 「노노아가 없는데 모여있을 필요 없지」라는 식으로 흩어졌다.
(진짜로 들러리들이네…….)
그 모습을 감탄과 어이없음이 뒤섞인 심정으로 쳐다보고 있을 때, 교실에서 나온 노노아가 나른한 듯이 머리카락을 쓸어 넘기며 입을 열었다.
"그럼 어디로 갈까? 빈 교실에라도 갈까?"
"아, 그래……. 그런데 오늘은 평소보다 헤어스타일이 엄청나네."
다시 노노아의 머리를 본 마사치카의 표정이 살짝 질렸다.
노노아는 평소에도 타고난 금발을 기분에 따라 세팅하는데, 오늘은 곳곳을 다양한 크기로 땋았고 리본으로 묶은 상태였다. 그런데도 괴상하단 느낌이 들지 않는 건 참 대단하다고 해야 할까.

"아~ 이거? 슈나찌와 미아삐한테 맡겼더니 이렇게 됐어~. 아, 맞다. 기왕이면 SNS에도 사진을 올려야지."

그렇게 말하면서 스마트폰을 꺼내 높이 들더니, 익숙한 손놀림으로 셀카를 찍었다. 순식간에 셀카용 포즈와 표정을 만드는 테크닉과 교칙으로 금지된 스마트폰을 복도에서 당당히 꺼내 쓰는 그 대담함에는, 마사치카도 경탄을 금할 수 없었다.

"응, 괜찮은 느낌이네."

"그래……. 그럼 이쪽으로 가자."

"오케이~."

인적 없는 빈 교실로 이동하자, 노노아는 여전히 의욕 없는 듯이 눈을 반쯤 뜬 채로 팔짱을 끼며 벽에 기댔다.

"그래서? 고백이라면 오케이인데…… 그런 볼일은 아닌 거지?"

"맞아……. 어, 고백이라면 오케이인 거야?"

흘려 넘길 수 없는 발언이었기에 마사치카가 무심코 되묻자, 노노아는 손가락으로 머리카락을 만지작거리면서 고개를 살짝 갸웃거렸다.

"으음~ 지금은 솔로거든? 그리고 쿠젯찌도 싫진 않아."

"아니, 싫지 않은 녀석이 아니라 좋아하는 녀석과 사귀라고.”

“하지만 나는 지금까지 좋아하는 상대와 사귄 적이 한 번도 없어.”

“우와, 문제 발언이네.”

“어쩔 수 없잖아? 연애감정이란 걸 모르겠단 말이야.”

노노아가 별일 아니라는 듯이 그렇게 말하며 어깨를 으쓱하자, 마사치카는 미묘한 표정을 지었다.

“……네 연애관에 참견할 생각은 없지만, 자기를 싸구려 취급하는 행동은 안 하는 편이 좋지 않을까?”

마사치카가 그렇게 말하자, 이제까지 눈을 반쯤 감고 있던 노노아가 눈을 치켜뜨며 기쁜 듯한 미소를 지었다.

“아하하, 사얏찌한테도 그 말 들었어. 뭐, 덤으로 따귀까지 맞았지만 말이야.”

“……정말? 타니야마가 절친의 뺨을 때렸다는 거야?”

“응…… 뭐, 그게 말이지~. 으음~.”

노노아가 헤실헤실 웃으면서 시선을 돌리자, 마사치카는 대답을 기대하지 않는다는 듯이 한숨을 내쉬며 이렇게 중얼거렸다.

“무슨 짓거리를 한 건데…….”

“아~. 뭐, 당시의 남친과? 교실에서 진하게 뽀뽀하고 있는 걸 사얏찌가 목격했다? 고 할까? 실은 가볍게 애무까지? 라고 할까?”

"우와, 맙소사……."

"아하하…… 질렸어?"

이중적인 의미에서 예상치 못한 대답을 들은 마사치카가 눈을 치켜떴다. 한쪽 눈을 치켜뜨며 자조 섞인 웃음을 흘리는 노노아에게, 마사치카는 마른침을 삼킨 후에 떨리는 목소리로 말했다.

"완전히~, 백합 만화의 만남 장면이잖아……!!"

"……쿠젯찌의 그런 점, 나는 꽤 좋아해."

"완전 제1화의 양면 컬러 페이지네. 고지식한 학급 반장이 교실에서 남자와 뒤엉켜 있는 날라리녀를 보고 경멸에 찬 표정을 짓지만, 어찌 된 건지 눈을 떼지 못하는……."

"이봐~, 컴백해~."

"으, 응……. 어험."

마사치카가 헛기침을 하자, 가볍게 한숨을 내쉰 노노아는 머리카락을 만지작거리면서 대충 말을 이어갔다.

"뭐, 사귄다는 건 농담이야~. 사얏찌한테 한 소리 듣고 나선 감정놀음은 자제하고 있거든."

"감정놀음이라고 대놓고 말하는 거냐……. 너, 아직 고1이잖아?"

"뭐, 그 이야기는 제쳐놓기로 하고…… 무슨 일로 찾아온 거야?"

노노아가 나른한 것 같은 태도로 시선을 마주하자, 마사치카는 진지한 표정을 지었다.

"으음…… 그게 말이야. 타니야마에 관한 건데……."

"아, 사야찌는 오늘 학교에 안 왔어. 걔는 질질 끌기 시작하면 오래가거든~. 아무튼, 그래서?"

"……지난주 토론회에서 타니야마가 승부를 제안해놓고 중간에 도망쳤다, 같은 소리를 듣고 있잖아? 그걸 막을 방법이 없나 해서 말이지."

"……흐응~? 쿠젯찌는 그런 걸 신경 쓰는 사람이었어?"

노노아가 고개를 갸웃거리자, 마사치카는 어깨를 으쓱하며 답했다.

"내 파트너가 신경 쓰이나 봐……."

"흐음…… 아하~."

노노아는 이해했다는 듯이 고개를 끄덕이더니, 감탄과 어이없음이 섞인 눈길로 천장을 올려다보았다.

"거참…… 상냥하네."

"상냥하달까…… 여러모로 성실한 애야."

"그렇다고 해도, 상냥하단 사실에는 변함없어."

그렇게 말하며 희미하게 미소 지은 노노아가 어딘가 짓궂은 미소를 지었다.

"그래서? 왜 나한테 그 이야기를 하는 건데? 일단 나는 너희의 적이거든?"

"적, 이라……."

“쿠젯찌라면 눈치챘을 거잖아? 내가 바람잡이를 심어서 청중을 선동한 걸 말이야.”

“당연히 눈치챘지. A반의 콘다, C반의 나가노, D반의 사토와 쿠니에다, F반의 킨죠 맞지?”

마사치카가 그렇게 말하자, 눈을 치켜뜬 노노아의 입가가 희미하게 떨렸다.

“대박~. 그 어두운~ 강당, 그것도 무대 위에서 내가 심어둔 바람잡이를 전부 찾아낸 거야?”

“가능성은 한 7할 정도 될 거라고 봤어. 네 방금 반응을 보고 확신한 거야.”

“아아~ 떠본 거구나……. 한 방 먹었네~. 만일 졌을 때에 대비해, 차선책을 준비해뒀던 거구나.”

노노아가 입가를 히죽거리면서 얼굴을 들여다보자, 마사치카는 어깨를 으쓱했다. 하지만 묵비권을 주장하는 마사치카를 개의치 않으며, 노노아는 자신의 추측을 이야기했다.

“몇 년 전의 선거전에서 협박과 매수가 벌어진 바람에 지금은 교사들이 그런 쪽으로 민감하잖아~. 바람잡이를 심어서 토론회의 결과를 좌우하려 했다는 소문이 실명 포함으로 퍼진다면, 의제가 학생회 운영에 관한 내용인 만큼 교사들도 무시할 수 없어……. 일이 커지면 커질수록, 우리의 평판은 곤두박질칠 게 뻔하고, 너희의 평판은 거꾸로 솟구치겠지. 게다가 부정행위가 의심되는 의제를 학교 측에서 채용할 리도 없잖아. 이야, 악랄한 방법을 생각해뒀네~."

"……딱히 토론회에서 진다고 해서 선거에 출마하면 안 되는 건 아니거든. 그래도 너희의 평판이 바닥에 처박히게 될 테니, 가능하면 그 방법을 쓰고 싶진 않았어."

"하지만, 여차하면 할 생각이었지~? 이야, 무섭네~. 져서 다행이야, 정말~."

노노아는 입으론 무섭다고 말하면서도 전혀 무섭지 않은 듯한 태도를 보였고, 마사치카는 차가운 눈길로 그녀를 쳐다봤다.

"나로서는 네가 더 무서워. 친구한테 바람잡이를 시키다니…… 친구를 다 잃을지도 모르는 짓을 용케도 하네."

"응~? 뭐, 나는 오는 사람 막지 않고 가는 사람 안 잡거든~. 까놓고 말해 사야찌 말고 다른 친구한테는 집착 안 해. 없어도 딱히 곤란하지 않다고 할까?"

노노아는 태연한 어조로 학교 신분 계급 최상위에 군림하는 인기인답지 않은 발언을 입에 담았다. 하지만 마사치카는 딱히 놀라지 않으며 조용히 물었다.

"궁금한 게 하나 있는데 말이야."

"응~?"

"타니야마 말고 다른 사람에겐 집착하지 않는다는 건…… 타니야마한테는 집착한다는 소리지? 왜? 그렇게 격한 일면을 지닌 타입은, 네가 가장 이해할 수 없는 존재 아냐?"

"아, 그건 반대야. 이해 못 하니까 흥미롭고, 같이 있고 싶다는 생각이 드는 거지~."

"그런 거야?"

마사치카가 어중간하게 고개를 갸웃거리자, 노노아는 갑자기 얼굴을 쑥 내밀면서 수상한 미소를 머금으며 말했다.

"쿠젯찌도 이해하잖아~? 자기한테는 없는 빛을 지닌 인간을 동경하는 마음 말이야."

그 말을 하는 순간에만 노노아의 눈동자에 웃음기 대신 모든 것을 꿰뚫어 보는 듯한 눈빛이 어리자, 마사치카는 말문이 막혔다. 그런 마사치카를 보고 의미심장한 웃음을 흘린 노노아는 몸을 떼더니, 「자!」 하며 목소리의 톤을 높였다.

"쿠젯찌가 괜찮은 반응을 보여줬으니까 올곧고 눈부신 파트너를 동경하는 삐뚤어진 애들끼리, 계략을 꾸며볼까~."

"딱히 계략이라고 할 만한 건 아닌데……."

마사치카는 쓴웃음을 흘리면서 진지한 표정으로 말했다.

"간단한 이야기야. 타니야마가 한창 토론회 중에 도망친 걸, 그럴듯한 이유가 있어서 그랬다는 소문을 퍼뜨리고 싶어."

"……그걸 적한테서 도망친 게 아니라는 걸로 하고 싶은 거야? 그래도 되겠어? 그랬다간 너희의 승리가 흐지부지 될지도 모르거든?"

노노아가 한쪽 눈을 살짝 치켜뜨며 의문을 드러내자, 마사치카는 어깨를 으쓱하며 고개를 끄덕였다.

"알아. 이유 같은 건 뭐라도 괜찮지만…… 그 타이밍에 부모님한테서 연락이 왔다는 건 어떨까? ……참고삼아 묻는 건데, 너희는 그 후에 어떻게 했어? 만약 카페에서 위로회 같은 걸 가졌다면 방금 말한 이유는 못 써먹을 거잖아."

"아~. 그 후? 사야찌가 울음을 그칠 때까지 기다린 다음…… 남들 시선을 피하려고 잠시 시간을 죽인 후에 몰래 하교했어. 그래도 목격자가 제로는 아닐 테니까, 급한 볼일이 있어서 어디 갔다는 이유를 써먹는 건 어렵겠네~."

"그렇, 구나……."

그럼 어쩌면 좋을까. 마사치카가 팔짱을 끼며 생각에 잠겼을 때, 갑자기 노노아가 귀찮다는 투로 말했다.

"으음~. 뭐, 그건 내가 어떻게든 해볼게."

"어, 정말이야?"

"원래 내 파트너를 위한 일이잖아~? 내가 해결하는 게 도리에 맞을 거야. 소문 퍼트리는 것도 내 특기인걸."

그렇게 말한 노노아는 이야기가 끝났다는 듯이 뒤돌아섰다.

"그럼 이만 가볼게. 수고했어~."

"으, 응."

그리고, 그대로 교실에서 나갔다. 예상치 못한 상황이었기에, 남겨진 마사치카는 허탈함을 느끼며 머리를 긁적였다.

(아~, 이건 그거야. 만화에서『○○, 있느냐』,『네, 여기 있사옵니다』하며 그림자처럼 은밀히 따라다니는 부하를 불러내서『녀석을 미행해라. 들키지 않도록 신중하게 말이다』하고 명령하는 거 말이야.)

빈 교실에서 대립 후보 측 인물과 단둘이 이야기를 나누는 지금 상황과, 오늘 아침에 아무도 없다고 생각했던 학생회실에 사람이 있었던 것을 떠올린 마사치카는 오타쿠 느낌 물씬 나는 망상에 빠졌다. 그런 자기 자신을 향해 쓴웃음을 흘리며, 그림자 같은 부하라고도 할 수 있는 소꿉친구의 이름을 농담 삼아 불러봤다.

"아야노."

그리고 곧「내가 지금 뭐 하는 거지」하고 생각하며 부끄러워진 마사치카는 서둘러 교실을 나서—.

"네, 마사치카 님."

"우와앗?!"

……려다, 등 뒤에서 들려온 목소리에 비유가 아니라 진짜로 껑충 뛰었다.

뒤를 돌아본 마사치카는 그 자리에 있는 아야노를 보고 눈알이 튀어나올 뻔했다.

"네가 왜 여기 있는 거야?!"

"네? 마사치카 님께서 부르셔서 나타난 것입니다만……."

아야노는 고개를 갸웃거리면서 당연한 소리를 하듯 그렇게 말했다. 그 말에 마사치카는 극도로 혼란스러워졌다.

(불러서 나타났다고?! 어, 뭐야? 소환 같은 건가? 부르면 전이하기라도 하는 거야? 아니면 닌자 특유의 분신술? 분신 하나를 항상 내 곁에 배치해두는 거 아냐?!)

혼란에 빠진 나머지 마사치카의 오타쿠 뇌가 폭주했다. 바로 그때, 등 뒤에서 다른 이의 목소리가 들려왔다.

"이봐, 나를 잊은 거 아냐? 브라더~."

뒤를 돌아보니, 냉혹한 미소를 머금은 유키가 팔짱을 낀 채 벽에 기대서 있었다.

"아니, 진짜로 너희가 왜 여기 있는 건데?!"

"후훗. 별거 아니다. 네놈이 적인 노노아 양과 접촉을 시도하는 모습을 목격했지……. 그래서 미리 이 교실의 교탁 아래에 숨어서 기다리고 있었어."

한쪽 눈을 치켜뜨며 악역 같은 미소를 머금은 유키가 나에게 다가왔다. 그러자 마사치카는 마음속으로 「또 책상 아래냐」 하고 생각하면서 도끼눈을 뜨며 물었다.

"그래서, 진실은 뭔데?"

"빈 교실에서 밀담 놀이를 하고 있는데, 진짜 밀담이 시작되었소이다."

"너희는 진짜로 뭘 하는 거냐고."

『밀담 놀이』라는 수수께끼 같은 단어에 마사치카가 또

도끼눈을 떴을 때, 갑자기 교실 문이 드르륵하는 소리를 내며 열렸다.

"쿠제? 여기 있어?"

목소리를 들은 걸까. 머뭇거리며 교실 안으로 얼굴을 쑥 내민 아리사는…… 안에 있는 세 사람을 보자마자, 얼굴에서 표정이 싹 사라졌다.

"……흐음."

"아랴 양? 혹시 괜한 오해를 하고 계신 건 아니시겠지요?"

"뭐가? 소꿉친구 세 사람이 같이 노는 건 딱히 이상한 일이 아니잖아."

"그런 것치고는 표정이 무섭사옵니다만?"

"네가 잘못 본 거야. 그럼 좋은 시간 보내."

딱 잘라 그렇게 말한 아리사는 그대로 문을 닫았다. 하지만 문이 닫히기 직전, 아리사는 약간 뾰로통한 표정을 지으며 중얼거렸다.

【나만 따돌리다니, 너무해.】

그리고 그 표정은 곧 문 너머로 사라졌다.

"……."

딱히 찔리는 짓은 하지 않았지만, 마사치카는 나쁜 짓을 한 느낌을 받으며 그 자리에서 굳어버렸다. 바로 그때, 유키가 조무래기 양아치 같은 말투로 마사치카에게 말을 건넸다.

"형님…… 저건 그검다. 『토론회에서 신세를 진 쿠제를 위해 도시락을 만들어왔는데, 어디 간 걸까?』 하며 학교 안을 찾아다닌 반응이 분명함다."

"멋대로 뒷이야기를 날조하지 마! 그리고 아랴는 도시락 통을 들고 있지 않았거든?!"

"그야, 안뜰 어딘가에 돗자리와 함께 세팅해둔 게 아니겠습까?"

"그만해~!"

비명처럼 그렇게 외치는 마사치카의 어깨를 두드려준 유키는 짜증나는 미소를 지으며 엄지를 치켜들었다.

"어때? 죄책감이 어마어마하지?"

"덕분에 말이야!"

점점 콩트를 시작하는 이 남매를, 아야노는 한 걸음 물러선 곳에서 쳐다보고 있었다.

그녀의 얼굴은 무표정하지만, 금방이라도 손을 모아 쥘 것처럼 숭고한 광경을 보고 있는 듯한 눈빛을 머금고 있었다. 그러면서도 자신의 존재감을 지우고 있는 그 모습에서는, 괜한 짓을 해서 저 두 사람을 방해해선 안 된다는 강철 같은 의지도 느껴졌고…… 그 결과, 최애 커플을 지켜보는 진성 오타쿠 같은 느낌이 아야노에게서 풍겨 나오고 있었다.

◇

노노아는 자신이 세간에서 『사이코패스』라 불리는 존재라는 것을 자각하고 있다.

어릴 적부터 감정의 기복이 적었고, 태어나서 지금까지 울부짖을 정도의 슬픔이나 미칠 듯한 분노, 춤추고 싶어질 정도의 환희를 느낀 적이 없다. 쾌감이나 불쾌함을 느낀 적은 있지만, 그것은 어디까지나 겉으로 드러나기 전에 자신의 의지로 제어할 수 있는 수준이었다.

그런 노노아에게, 소꿉친구인 사야카는 옛날부터 이해가 안 되는 존재였다. 평소에는 남의 말을 잘 듣는 편이지만, 별것 아닌 일로 난데없이 발끈하는 희귀 짐승. 전혀 이해할 수 없지만, 어울리는 데는 딱히 문제가 없었다.

노노아는 사람의 감정을 잘 모른다. 공감도 할 수 없다. 하지만 그렇기에 자신의 행동과 상대의 반응을 객관적으로 냉철하게 분석할 수 있었고, 상대방이 원하는 자기 자신을 연기할 수 있었다. 어떤 말을 건네고, 어떤 표정으로 어떤 행동을 취하면 이 희귀 짐승의 발작을 막을 수 있을까. 그것을 파악하니, 사야카는 노노아에게 있어 매우 제어하기 쉬운 존재였다. 부모도 친하게 지내라고 말하는 상대다. 적당히 어울려주자. ……그렇게, 생각했다. 그날까지는 말이다.

"자기를 싸구려 취급하지 마! 좀 더 소중히 여기란 말이야!!"

누군가가 자신에게 진심으로 화낸 것도, 따귀를 맞은 것도, 그때가 처음이었다.

어릴 적부터 요령이 좋은 착한 아이를 연기해온 자신에게, 그 격렬한 시선과 말은, 볼에서 느껴지는 선명한 열기는, 너무나도 참신했다. 이제까지 어떤 남자와 교제하면서도 떨린 적 없는 심장이, 격렬하게 뛰는 것이 느껴졌다.

"백합 만화의 만남 장면, 이라~. 의외로 틀린 말은 아닐지도 모르겠는걸?"

교실로 돌아온 노노아는 마사치카와의 대화를 떠올리며 혼잣말을 중얼거렸다. 옅은 미소를 머금은 채, 사야카의 명예를 회복시킬 방법을 생각했다…… 하지만, 실은 마사치카와 이야기를 나누면서 방법은 찾았다. 하지만 그 자리에서 말했다간 마사치카가 말릴 게 뻔했기에, 그 이야기를 멈췄던 것이다.

(그건 그렇고…… 내가 심어둔 바람잡이는 네 명이었는데 말이야.)

마사치카가 말한 또 한 명의 이름을 떠올린 노노아는 고개를 갸웃거렸다.

(F반의 킨죠, 였나? 내가 심어둔 녀석이 아니라는 건, 원래 쿠죠 양의 안티인 걸까~?)

으음~ 하며 고개를 갸웃거리던 노노아는 교실 근처까지

가자 생각을 멈췄다.

(뭐, 쿠죠 양과 쿠젯찌한테는 이번에 폐를 끼쳤잖아. 사과의 의미로 킨죠란 애도 내 쪽에서 처리해두도록 할까~.)

그렇게 정한 노노아는 교실 문을 열고 자기 자리로 돌아갔다.

"오~. 노노아, 드디어 돌아왔네~."

"기다리고 있었어~. B반의 쿠제와 무슨 이야기를 한 거야?"

"아~, 사얏찌에 관한 거야~. 사얏찌가 오늘 학교에 안 나와서, 무슨 일 있나 신경 쓰였다네."

몰려온 친구들에게 그렇게 말하자, 그들은 의아한 표정을 지었다.

"타니야마? 오늘 학교 쉬었어?"

"역시 토론회에서 졌기 때문이야~? 아직 충격에서 못 벗어났다던가?"

"아~ 그런 거 아냐. 원인은 나거든. 애초에 사얏찌가 토론회를 내팽개친 것도 내가 원인이랄까?"

"어, 어? 그게 무슨 소리야?"

"진짜야? 처음 듣는 이야기네!"

친구들이 호기심에 찬 눈길로 쳐다보자, 노노아는…….

"아~. 실은 토론회 도중에, 내가 관객 사이에 바람잡이를 심어뒀던 걸 사얏찌한테 들켰다~ 고나 할까? 그래서 사야찌는「그런 더러운 수를 쓰면서까지 이기고 싶지 않아!」하며 분노 폭발? 내부 분열로 시합 포기~ 느낌이야."
별일 아니라는 태도로, 그렇게 말했다.

제 2 화 리셋은 무서워

"그러니까, 유키랑 아야노와는 진짜로 우연히 마주쳤거든?"

"흐음."

"전혀 믿지 않나 보네……."

"됐어. 괜히 둘러대지 않아도 돼. 소꿉친구끼리 친하게 지내는 건 나쁜 일이 아니잖아."

입으로는 괜찮다고 했지만, 아리사는 말투에 돋친 가시를 숨기려고 하지 않았다. 그녀가 언짢은 분위기에 사로잡혀 있자, 아침에만 해도 그녀를 친근하게 대하던 클래스메이트도 지금은 아무것도 못 본 척하고 있었다.

(뭐, 파트너가 대립 후보와 빈 교실에서 쑥덕거리는 모습을 보고 기분 좋을 리가 없지……. 게다가 일단 유키는 아리사한테 있어서 동성 친구이기도 하잖아?)

아리사가 언짢아하는 원인이 그래서일 거라고 마사치카는 단정 지으며 마음속으로 동의를 표했다. 그렇다. 아리사는 연애 관련의 이유로 언짢아하는 게 아니다. 신경 쓰이는 남자애가 다른 여자애와 만났다고 해서, 언짢아하는 게 아니다. 틀림없다.

(하아…… 이대로 있다간, 이 녀석은 또 반에서 고립되고 말 거야…….)

마음속으로 한숨을 내쉰 마사치카는 이 이야기를 피하려고 화제를 돌리기로 했다.

"아, 맞다~. 저기, 아랴. 괜찮다면 오늘 방과 후에 같이 시험공부 안 할래?"

마사치카가 그렇게 말하자, 아리사는 눈을 치켜떴다.

시험공부. 그 단어가 마사치카의 입에서 나온 게 믿기지 않는다는 듯이, 매우 회의적인 표정을 지으며 한마디 했다.

"……농담하는 거지?"

"대놓고 무례한 거 아냐?"

아리사의 솔직하기 그지없는 대답에 마사치카는 쓴웃음을 짓더니, 「뭐, 그런 반응을 보일 만도 해」 하며 어깨를 으쓱했다.

"……나도 타니야마와의 일로 나름 생각하는 바가 있긴 하거든."

아리사는 그 말을 듣고 지난주의 일을 떠올린 건지, 입을 다물었다.

지난주 금요일에 벌어진 토론회.

그 후, 사야카의 마음을 알게 된 아리사와 마사치카는 회장 선거에 도전한다는 결의를 새롭게 다졌다.

(그래……. 쿠제도, 드디어 진심이 된 거구나.)

파트너가 의욕을 내준 것이 기쁘면서도, 아리사는 그 계기가 자기가 아니라는 사실에 복잡한 감정을 품었다. 하지만 그런 자신의 내면을 겉으로 드러내지 않으며, 「뭐, 좋아」 하며 고개를 끄덕였다.

"아~ 혹시 혼자가 아니면 집중이 안 되는 거라면, 딱히 무리할 필요는 없어."

아리사의 퉁명한 반응을 곡해한 듯한 마사치카가 그렇게 말했다. 그러자 아리사는 미간을 살짝 찌푸렸다.

"딱히 싫다고는 말 안 했잖아. 같이 공부하자……. 우리는, 파트너잖아."

"오오…… 그래. 그럼 장소는 학생회실 어때?"

"응."

아리사는 마사치카의 제안을 듣고 고개를 끄덕이더니, 질렸다는 듯이 머리카락을 쓸어 넘겼다.

(흐흥, 쿠제의 공부를 도와주는 것도 내 할 일이긴 해. 정말, 손이 많이 가는 파트너라니깐.)

아리사가 의기양양한 표정으로 몰래 웃음을 흘리자, 마사치카도…….

(조금은 기분이 풀렸나……?)

……하고 생각하며 마음속으로 가슴을 쓸어내렸다.

◇

그리고 방과 후, 마사치카가 아리사와 함께 학생회실을 찾았다. 이 시기에는 교실과 도서실에 학생들이 잔뜩 있지만, 이곳은 기본적으로 학생회 관계자뿐이기에 느긋하게 공부할 수 있을 거라고 생각했다. 그런 생각으로 이 장소를 골랐다.

"그럼, 어……?"

마사치카가 평소 자리에 앉자, 아리사가 당연한 듯이 옆자리에 앉았기에 그는 당황하고 말았다.

(……아니, 보통 이럴 때는 마주 보고 앉지 않나?)

게다가, 거리가 가까웠다. 다른 사람이 본다면 「자리를 좀 더 넓게 써도 될 텐데」 하고 태클을 날릴 정도의 거리였다.

"……왜 그래?"

"……아무것도 아냐."

하지만 마사치카는 태클을 날릴 용기가 없었다. 아리사가 힐끗 쳐다보자, 그는 앞쪽을 향해 고개를 돌렸다.

(뭐, 뭐어, 보는 사람이 없으니 괜찮겠지. 회장과 사라시나 선배는 연인 사이니까 다른 사람이 오지 않는 장소에서 같이 공부하고 있을 테고, 마샤 씨는 이 모습을 봐도 그냥 넘어갈 거야. 유일하게 태클을 날릴 가능성이 있는 건 유키지만, 그 녀석은 집에서 아야노와 같이 공부할 테니 여

기 안 올—.)

“어머? 노크도 하지 않고 들어와서 죄송해요……. 두 분도 여기로 오셨군요.”

(동생아아아아—!!)

마음속으로 세운 플래그가 회수되자, 마사치카는 마음속으로 절규했다.

슬며시 문 쪽을 살펴보니, 유키와 아야노가 눈에 들어왔다. 유키는 언뜻 보기엔 미안해하는 듯한 표정을 짓고 있지만, 마사치카는 그 눈 깊은 곳에 존재하는 심술궂은 웃음기가 느껴졌다.

『단둘이 있게 둘 것 같아? 그렇게 안 돼~.』

『너…… 뭐 하러 온 거야.』

『그야 물론…….』

『물론?』

『학생회실에서 펼쳐질 므흣한 보건 체육 스터디 모임을 저지하러 온 거야!』

『그런 짓 안 해~!』

눈빛으로 격렬한 대화를 나누면서도, 겉보기에는 단아한 태도를 유지하고 있는 유키가 살며시 고개를 갸웃거렸다.

“두 분도 시험공부 중이신가요? 괜찮다면 저희와 함께하지 않겠어요?”

유키의 의도가 뭐든 간에, 그녀가 숙녀 모드로 저렇게

말한다면 마사치카에게는 거절할 이유가 없다. 눈빛으로 비난하면서도, 허락—.

【싫어.】

(으그흑!)

등 뒤에서 살짝 삐친 듯한 러시아어가 들려오자, 마사치카는 입 밖으로 터져 나오려 하는 신음을 필사적으로 참았다.

"……아랴? 유키가 저렇게 말하는데, 어떻게 할까?"

마음속으로는 무너지듯 주저앉았으면서도 어찌어찌 표정을 유지하며 옆을 쳐다보니, 아리사는 시치미 떼는 표정으로 어깨를 으쓱했다.

"괜찮지 않겠어? 거절할 이유도 없잖아."

"……그래."

아리사가 아까 러시아어로 한 말과 다르게 일본어로는 승낙하자, 마사치카는 다시 유키를 돌아보—.

【둘이서 하고 싶어.】

(흐극!)

달콤한 울림이 감도는 러시아어가 들려오자, 마사치카는 마음속으로는 몸을 가누지 못할 지경이 됐다. 갓 태어난 새끼 사슴이 된 심정이다.

(이, 이게! 귀여운 소리 하지 말라고! 귀여운 소리 하지 마!! 심쿵할 것 같단 말이다아아—!!)

마음속으로는 넙죽 엎드린 채 지면에 박치기를 날려대

며, 마사치카는 괴로워했다. 마음 같아서는 옆을 쳐다보고 싶지만, 표정 관리를 할 자신이 없어서 그럴 수가 없었다.

마사치카는 표정근육의 제어에 온 힘을 기울이며, 유키를 노려볼 수밖에 없었다.

(젠장, 어쩌지? 하지만, 거절할 수도…… 거절했다간, 마치 내가 아랴와 단둘이 있고 싶어 하는 것 같잖아! 그것보다 유키~! 『그럼 아랴 양에게 동의를 얻었으니까~~』 같은 소리를 하며 빨리 자리에 앉으면 되잖아! 그렇게 내 동의의 말을 듣고 싶은 거냐!!)

마사치카는 분위기를 파악했으면서도 무시하고 있는 여동생에게 비난에 찬 시선을 보냈다. 하지만 유키는 고풍스러운 미소를 머금은 채, 대답을 기다리듯이 고개만 갸웃거리고 있었다. 아야노는 여전히 공기처럼 굴고 있었다.

(후우, 진정해. 쿨해지는 거야. 우선, 아랴는…… 어디까지가 본심인지는 모르겠지만, 유키와 아야노의 참가에 부정적이야. 나도, 이대로 저 두 사람의 참가를 허락하는 건 싫어. 그래……. 농담 투로 『적과 친해질 생각 없다고』 같은 식으로 완곡하게 거부하면—.)

"아, 맞다. 회장님과 사라시나 선배한테서 과거 몇 년 동안의 문제지를 얻었어요. 괜찮다면—."

"두 사람 다, 환영하겠어."

시험 대책용 최강의 카드 앞에서, 마사치카는 손바닥 뒤집듯 태도를 바꿨다. 그런 그의 등에, 아리사가 러시아어로 중얼거린【바보】란 말이 인정사정없이 꽂혔다.

◇

10분 후, 네 사람의 스터디 모임은 각자의 속마음이 어쨌든 간에 순조롭게 진행되고 있었다.

묵묵히 물리 문제집을 푸는 아리사, 맞은편에 앉아 세계사의 기출 문제를 푸는 유키, 그 옆에서 수학 문제집을 푸는 아야노. 세 사람이 펜을 열심히 움직이는 가운데, 마사치카는…….

"……."

필기도구를 꺼내놓지도 않은 채, 묵묵히 수학 문제집의 해답 해설집을 읽고 있었다.

"……저기, 쿠제."

"응?"

"아까부터 해답 해설만 읽는 것 같은데…… 그래서 시험 공부가 되겠어?"

직접 풀기 전에 해답 해설을 읽으면, 이해가 된 것 같기만 할 뿐 문제를 풀지는 못한다……는 것이 일반론이며, 아리사도 그 점에 찬성이었다.

그렇기에, 아리사는 문제를 직접 풀려고 하지 않는 마사치카를 회의적인 눈길로 쳐다봤지만…… 그는 딱히 개의치 않으며 어깨를 으쓱했다.

"모르는 문제를 풀려고 머리를 쥐어짜봤자 시간 낭비잖아? 그 시간에 푸는 법을 전부 머릿속에 집어넣는 편이 빨라."

"저기…… 그러면 응용이 안 되지 않을까? 시험에서 완전히 똑같은 문제가 나올 리가 없고, 직접 푸는 것에 익숙해지지 않으면 시험에서 시간이 부족할 거야."

아리사가 정론을 펼쳤지만, 유키는 난처한 듯이 쓴웃음을 지으며 끼어들었다.

"후후. 괜찮아요, 아랴 양. 마사치카 씨는 항상 저런 식으로 공부하니까요. 아야노, 내 말 맞지?"

"네. 마사치카 님의 공부 방식은 항상 저런 식이었습니다."

맞은편에 앉은 마사치카의 소꿉친구 두 사람이 그렇게 말하자, 아리사는 미간을 살짝 찌푸리며 그들을 쳐다보았다.

"……항상?"

"네. 언제나 교과서와 해답집을 읽기만 했죠. 그렇게만 해도 성적이 좋다니, 참 대단하다니까요."

유키는 약간 어이없다는 듯이 쓴웃음을 머금었다. 하지만 아리사는 이해가 안 되는 건지, 책상 가장자리에 쌓여 있는 과거 기출 문제(학생회에 대대로 축적되어온 것) 중에서 4년 전 수학 시험의 문제를 골라서 마사치카에게 내밀었다.

"그럼 이 6번 문제를 풀어봐. 제한 시간은…… 그래. 20분이면 되겠네. 이걸 풀면 나도 아무 말 않겠어."

수학 시험은 대(大) 문제가 1부터 6까지 있으며, 제한 시간은 120분이다. 단순 계산으로 대 문제 하나당 20분씩 주어지며, 1번 문제와 2번 문제는 비교적 기본적인 문제인데 비해 5번 문제와 6번 문제는 문제집에도 실려 있지 않은 응용문제다. 이것을 20분 안에 풀라는 건 꽤 허들이 높았다.

아니나 다를까, 마사치카도 투덜대듯 인상을 찌푸리며 시험용지를 넘겨받았다.

"으음…… 뭐, 이거라면……."

"오케이한 거지? 그럼, 시작."

"자, 잠깐만, 아직 필기도구를—."

허둥지둥 필기도구와 공책을 꺼내든 마사치카는 문제를 풀기 시작했다.

그로부터 딱 20분 후, 아리사의 「종료」라는 말에 맞춰 펜을 내려둔 마사치카는 아리사에게 공책을 내밀었다.

의외로 계산식이 꼼꼼하게 적혀 있는 공책을 본 아리사는 눈을 살짝 치켜떴지만, 「뭐, 중요한 건 정답을 찾아냈느냐는 거야」 하며 해설과 맞춰보기 시작했고…… 그녀의 얼굴은 점점 굳어갔다.

그 표정 변화를 본 마사치카는 히죽거리기 시작했다.

"응? 어때? 맞췄어?"
"……그래."
"그거 봐, 내 말 맞잖아! 오예~!"
마사치카가 기회를 잡았다는 듯이 우쭐대자, 아리사는 짜증 섞인 태도로 공책을 내밀었다.
"……뭐, 문제를 풀었으니 됐어."
"후훗. 심정은 이해하지만…… 신경 써봤자 소용없답니다. 마사치카 씨는 저희와 비교도 안 될 만큼 머리가 좋으니까요."
"……이렇게 머리가 좋은데, 왜 항상 낙제점만 겨우겨우 면하는 건지 모르겠네."
"응? 그야 간단해. 공부를 안 하거든!"
"우쭐대면서 할 소리가 아니거든?"
마사치카가 당당히 그렇게 말하자, 아리사는 도끼눈으로 그를 노려보았다.
"마사치카 씨는 평소에 시험 전날 벼락치기밖에 안 하거든요."
유키가 쓴웃음을 머금으며 그렇게 말하자, 마사치카는 공허한 웃음을 흘리며 말했다.
"유키, 너는 물러……. 나는 요즘…… 당일 벼락치기만 해."
"진짜로 바보 아냐?"
"그건 좀 그렇지 않나요?"

"그런데도 낙제는 면하고 있잖아. 대단하지?"

"칭찬받을 일이 아니네……. 그것보다, 혹시 스터디 모임을 기획한 건……?"

아리사가 시선을 보내자, 마사치카는 당연하다는 듯이 고개를 끄덕였다.

"그야 물론, 내가 농땡이를 부리지 않는지 감시해줬으면 해서야. 혼자 공부하다간 딴짓할 게 뻔하거든."

"……자기 자신에 대해 잘 아는 것 같아 다행이네."

"그래도, 의기양양하게 할 이야기는 아니군요."

아리사와 유키가 도끼눈과 쓴웃음을 보내자, 마사치카는 장난스레 목을 움츠렸다. 그리고 두 사람한테서 시선을 돌릴 겸 앞을 쳐다보니, 아야노가 수학 문제집을 쳐다보며 고개를 갸웃거리고 있었다.

"아야노, 왜 그래? 모르는 부분이라도 있어?"

"아, 그게…… 네. 실은……."

"어딘데?"

"아, 마사치카 님을 번거롭게 할 일은 아닙니다."

아야노가 무표정한 얼굴로 정중히 사양하자, 마사치카는 쓴웃음을 지으며 옆자리로 이동했다.

"개의치 마. 그것보다, 어디가 이해 안 되는데?"

"으, 음……."

"바보 취급하는 건 아니니까 걱정하지 마."

"아뇨. 차라리 『어째서 이런 문제도 못 푸는 거냐, 이 무능한 녀석아』 하고 인정사정없이 말씀해주셨으면 합니다만……."

"말씀해주지 않을 거라고~."

"그렇, 습니까……."

"어? 왜 살짝 아쉬워하는 건데?"

아야노가 표정 변화 없이 시선을 살짝 숙이자, 마사치카는 약간 질린 듯이 태클을 날렸다. 아리사는 이해가 안 된다는 표정으로 그 모습을 지켜봤다.

"저기…… 너희는 평범한 소꿉친구, 사이인 거지?"

"뭐? 아, 그래. 그게 왜?"

"왜냐니…… 소꿉친구라기에는 거리가 좀…… 유키 양과 키미시마 양 사이처럼, 주종 관계 같아 보이거든."

날카롭다……!

뜻밖의 날카로운 지적에, 마사치카는 한순간 숨을 삼키면서 어떻게 얼버무릴지 급히 생각하기 시작했다.

"혹시…… 쿠제와, 유키 양은……."

"윽!"

아리사가 갑자기 유키와의 관계에 대해 언급하자, 마사치카의 심장이 크게 뛰었다. 하지만 아리사가 이어서 입에 담은 건, 예상에서 완전히 벗어나는 단어였다.

"야, 약혼자, 라거나……?"

"사쿠라다 문밖의 변?"

"뭐?"

"마사치카 씨, 그건 이이 나오스케[#1]예요."

"역시 유키야. 예이~."

완벽한 개그와 태클에, 마사치카와 유키는 아야노를 사이에 두고 손뼉을 쳤다.

호흡이 완벽하게 맞는 만담이었기에 즉시 반응하지 못한 아리사는 잠시 얼이 나간 듯한 표정을 지은 후, 입술을 삐죽 내밀었다.

"저기…… 사람이 진지하게 묻는데, 꼭 그렇게 얼버무려야겠어?"

"아, 미안해. 하지만, 네가 너무 재미있는 소리를 해서 말이야."

"재미있다니…… 이래 봬도, 진지하게 물은 거야."

"이봐, 잘 생각해봐. 명문인 스오우 가문의 영애인 유키와, 평범한 중산층 아들내미인 나. 대체 뭐가 어떻게 되어야 약혼 같은 걸 하겠냐고."

"그건…… 부모끼리, 친하다거나?"

"러브 코미디 만화도 아니고…… 아무리 부모가 친하더라도 『그럼 우리 자식들을 결혼시킬까』 같은 발상은 웬만

#1 이이 나오스케 약혼자의 일본어인 「이이나즈케」와 사쿠라다 문밖의 변으로 암살당한 「이이 나오스케」의 발음이 비슷하다는 점을 이용한 언어유희.

해선 안 하거든?"

평소 오타쿠 발언을 자주 하는 마사치카한테 오타쿠 같은 발상이라는 지적을 받자, 아리사는 인상을 확 찡그렸다.

그에 반해, 마사치카는 자신만만한 미소를 머금었다.

"그리고, 생각이 물러……. 부모끼리 구두로 약속한 약혼자라면, 기모노가 잘 어울리는 요조숙녀 그 자체인 흑발 청초 글래머 미소녀가 왕도란 말이다!"

"……그 말, 맞지 않아?"

"뭐?"

아리사가 지적을 하자, 마사치카는 무심코 고개를 갸웃거린 후에 유키 쪽을 다시 쳐다봤다.

(흑발 롱헤어에, 꽃꽂이 같은 걸 할 때 보면 기모노도 잘 어울리고, 숙녀 모드일 때는 청초한 요조숙녀 타입…… 어라?)

확실히, 의외로 맞기는 했다. 하지만…….

"……응. 거기는 멀었네."

"마사치카 씨? 어디를 쳐다보는 거죠?"

"마사치카 님, 그런 노골적인 시선은 자제하는 편이 좋을 듯합니다."

"저질."

무심코, 집에서 유키를 상대할 때 같은 말투를 쓰고 만 마사치카는 여성들의 비난 어린 시선이 쇄도하자 목을 움츠렸다.

"아니, 으음. 뭐…… 아무튼, 약혼자 같은 건 말도 안 돼. 그것보다, 타케시나 너나 왜 나와 유키를 못 이어줘서 안달인 건데?"

"후훗, 그만큼 저희가 잘 어울려 보이는 것 아닐까요?"

유키는 그렇게 말하면서 아리사를 힐끔 쳐다봤다. 아리사는 의미심장한 그 시선을 받더니, 미간을 살짝 좁혔다.

"그냥…… 사이가 좋아 보인다고 생각했을 뿐이야."

"후후…… 사이가 좋긴 하답니다. 안 그런가요? 마사치카 씨."

"아…… 그건 그래."

마사치카는 고개를 끄덕였지만, 미간을 찌푸린 아리사를 보고 살짝 당황했다. 하지만 이 상황에서 추격의 고삐를 늦추지 않는 이가 바로 유키란 여자다.

"저는 마사치카 씨의 집에 자주 묵기도 하고요."

"아니, 그건…… 뭐……."

으으으! 『자주 묵기도 한다』는 말을 듣고 미간을 더욱 찌푸린 아리사를 본 마사치카는 등골을 타고 식은땀이 흘렀고…… 결국 도주를 선택하고 말았다.

"그, 그 이야기는 그쯤 하자. 그것보다 아야노는 어디를 모르겠다는 거야?"

"아…… 여기입니다."

마사치카는 시험공부라는 대의명분을 이용해 도망쳤지

만, 교과서를 쳐다보고 있는데도 아리사의 따가운 시선이 정수리 부분에서 계속 느껴졌다.

그것은 아야노의 의문을 해결해준 후에도 계속 느껴졌기에, 마사치카는 자기 자리에 앉은 후에도 옆에서 느껴지는 시선 탓에 식은땀을 흘렸다.

"……아랴? 왜 그래?"

"……쿠제는 뭐 모르는 부분이 없나 해서 말이야."

"아니, 아직은 딱히 없는데……."

"그렇구나……."

납득한 것처럼 고개를 끄덕인 아리사는 자기 앞의 책을 향해 시선을 돌렸다. 마사치카는 그제야 어깨에 들어간 힘이 빠졌지만…….

【나한테 좀 의지하란 말이야.】

깜빡했다. 이 러시안 걸은 방심한 순간에 훅 들어온다는 것을 말이다.

(호, 혹시, 여기까지 예상하고 내 옆에 앉은, 걸까?)

마음속으로 피를 토한 마사치카는 약간 아련한 눈길을 머금었다. 하지만 현재도 힐끔힐끔 쳐다보는 아리사의 시선에 의해 추가 대미지를 받고 있기에, 어찌어찌 표정을 관리하며 아리사에게 말을 건넸다.

"으음, 저기 말이야. 역시 좀 모르는 부분이……."

"어, 어머. 그래?"

"응. 여기를 좀 가르쳐주지 않겠어?"

"흐음~? 어쩔 수 없네……."

말은 그렇게 하면서도, 아리사는 어딘가 기쁜 듯이 머리카락을 쓸어 넘겼다. 그 알기 쉬운 태도에 또 대미지를 입었지만, 마사치카는 허벅지를 꼬집으며 필사적으로 표정을 관리했다.

바로 그때, 느닷없이 노크 소리가 들렸다. 넷이서 시선을 마주한 후, 아리사가 대표로 입을 열었다.

"응? 들어오세요."

"다들~ 수고 많네~."

아리사의 목소리에 답하면서 푸근한 미소를 머금은 채 학생회실에 들어온 이는, 아리사의 언니인 마리야였다.

"마샤? 친구와 같이 시험공부를 한다고 안 했어?"

"응. 이미 끝났어. 다들 아직 공부하고 있다면, 돌아가는 길에 홍차라도 타줄까 해서 들른 거야."

"어머, 감사해요."

숙녀 느낌이 물씬 나는 미소를 머금은 유키가 바로 자리에서 일어나더니, 마찬가지로 자리에서 일어나려 하는 아야노를 말리면서 마리야를 도우러 갔다. 그리고 몇 분 후, 마리야가 끓인 홍차를 건네받은 그들은 잠시 휴식을 취하기로 했다.

"어머~? 이건 뭐야?"

마리야가 의아한 목소리로 그렇게 말하더니, 회장의 집무용 책상 위에 놓인 책 한 권을 손에 쥐었다. 표지에는 『누구라도 할 수 있는 최면술 입문 ~오늘부터 너도 최면술사다!~』라는, 매우 수상한 제목이 적혀 있었다.

"아, 사라시나 선배가 몰수한 책 같아요. 나중에 선도위원한테 전달해주려는 것 아닐까요?"

"흐음."

마리야는 흥미가 생긴 건지 그 책을 펄럭펄럭 넘겨보더니, 곧 아리사의 옆자리에 앉아서 그녀의 얼굴 앞에 손가락 하나를 세웠다.

"……뭐하는 거야?"

"자아~, 이 손가락을 유심히~ 보세요~. 당신은 점점, 의식이 멀어질 거예요~."

"아니, 무슨 소리를……."

"으음…… 제가 손뼉을 치면, 당신은 꿈나라로 빠져들 거예요. 그럼 하겠어요. 셋, 둘, 하나!"

마리야는 그렇게 말하면서 책을 책상 위에 내려놓더니, 손뼉을 쳤다. 그리고, 기대에 찬 눈길로 아리사를 쳐다보았다. 그런 마리야를, 아리사는 성가시다는 듯한 눈길로 쳐다보았다.

"……어때?"

"최면이라면 안 걸렸어. 걸릴 리가 없잖아? 이런 건 헛

소리일 게 뻔한걸."

"뭐어~? 으음~ 그럼 한 번만 더 해보자. 응?"

"안 해. 공부에 방해되니까 돌아가."

"그럼 아랴가 걸어봐."

"싫어."

"왜~. 이 언니도 걸려보고 싶단 말이야. 걸려보고 싶어~."

볼을 부풀린 마리야가 의자 위에서 몸을 흔들었지만, 아리사는 상대해주지 않았다. 그런 매정한 여동생을 향해 불만 섞인 표정을 짓고 있던 마리야는 아리사 너머에 있는 마사치카를 향해 시선을 보냈다.

"그럼 쿠제가 해봐. 응?"

"어, 제가요?"

"응…… 아랴가 해주지 않는걸."

마사치카는 삐친 투로 그렇게 말하는 마리야를 향해 쓴웃음을 지으며 자리에서 일어나더니, 그녀의 옆에 서서 책상 위에 놓인 책을 집어 들었다.

"으음, 우선…… 최면 유도? 이건가……."

아까 마리야가 했던 페이지를 펼친 후, 대충 따라 해봤다.

"자, 이 손가락을 잘 보십시오. 당신은 점점 의식이 흐릿해질 겁니다."

몸을 약간 숙인 쿠제는 의자에 앉아있는 마리야의 얼굴을 향해 검지를 내밀며 그렇게 말했다.

변화는…… 순식간에 일어났다. 이제까지 푸근한 표정으로 눈동자를 반짝이고 있던 마리야의 눈빛이 갑자기 흐릿해지더니, 얼굴에서 표정이 사라진 것이다.

"어, 라……?"

갑작스러운 변화에 놀란 마사치카는 연기일지도 모른다고 생각하며, 그대로 계속 이어갔다.

"……제가 손뼉을 치면, 당신은 꿈나라로 빠져들 겁니다. 알겠죠? 셋, 둘, 하나!"

그리고 마사치카가 손뼉을 친 순간, 마리야가 고개를 푹 숙였다. 완전히 공허해진 표정으로, 인형처럼 바닥 한 곳을 멍하니 쳐다보고 있었다.

"으음…… 어? 마샤 씨? 마샤 씨?"

연기라고 하기에는 박진감 넘치는 그 모습을 본 마사치카가 허둥지둥 마리야의 얼굴 앞에서 손을 흔들어봤지만, 그녀는 눈도 깜빡이지 않았다.

"어? 마샤 선배…… 혹시 진짜로 최면에 걸린 건가요?"

"아니, 그게…… 잘 모르겠네."

유키가 눈을 깜빡이며 묻자, 마사치카도 당혹스러운 어조로 대꾸했다. 바로 그때, 어이없다는 듯이 고개를 든 아리사가 등 뒤에서 언니의 어깨를 흔들었다.

"자, 그쯤 하면 됐으니까…… 마샤?"

하지만 마리야는 몸이 흔들리는데도, 아리사의 목소리에

전혀 반응하지 않았다.

“저기…… 왜 이러는—.”

미간을 찌푸리며 몸을 일으킨 아리사는 마리야의 정면에 서더니, 언니의 범상치 않은 상태를 보고 눈을 치켜떴다. 하지만 바로 상황을 받아들일 수는 없는지, 눈썹을 모으며 마사치카를 쳐다봤다.

“저기, 그만 좀 해줄래? 다 같이 나를 놀리려고…….”

“그런 게 아냐. 나도 이렇게 될 줄 몰라서 깜짝 놀랐어…….”

“거짓말. 이런 어설픈 최면술에 실제로 걸릴 리가 없잖아?”

“나도 그렇게 생각하는데…… 최면술에 걸리고 싶다고 생각하는 사람일수록 잘 걸린다고 여기 적혀 있는 걸 보면, 그래서 마샤 씨가 걸린 것 아닐까?”

마사치카가 우물쭈물 그런 해명을 늘어놓자, 아리사는 미심쩍은 눈길로 그를 쳐다봤다. 하지만 마사치카는 진짜로 아무것도 꾸미지 않았기에, 저런 눈길로 쳐다봐도 난처하기만 할 뿐이었다.

“이, 일단 최면술을 풀어 보자…….”

아리사의 시선을 피하려는 듯이 책을 향해 고개를 돌린 마사치카는 최면을 푸는 법을 찾은 후, 다시 마리야의 앞에서 몸을 웅크렸다.

“으음, 그럼 제가 어깨를 만지면 최면이 풀립니다. 알겠죠? 셋, 둘, 하나!”

그렇게 말하며 두 어깨를 잡고 흔들자, 마리야는 퍼뜩 고개를 들었다. 그녀의 얼굴에 점점 표정이 돌아오더니, 잠에서 깨어난 것처럼 눈을 깜빡였다.

"……으음, 쿠제? 왜 안 하는 거야?"

"네?"

마사치카가 고개를 갸웃거리자, 마리야는 볼을 부풀리며 말했다.

"정말, 여기 적혀 있잖아. 손가락을 세운 후, 손뼉을 치면 돼."

"어…… 어어어어, 어? 기억, 못 하는 거예요?"

"응? 뭘 말이야?"

마리야가 어리둥절한 표정을 짓자, 마사치카는 「아, 이건 진짜네」 하고 중얼거리며 표정을 굳혔다. 하지만, 그런 광경을 보고도 믿지 못하는 사람이 한 명 있었다.

"마샤…… 그만 좀 해."

"아랴? 왜 그래?"

"그러니까, 하아…… 정말."

아리사가 더는 어울려주지 못하겠다는 듯이 고개를 좌우로 젓자, 책상 건너편에 있는 유키가 입을 열었다.

"그럼 아랴 양도 마사치카 씨에게 최면술을 걸어달라고 하는 건 어때요?"

"어?"

"뭐?"

아리사와 마사치카가 고개를 돌려 쳐다보자, 유키는 빙그레 웃으면서 손바닥을 마주 댔다.

"아까 마샤 선배가 최면술을 걸었을 때는 걸리지 않았지만, 마사치카 씨의 최면술은 성공할지도 모르잖아요. 효과를 조금이라도 실감한다면, 의심이 풀리지 않을까요?"

그렇게 말한 유키의 얼굴에는 악의가 느껴지지 않는 숙녀의 미소가 어려 있었다.

하지만 그 이면에는「이거 재미있는 장난거리를 발견했네」라는, 유쾌함과 심술궂음이 공존하는 미소가 존재한다는 것을 느낀 마사치카는 볼에 경련이 일어났다.

하지만 그런 유키의 속내를 전혀 눈치채지 못한 아리사는 자기 자리로 돌아가서 미심쩍은 눈길로 마사치카를 올려다보았다.

"……응, 좋아."

"어…… 진짜로 하라는 거야?"

"그래. 이런 장난은 빨리 끝내버리자."

최면에 걸릴 마음이 전혀 없다는 듯이 아리사가 코웃음을 치자, 마사치카는 왠지 불길한 예감을 받으면서 그녀에게 다가갔다.

"으음…… 그럼, 이 손가락을 잘 보십시오. 당신은 점점 의식이 흐릿해집니다."

그리고, 아리사의 얼굴 앞에 손가락을 세우며 그렇게 말하자…… 미심쩍은 표정을 짓고 있던 아리사의 얼굴에서 표정이 싹 사라졌다.

"……제가 손뼉을 치면, 당신은 꿈나라로 빠져듭니다. 알겠죠? 셋, 둘, 하나!"

마사치카가 손뼉을 치자, 아리사는 고개를 푹 숙였다. 마사치카는 시체 같은 눈빛을 머금은 채, 교과서 읽는 듯한 말투로 말을 이어갔다.

"자, 그럼 제가 어깨를 만지면 최면이 풀립니다~. 알겠죠~? 셋, 둘, 하나!"

그리고 아리사의 두 어깨를 잡고 흔들자, 그녀는 고개를 치켜들며 눈을 끔뻑였다. 몇 초 후, 아리사는 초점이 맞춰진 눈으로 마사치카를 노려보며 불만 섞인 목소리로 말했다.

"……저기, 중간에 관두지 좀 마. 빨리 계속해."

"똑같은 반응이잖아~! 완전히 똑같은 반응이잖아아아아아~~~!!!"

"어? 뭐가 말이야?"

마사치카가 무심코 고함을 지르자, 아리사는 미심쩍다는 듯이 눈을 치켜떴다. 바로 그때, 유키가 쓴웃음을 머금으며 말을 건넸다.

"아랴 양…… 방금, 완전히 최면에 걸렸었어요."

"뭐…… 거짓말."

"정말이에요. 아야노, 그렇지?"

"네. 제 눈에도, 틀림없이 최면에 걸린 것처럼 보였습니다."

유키와 아야노가 그렇게 말하자, 아리사의 눈빛이 동요한 것처럼 흔들렸다. 하지만 곧 마사치카를 노려보더니, 언성을 높이며 이렇게 말했다.

"즈, 증거! 증거를 보여줘! 동영상이라도 보여주지 않는 한, 절대 안 믿을 거야!"

"뭐어…… 아니, 이쯤 하면 됐잖아? 그렇게까지 집착할 것까지야……."

"싫어! 내가 최면술 따위에 걸리는 여자라고 여겨지는 게 마음에 안 들어!"

"아니, 너무 그럴 건 없지 않아? 고집 한번 되게 세네."

"잔말 말고, 다시 해 봐!"

"하아, 알았어."

결국 마사치카는 아리사가 시키는 대로 또 최면을 걸었고…… 결과는 굳이 말할 필요가 없었다.

"너무 쉽게 걸려드네……. 플래그 회수가 너무 빨라서 놀라울 지경이야."

눈빛이 공허해진 아리사를 본 마사치카가 두통이 난 것처럼 이마를 감싸 쥐는 가운데, 유키는 그녀의 얼굴 앞에 손을 내밀고 흔들어봤다. 이 상태에서는 기억이 남지 않는다는 걸 알기 때문인지, 유키는 숙녀 모드를 완전히 해제

했다.

“여보세요~, 아랴 양~? 정신이 들었어요~?”

“…….”

“틀렸네. 반응이 전혀 없어. 마치 시체 같아.”

“재수 없는 소리 하지 마.”

마사치카가 힘없이 태클을 날리자, 유키는 작게 웃으면서 아리사의 옆에 있는 마리야를 쳐다보았다.

“그런데 마샤 선배한테는 최면을 걸지 않았는데 왜 걸린 거야?”

“몰라.”

남매의 시선은, 여파(?)만으로 최면에 걸린 마리야를 향했다.

공허한 표정으로 의자에 앉아있는 자매를 본 유키는 마른침을 삼켰다.

“잠깐만…… 이러면 야한 짓도 마음껏 할 수 있는 거 아냐?”

“그런 생각은 입 밖으로 내뱉지 말라고!”

“으음. 오빠, 어쩌지? ……이러다간 얇은 책이 두꺼워질 거야.”

“왜 네가 가장 흥분하는 건데?”

“어떻게 흥분을 안 하냐 말이야……. 리얼 최면술이잖아? 하아, 《획득 경험치 10배(구기 종목 제외)》 치트 보유자는 이래서 문제라니깐.”

"치트 보유자라고 부르지 마."

"상태창 열어봐. 아마 스킬 칸에 《최면술 Lv.3》이라고 추가되어 있을 거야."

"애초에 상태창을 열 수가 없다고."

"참고로 최면술의 스킬 레벨이 MAX가 되면, 학교 전체에 최면을 걸 수 있게 돼. 그러면 무시무시한 음란 교칙을……."

"오케이, 일단 입 좀 다물어."

왜 이 녀석은 19금 오타쿠 설정에도 해박한 걸까, 하고 생각한 마사치카는 무심코 도끼눈을 떴다. 그런 오빠의 시선을 무시한 유키는 손을 꼼지락거렸다.

"어어어, 어떻게 할까? 일단 가슴을 주물러볼래??"

"주무를 생각 없거든?!"

"그럼 내가 주물러야지."

"이봐, 멍청아! 관둬!"

유키가 진짜로 아리사의 가슴을 향해 손을 뻗자, 마사치카가 다급히 말렸다.

그러자 유키는 어리둥절한 표정을 지은 후, 「아하」 하며 손뼉을 쳤다. 그리고 씨익 웃으며 엄지를 치켜들더니, 윙크를 했다.

"안심하라고, 오라버니……. 키스와 마찬가지야. 여자끼리의 가슴 조물조물은 노카운트라는 게 사회적인 통설이거든."

"아니, 무슨 소리를 하는 거야. 애초에 아무리 여자끼리라도 의식이 없는 상대에게 그런 짓을 하는 건 아웃이라고."

"으…… 하지만 마샤 선배는 몰라도, 아랴 양은 평소에 빈틈을 안 보이는데……."

"그것보다 여자인 네가 왜 그렇게 가슴을 주무르고 싶어 하는 건데?"

마사치카가 소박한 의문을 입에 담자, 유키는 눈을 치켜뜨며 힘차게 외쳤다.

"멍청아!! 여자도 찌찌를 사랑한단 말이야!! 어디 한번 마샤 선배의 가슴에 얼굴을 묻어봐! 진짜 기분 끝내주거든?!"

"……그렇사옵니까."

"그러니까……."

"아니, 그런 짓 하게 둘 생각 없거든?"

마사치카는 진짜로 마리야의 가슴에 다이빙하려고 하는 유키의 목덜미를 움켜잡은 후, 거칠게 잡아당겼다.

"우냐~! 나는 고양이가 아니란 말이야!"

"알아."

고양이처럼 목덜미를 잡힌 유키가 불만을 드러내듯 마사치카를 올려다보며 머리카락을 정돈했다. 마사치카는 어이없다는 듯이 유키를 쳐다보면서, 기척을 숨긴 채 뒤편에 있는 아야노에게 말을 건넸다.

"저기~ 아야노? 유키가 글래머를 좋아한다고 괜히 경쟁심을 불태울 필요 없어. 그리고 여자애가 이런 장소에서 자기 가슴을 조물거리면 안 되거든요?”

무표정한 얼굴로 자기 가슴을 주물러대던 아야노는 마사치카의 지적을 듣고 고개를 들더니, 자기 가슴에서 순순히 손을 뗐다.

유키는 그런 아야노를 향해 환한 미소를 지어 보이며 엄지를 치켜들었다.

“안심해, 아야노. 나는 아야노의 찌찌도 사랑한다고.”

“너, 성희롱이란 말을 알긴 하냐?”

“알아. 섹시 하라쇼[#2]지?”

“아랴가 들으면 화낼 거야.”

“……농담이야. 세크레터리 해러스먼트(비서 학대)잖아?”

“틀렸지만, 얼추 맞아.”

“괜찮습니다. 저는 학대라고 느끼지 않으니까요.”

“그런 내성 과시하지 마. 이 녀석이 더 기어오를 거야.”

“알았으니까, 옷깃 좀 그만 잡아당겨.”

발가락 끝으로 선 유키가 오빠에게 항의에 찬 시선을 보냈다. 이게 만화의 한 장면이라면 대롱대롱 공중에 떠 있을 상황이다. 물론, 마사치카에게는 그 정도의 근력이 없지만 말이다.

#2 섹시 하라쇼 성희롱의 일본어인 「セクハラ(세쿠하라)」와 러시아어로 「좋은」이란 의미인 「Хорошо(하라쇼)」를 이용한 언어유희.

"하아…… 아무튼, 빨리 최면을 풀어주자."

"이봐, 증거를 확보 안 해도 괜찮은 거냐?"

"뭐? ……아."

아까 아랴한테서 들었던 말을 떠올린 마사치카는 「사진을 찍어두면 되겠지」 하고 생각하며 스마트폰을 꺼내—.

"이 타이밍에 뜬금 오타쿠 언어유희! 문제! 미소녀에게 최면술을 걸었어♪ 가장 먼저 걸어볼 암시는 뭘까?!"

……려다, 유키가 갑자기 한 말에 고개를 퍼뜩 치켜들며 재빨리 답을 외쳤다.

"유아 퇴행시킨다!"

"개방적인 성격으로 만들어서 홀라당 벗게 만든다!"

"으, 으음…… 부끄러운 비밀을 말해보라고 한다, 일까요."

차례차례 대답한 세 사람은 시선을 교환했다. 가장 먼저 입을 연 이는 마사치카였다.

"개방적인 성격이라는 건 너무 범위가 넓지 않아? 애초에 『개방적인 성격』=『벗는다』는 건 너무 비약이 심해."

"하지만 유아 퇴행이야말로 처음 거는 암시치고는 너무 공격적이잖아. 그런 건 좀 더 단계를 밟은 후에 걸어야 하지 않겠어?"

"으음……."

마사치카가 입을 다물자, 유키는 이어서 아야노를 쳐다보았다.

"아야노는~ 으음~. 나쁘지는 않지만 좀 약한 것 같네. 만약 어마어마한 비밀이라도 튀어나왔다간, 분위기가 얼어붙을 가능성도 있거든."

"그렇습니까……."

"반대로, 질문 내용을 한정하는 것도 괜찮을지 몰라. 스리 사이즈나 남성 경험을 묻는 건 나쁘지 않겠네."

"한 수 배웠습니다."

"아니, 그런 건 배우지 마."

"그에 반해! 나의 개방적인 성격으로 만든다는 건 백 점 만점 아냐? 개방적인 성격으로 만들면, 그런 부끄러운 비밀도 아무렇지 않게 이야기해줄 거야!"

"치사해! 너무 치사한 거 아냐?!"

"제 답까지 전부 포괄하고 있는 답을 내놓으시다니…… 대단하십니다, 유키 님."

"그럼 다수결로 내가 이겼어! 문제 『미소녀에게 최면술을 걸었을 때, 가장 먼저 걸 암시는?』의 답은 『개방적인 성격으로 만든다』로 결정!"

의기양양하게 주먹을 치켜든 유키는 씨익 웃더니, 아리사와 마리야 앞에 섰다.

"그럼 두 사람을 개방적인 성격으로 만들겠습니다~."

"이봐, 하지 마."

"훗훗훗~ 아랴 양, 마샤 선배. 두 사람은 점점 개방적인 성격이 됩니다. 이성이 사라지고, 몸도 마음도 전부 알몸이 됩니다!"

"아니, 애초에 두 인간에게 한꺼번에 최면술을 건다는 이야기는 들어본 적이—."

마사치카가 어이없어하며 말을 이으려던 순간, 갑자기 고개를 푹 숙인 아리사와 마리야가 멍한 표정을 지으며 얼굴을 들었다. 그 범상치 않은 모습을 본 유키는 허를 찔린 듯한 표정을 지었다.

"어…… 어? 진짜로, 성공한 거야?"

"이봐, 치트 자식. 너야말로 사돈 남 말 말라고."

"아, 아니, 설마……."

유키가 질린 표정으로 두 사람의 얼굴을 들여다보려고 한 순간, 아리사와 마리야가 동시에 벌떡 일어나서 마사치카에게 다가갔다.

"어, 잠깐—."

마사치카는 반사적으로 뒷걸음질 쳤지만, 그런 그에게 순식간에 다가간 두 사람은 그를 소파에 쓰러뜨렸다. 그리고—.

"……이봐, 유키."

"……."

"나, 왜 무한 쓰담쓰담을 받는 거야?"

"그, 글쎄? 왜일까?"

"이봐, 범인. 이쪽 쳐다보라고."

현재 마사치카는 마리야에게 머리를 안긴 채 하염없이 쓰담쓰담을 받고 있었다. 그리고 마리야는 다른 한 손으로 아리사의 머리를 쓰다듬고 있었다.

아리사도 마사치카에게 뭔가를 하려던 것 같지만, 어느새 이 상황을 받아들이고 말았다. 역시 언니를 이기는 동생은 없는 걸까.

그건 그렇고 평소의 아리사라면 성가시다는 듯이 마리야의 손을 떨쳐낼 텐데, 이것도 최면술의 영향인 걸까……. 지금은 기분 좋은 듯이 눈을 가늘게 뜬 채, 언니의 손길을 느끼고 있었다.

(개방적인 성격이라기보다…… 솔직한 성격이 된 거 아냐? 마샤 씨는 모성(母性) 그 자체처럼 됐고 말이야.)

이것도 어찌 보면 이성과 수치심이 옅어진 결과라고 할 수 있을 거라고, 마사치카는 현실도피를 하는 듯한 느낌으로 생각했다.

"후훗. 착하다, 착해~♪"

마리야는 오른손으로 마사치카를, 왼손으로 아리사의 머리를 쓰다듬어주면서 행복에 찬 표정을 지었다.

그 모습을 본 유키(일단은 숙녀 모드)가 전율에 찬 표정을 지었다.

"설마, 마사치카 씨가 아니라 마샤 선배의 하렘 플레이가 시작되다니……!"

"경악의 방향성이 이상하다고."

도끼눈을 뜨며 태클을 날린 마사치카는 마리야를 올려다보았다.

"저기~ 마샤 씨? 슬슬 놔주면 안 될까요?"

"으응~? 안 돼~."

"안 되나요~."

그런 말을 들으니 이대로 몸을 맡기고 싶어졌지만, 그럴 수도 없었다. 왜냐하면, 이 자세는 꽤 힘들어서다.

현재 마사치카는 마리야의 어깨에 머리를 얹고 있지만, 그의 몸집이 더 큰 탓에 상체가 그녀를 향해 기울어져 있었다.

손을 짚어서 균형을 잡으려 해도, 옆에는 마리야의 발이 있고, 그 너머에는 아리사의 발이 있다. 즉, 손을 둘 곳이 없다. 소파 등에 팔을 두르려고 해도, 마리야의 몸에 가려져서 팔을 움직일 수가 없다.

게다가 의식하지 않으려고 노력하고 있지만, 이미 몸 곳곳이 닿고 말았다.

"잠시~ 실례……."

근력이 한계에 도달해서 마리야 쪽으로 쓰러지기 전에, 마사치카는 슬며시 마리야의 팔을 치우면서 머리를 빼내려고 했지만…….

"아앙, 정말. 안 돼~."

"잠깐, 힘이 세—."

마리야는 마사치카의 목에 팔을 두르면서 꼭 끌어안았다. 그대로 균형이 무너진 마사치카가 허둥지둥 팔로 짚으려 한 곳에는 마리야의 발이 있었고, 허둥대면서 기울어진 순간—.

말캉.

마사치카의 손바닥에서 느껴지는 부드러운 감촉과, 볼과 코에서 느껴지는 더 부드러운 감촉. 그리고 어마어마하게 좋은 향기. 왼손에 닿은 허벅지, 눈앞에는 모성 그 자체(물리). 한마디로 말해 천국(헤븐). 손으로 짚을지 말지 망설인 탓에, 더욱 무시무시한 상황이 벌어지고 말았다.

"죄송합—?!"

허둥지둥 떨어지려 했지만, 그럴 수가 없었다. 인간은 목을 안긴 상태에서 뜻대로 움직일 수가 없었다.

게다가 몸을 꿈틀거릴 때마다 안면에서 말랑말랑~ 말캉말캉~ 거리는 감촉이 느껴지며, 여러 의미에서 위험했다.

"이, 이봐! 좀 도와—."

"아야노! 뒤돌아서!"

마사치카가 SOS를 날린 순간, 유키가 날카로운 어조로 명령을 내렸다. 마사치카를 구조하기 위해 움직이려던 아야노가 그대로 얼어붙었고, 이어진 「빨리!」라는 유키의 외

침에 따라 튕기듯 뒤돌아섰다. 아야노와 동시에 뒤돌아선 유키는 등 너머로 마사치카를 향해 엄지를 치켜들었다.

"걱정하지 마세요! 저희는 아무것도 못 봤어요! 제 몫까지 마음껏 즐겨주세요!"

"괜한 배려 필요 없어! 아야노! 빨리 도와줘!"

"아야노! 네 주인은 나잖아! 내가 시키는 대로 해!"

"……하지만—."

유키가 강권 발동! 아야노의 자궁에 디렉트 어택! 아야노의 눈에 하트 마크가 떠올랐다!

"……네~, 유키 님의 뜻에 따르겠습니다."

"이봐?!"

믿었던 아야노에게 버림받고만 마사치카는 어쩔 수 없이 결의를 다졌다.

"하아, 정말…… 실례할게요!"

마리야의 팔을 잡고 억지로 머리에서 떼어낸 후, 그대로 침대에서 몸을 일으켰다. 그 과정에서 여기저기 만진 듯한 느낌이 들지만, 상황이 이러하니 의식하지 않기로 했다.

(미안해요. 얼굴도 모르는 마샤 씨의 남친분.)

마음속으로 마리야의 남친(이미지적으로는 금발 미남)에게 사과했을 때, 왠지 표정에 불만이 섞인 듯한 마리야가 이번에는 아리사를 두 팔로 꼭 끌어안기 시작했다.

"거추장스러워……."

하지만 아리사는 마리야를 밀쳐내더니, 귀찮다는 표정으로 몸을 일으켰다. 그리고 천천히 교복 재킷을 벗었다.

밀착한 바람에 더웠던 걸까…… 마사치카는 자기 얼굴을 향해 부채질을 하면서 멍하니 그런 생각을 했지만…… 아리사가 등 쪽으로 손을 돌린 후에 지퍼를 내리는 소리가 들려오자 「어?」 하며 고개를 갸웃거렸다.

"갑갑해……."

"잠깐만, 뭘 하는—."

경악한 마사치카의 앞에서…… 아리사는 점퍼스커트의 어깨끈을 내렸다.

그러자, 중력에 이끌린 치마가 그대로 흘러내렸다. 와이셔츠 옷자락 아래로 새하얀 다리와 물빛 속옷이 모습을 드러냈다. 그 선정적인 자태에, 마사치카는 눈을 치켜떴—.

"회사에서는 완벽하지만 집에서는 대충대충인 여성 회사원의 아침 모습!"

"바로 그거야!"

"응?"

"아—."

반사적으로 고함을 지른 순간에 등 뒤에서 들려온 동의의 목소리에 마사치카가 뒤를 돌아보니, 뒤돌아선 채…… 손거울로 이쪽을 살피고 있는 유키의 모습이 눈에 들어왔다.

"이봐, 돌아서서 뭘 그렇게 쳐다보는 거냐고."

“그런 소리를 할 때인가요? 등 뒤에서 엄청난 일이 벌어지고 있는데 말이죠.”

“뭐—?”

『엄청난 일』이라는 말을 듣고 뒤를 돌아보니, 어느새 리본 넥타이를 푼 아리사가 와이셔츠의 단추를 풀기 시작했다. 게다가 옆에서는 마리야도 교복 재킷을 벗기 시작했다.

“아니, 자, 잠깐만, 왜 두 사람 다 옷을 벗는 건데?!”

“아, 그러고 보니 아까 『점점』 개방적인 성격이 되어서 『몸도 마음도』 전부 알몸이 된다고…….”

“인마, 너는 천재냐! 감사합니다!”

“마사치카 씨, 입에서 솔직한 감상이 흘러나왔어요.”

하지만 이러는 사이에도 아리사가 위에서 세 번째 단추를 풀면서, 농담을 할 상황이 아니게 되어가고 있었다.

혼란과 동요를 억지로 마음속 깊이 밀어 넣은 후, 허둥지둥 주문을 떠올린 마사치카는 비명에 가까운 목소리로 외쳤다.

“으음, 그럼 제가 어깨를 만지면 최면이 풀립니다! 알겠죠? 셋, 둘, 하나!”

그리고, 기도하는 심정으로 아리사의 눈을 쳐다보며…….

“……?”

“이봐?! 안 풀리잖아!”

네 번째 단추까지 풀리면서 숨 막힐 만큼 새하얀 가슴

계곡과 물빛 천이 모습을 드러내자, 마사치카는 천장을 올려다보았다.

"이봐, 유키! 교대해줘!"

"뭘? 촬영 담당?"

"너는 악마냐! 네가 최면을 풀라는 거라고!"

"아, 응."

위험한 상황이라고 생각한 건지 유키가 이쪽으로 뛰어오는 소리가 들려왔기에, 마사치카는 고개를 든 채 옆으로 비켜났다.

"으음…… 그럼 제가 어깨를 만지면, 최면이 풀립니다. 알겠죠? 셋, 둘, 하나!"

유키가 그렇게 말한 후, 정적이 흘렀다. 극한의 긴장감으로 가득 찬 몇 초가 흐른 후, 유키는 작은 목소리로 중얼거렸다.

"큰일 났네. 안 풀려."

"이봐!! 진짜냐~?!"

절망에 찬 목소리와 함께 대각선 앞쪽에서 스르륵하고 치마가 흘러내리는 소리가 들려오자, 마사치카는 또 격렬하게 동요했다.

"아니, 진짜로 어떻게—."

"아, 아야노! 나는 아랴 양을 말릴 테니까, 아야노는 마샤 선배를—."

"마샤~? 이쪽은 이미 다 끝났, 는데……?"

갑자기 문이 열리는 소리와 함께 익숙한 목소리가 들려오자, 문 쪽을 쳐다본 마사치카의 눈에는 놀란 나머지 눈을 치켜뜬 치사키의 모습이 비쳤다.

"……어? 이게 어떻게 된 상황이야?"

"사, 사라시나 선배! 그게, 말이죠……. 저기, 제가 최면술 책의 내용을 시험해봤는데, 최면이 풀리지 않아요!"

유키가 그렇게 말하자, 치사키는 책상 위에 놓인 책을 쳐다봤고…… 곧 고개를 끄덕인 그녀는 문을 닫고 성큼성큼 안으로 들어왔다.

"실례할게."

그리고, 아리사의 두 팔을 잡은 유키를 물러나게 하더니, 눈에 비치지 않는 속도로 아리사의 턱에 일격을 가했다.

그 바람에 후들거리는 아리사의 관자놀이와 볼을 양손의 손가락 끝으로 톡톡 두드렸다.

그러자 눈동자가 공허해진 아리사의 온몸에서 힘이 빠져나갔고, 치사키는 그런 그녀를 소파에 앉혔다. 거기까지 걸린 시간은 3초에 불과했다.

이어서 마리야에게도 같은 짓을 해서 자매를 한 소파에 앉힌 후, 치사키는 만족한 것처럼 고개를 끄덕였다.

"됐어."

"하나도 안 됐는데요."

마사치카도 방금 그 말에는 태클을 날릴 수밖에 없었다. 시선을 돌리는 것도 깜빡한 채, 질린 표정으로 치사키에게 질문을 던졌다.

"어, 저기— 방금, 뭘 한 거예요?"

"응? 리셋이야."

"그 단어를 인간에게 쓰는 사람은 매드 사이언티스트뿐일걸요?!"

비명에 가까운 목소리로 태클을 날린 직후, 쿠죠 자매가 동시에 「으음~」 하는 목소리를 낸 바람에 마사치카는 흠칫했다.

"어, 어라…… 나, 왜 소파에……?"

"어머…… 왠지, 잠시 의식이 없었던 것 같은데……?"

"저기, 아랴 양. 마샤 선배. 혼란스러운 심정은 이해가 되지만…… 우선, 옷차림부터 신경을 쓰는 게 좋지 않을까요……."

"뭐?"

"옷차림……?"

잠시 후, 날카로운 비명소리가 들려오자마자 마사치카는 전력을 다해 고개를 돌렸다. 하지만 불길한 분위기에 감싸인 손에 어깨를 잡히자, 녹이 슨 것처럼 삐걱거리며 앞쪽을 쳐다봤다.

그러자, 미소를 머금고 있는 치사키의 아름다운 얼굴이

눈에 들어왔다.

평범한 남자라면 멋쩍어서 고개를 돌리고 말 만큼 거리가 가까웠지만…… 마사치카는 그러지 못했다. 고개를 돌렸다간 죽을 거라는, 확신이 들었던 것이다.

"그것보다, 쿠제……. 봤지?"

"……."

「뭘요?」 하고 시치미를 뗄 분위기가 아니었다. 하지만 솔직하게 「봤어요」 하고 말하기에는 살기가 무시무시했다.

결과적으로 아무 말도 하지 않으며 침을 삼키는 마사치카의 앞에서, 오른손을 천천히 치켜든 치사키는 손가락을 하나씩 접으며 우두둑하는 소리를 냈다.

"리셋, 시켜줄까?"

치사키가 미소를 지으며 고개를 갸웃거리자, 마사치카는 고속으로 고개를 내저었다.

◇

"그럼, 반성과 변명을 들어보도록 할까."

스터디 모임을 이어서 할 예정이었던 쿠제의 집으로 귀가한 후, 자기 침대에 걸터앉은 마사치카는 카펫 위에서 무릎을 꿇고 있는 유키를 내려다봤다.

아까는 정말 큰일 날 뻔했다. 유키가 「최면술을 건 사람은 저예요!」 하고 말해준 덕분에 치사키의 리셋은 모면했지만, 아리사는 범죄자 보듯 마사치카를 쳐다봤고, 마리야 또한 부끄러운지 서둘러 돌아가 버렸다……. 내일부터 어떤 표정으로 그 두 사람을 만나면 좋을지 몰라서 골이 지끈거렸다.

어찌 됐든 간에, 그 수상한 최면술은 영구 봉인하기로 결정됐다. 그렇다면 남은 건…… 주동자가 대가를 치르기만 하면 된다.

"뭐 할 말 있어? 동급생과 선배를 성희롱한 걸로 모자라 홀라당 벗겨버린 유키 양?"

"……그런 게 아니데이."

"일단 무턱대고 부정부터 하는 건 관두는 편이 좋지 않을까~?"

"네, 네, 했어요! 장난 좀 치려다가 아랴 양과 마샤 선배를 반라 상태로 만들어버렸어요! 하지만, 진짜로 걸릴 줄은 꿈에도 몰랐단 말이에요!"

"응. 그렇다고 정색하며 뻔뻔하게 나오는 건 좀 그렇지 않으려나~?"

마사치카가 뜨뜻미지근한 시선으로 쳐다보자, 유키는 고개를 획 돌려버렸다.

그런 여동생을 보며 한숨을 내쉰 마사치카는 옆— 딱히 지시를 받은 게 아닌데도 함께 무릎을 꿇고 있는 아야노를 쳐다봤다.

"저기~ 아야노? 너까지 무릎을 꿇을 필요는 없거든? 나쁜 건 유키잖아."

"아뇨. 주인께서 무릎을 꿇고 있는데, 저만 서 있을 수도 없으니까요."

아야노는 당연하다는 듯이 그렇게 대답했다. 멋진 충성심이다. 그야말로 종자의 귀감이라고 해도 과언이 아닌 발언이다. 하지만, 신경이 쓰이는 점은…….

"……이봐, 동생아."

"왜, 오빠야."

"……얘는 왜 살짝 기뻐하는 거야?"

"M이거든."

유키가 즉답하자, 마사치카는 천장을 올려다보며 눈을 감았다.

10초 동안 하늘을 우러러본 후, 마사치카는 몸을 앞으로 숙이며 눈물을 참았다. 그리고 천천히 스마트폰을 꺼내더니, 게임을 켜서 가챠를 돌렸다.

"쳇, 또 자시키와라시네."

"……."

"……."

꽝을 뽑아서 혀를 찬 마사치카는 스마트폰을 베개 위에 던져놓더니, 가볍게 헛기침을 했다. 그리고 표정을 굳힌 마사치카는 무릎 위에 팔꿈치를 얹어놓더니, 유키를 향해 얼굴을 쑥 내밀었다.

"그럼, 반성의 말을 들어볼까."

"저기, 현실도피 하지 좀 마."

"이 상황에서 어떻게 현실도피를 안 하냐고!"

유키가 냉철하게 태클을 날리자, 마사치카는 머리를 감싸 쥐었다. 받아들이기 힘든 현실 앞에서 두 팔로 방어 자세를 취한 오빠에게, 유키는 차가운 표정으로 또 공격을 날렸다.

"그리고, 너무 뜸 들여."

"그건 미안해. 중간에 태클 날리지 않고 기다려줘서 고마워."

"별말씀을요~."

유키가 날카로운 지적을 날리자, 마사치카는 두 팔 사이로 그녀를 쳐다보며 사과했다. 아야노가 「이 헛짓거리는 대체 뭘까」 하고 태클을 날려도 괜찮지 않을까 싶다.

"휴우…… 그럼 반성의 말을 들어볼까?"

"아니, 그러니까 어영부영 넘어가려고 하지 마."

"나는 아무 말도 못 들었다고~."

무표정한 얼굴로 방금 일을 없었던 걸로 만들려 하는 오빠 앞에서, 유키는 옆에 있는 아야노에게 질문을 던졌다.

"저기, 아야노는 M이야?"

"네. 저는 메이드(M)입니다."

"이상이야, 오라버니."

"그만해~!"

아야노 본인의 M 선언을 듣고 만 마사치카는 또 머리를 감싸 쥐었다.

"싫어! 안 그래도 여동생이 이 모양인데, 믿었던 소꿉친구까지 애브노멀인 거냐!!"

"이봐, 그게 무슨 소리지? 마치 내가 애브노멀이라는 듯한 소리잖아."

"자기가 노멀이라고 생각하는 거냐?"

"흠, 확실히 이 몸의 귀여움은 비정상적이긴 하지."

"자기 입으로 그런 소리 말라고."

유키가 팔짱을 끼며 진지한 표정으로 고개를 끄덕이자, 마사치카는 도끼눈을 떴다. 그러자 유키는 히죽 웃더니, 마사치카를 뻔뻔하게 올려다보았다.

"하지만, 솔직히 말해 귀엽긴 하지 않느냐?"

유키는 한쪽 눈을 감으며 볼에 주먹을 대는, 뻔뻔할 정도로 귀여운 포즈를 취했다. 하지만 마사치카는 그저 도끼눈으로 그 모습을 내려다볼 뿐이었다.

"정색 댓글 달아도 돼?"

"좋지. 어디 해봐."

마사치카가 심각한 표정을 지으며 묻자, 유키 또한 쓸데

없이 심각한 표정을 지었다. 금방이라도 심각한 고백을 할 듯한 긴장감이 흐르는 가운데, 마사치카는 무거운 목소리로 대답했다.

"솔직히 말해…… 무지 귀여워."

"고마워~. 폴짝."

"네가 무슨 코알라냐."

순식간에 시리어스한 가면을 벗어던진 유키가 무릎을 꿇은 자세에서 폴짝 점프하더니, 침대에 앉은 마사치카를 두 팔과 두 다리로 꼭 끌어안았다. 그 모습은 마사치카가 방금 말한 것처럼, 두 팔과 두 다리로 부모에게 매달려 있는 코알라 같아 보였다. 하지만…….

"으음~, 굳이 따지자면 러브러브 섹—."

"시끄러워."

"오빠, 싸랑애~."

"뜬금없이 유아 퇴행하지 마."

"……맞아, 그거야."

갑자기 그렇게 말한 유키는 마사치카한테서 떨어지더니, 좋은 아이디어가 생각났다는 듯한 표정으로 왼손을 허리에, 오른손을 가슴에 댔다.

"오케이, 알았어. 그럼 아랴 양과 마샤 선배에게 최면술을 건 벌을 받도록 할까요."

"뭐? 벌?"

“『눈에는 눈, 이에는 이』라는 법칙에 따라, 나한테 자기 최면을 걸어서 오빠가 희망하는 유아 퇴행을 하겠다는 거야.”

“아니, 오타쿠 언어유희 때는 그렇게 말했지만 딱히 바라는 건…… 아야노, 네 주인이 대체 무슨 소리를 하는 거야?”

“글쎄요……. 저 같은 범골은 이해할 수가 없습니다.”

“아니, 유키한테 깊은~ 생각이 있는 것처럼 말하지 말아 줄래? 이 녀석은 지금 완전~ 아무 생각 없이 주절거리고 있거든?”

“그렇게 보이지만, 실은 깊은 생각이 있으신 게…….”

“없어, 없다고. 너는 뭐든 호의적으로 해석하는 착각물 주인공의 들러리냐. 머지않아 『역유』 같은 소리를 늘어놓을 녀석이냐고.”

“죄송합니다만, 『역유』가 무슨 말인지……?”

“역시 유키 님을 줄여서 역유라고 하는 거야.”

“마사치카 님, 윗분에게 그런 표현을 사용하는 건 실례입니다.”

“아, 그건 나도 알아.”

아야노를 흘겨보는 마사치카의 앞에서, 다리를 크게 벌리며 자세를 낮춘 유키는 뭔가에 도전하는 듯한 포즈를 취했다.

“간다, 오빠! 나는 지금부터, 전심전력을 다해 수치심을 버리겠어! 전심전력을 다해, 정신 연령을 후퇴시킬 거라고~!!”

"맙소사. 너한테 수치심이 있었던 거냐!"

"있다고, 멍청아!! 우오오오오오오오―!!"

유키한테서 엄청난 기백이 뿜어져 나왔다.

마치 필살기를 펼치기 위해 기운 같은 것을 끌어올리는 전사를 연상케 하는 박력이었다. 가슴 앞에서 두 손을 말아 쥐더니, 고함을 내지르며 유키는 몸을 한껏 젖힌 채로 움직임을 멈췄다.

"……이봐, 유키?"

"……."

"이봐~."

"……오라버니?"

"쿠어억?!"

상체를 되돌린 유키가 순진무구 그 자체의 투명한 눈동자로 쳐다보자, 마사치카는 가슴을 움켜쥐며 몸을 웅크렸다. 갑자기 가슴에 총이라도 맞은 듯한 반응을 마사치카가 보이자, 유키는 걱정스러운 듯이 그에게 다가갔다.

"오라버니, 왜 그래?!"

"으극, 그, 그만, 상처가, 오래된 상처가……!"

"상처……? 큰일이네! 의사 선생님을 불러야 해!"

"아냐……! 그, 그런 아름다운 눈으로 쳐다보지 마앗!"

"아름다운 눈……? 왜? 오라버니의 눈도 나와 똑같잖아."

"그렇지 않아! 생긴 건 똑같아도, 내 눈은 탁하단 말이다!"

침대에 앉은 마사치카의 무릎 위에 손을 얹은 유키가 고개를 갸웃거렸다. 조그마한 몸집과 가련한 용모가 더해지자, 이 순간만큼은 천사처럼 사랑스러웠다. 하지만 더러워질 대로 더러워진 마사치카에게 그 순수함은 독이었다.

"오라버니, 어디 안 좋아?"

"유, 유키, 저기 말이야? 내가 잘못했으니까, 원래대로 되돌아와 주지 않을래?"

"오라버니가 무슨 말을 하는 건지 모르겠어."

"이제 싫어! 아야노~! 네 주인이잖아! 어떻게 좀 해봐!"

마사치카는 참다못해 아야노에게 도움을 청했지만, 그녀는 고귀한 광경을 보는 듯한 눈길을 머금으며 기척을 지웠다.

"이봐, 잠깐만. 공기가 되지 마! 원래대로 돌아오라고~!"

"저기, 오라버니."

"너도 그런 순수한 눈으로 나를 쳐다보지 마앗!"

천사 같은 유키와, 공기 같은 아야노. 공간 전체가 극도의 혼란에 빠진 가운데, 결국 이날은 시험공부를 더는 하지 못했다.

제 3 화 특히 청소는 하기 싫지 않아?

정적. 어느 맨션의 거실은 한창 놀고 싶을 남자 고등학생 세 명이 모여 있는데도 불구하고 기분 좋은 정적에 휩싸여 있었다.

들리는 것은 빗소리와 가동 중인 에어컨 소리, 그리고 종이 위에서 펜이 움직이는 희미한 소리뿐이다.

실내를 가득 채운 차분한 분위기는 에어컨에 의해 조성된 쾌적한 습도 및 기온과 합쳐지면서, 무심코 꾸벅꾸벅 졸아도 이상하지 않을—.

"너무 건조하다고~!!"

……분위기였지만, 갑자기 벌떡 일어선 소년— 타케시가 고함을 지른 바람에 그 분위기는 순식간에 박살났다.

"갑자기 왜 그래?"

"남의 집 테이블을 힘껏 내려치는 건 좀 그렇지 않을까?"

맞은편에 앉은 마사치카와 히카루가 쓴웃음을 머금으며 타케시를 올려다보았다.

"뭐야. 제습이 마음에 안 드는 거야? 냉방으로 바꿀까?"

"에어컨 설정을 말하는 게 아냐. 그런 의미에서 건조하다는 게 아니라고!"

"그런 뭔데?"

"뭐, 예상이 안 되는 건 아니긴 해……."

절친 두 사람이 뜨뜻미지근한 시선을 보냈지만, 타케시는 전혀 개의치 않으며 고함을 질렀다.

"뭐~가 슬퍼서 모처럼의 휴일에 남자 셋이 모여 공부나 해야 하는 거냐고! 보통 스터디 모임에는 여자애도 불러야 할 거 아냐!!"

"이봐, 나 같은 소리 하지 마."

"아, 딱히 오타쿠 같은 발상은 아니거든? 어디까지나 일반적으로 생각해도 그렇다는 거야!"

"그 일반적은 일부 리얼충 승리자의 일반적이지? 평소에 여자애와 어울리지 않는 우리한테 적용하는 건 무리 아냐?"

"호오~, 당신께서 그런 소리를 하는 겁니까. 우리 학년 2대 미희(美姬)와 친한 당신께서, 여자애와 어울리지 않는다고 말하는 겁니까!"

"아니, 뭐…… 안 그래?"

타케시가 말하는 2대 미희란 『고고한 공주님』 아리사와 『온실 속의 공주님』 유키다.

타케시가 보기에, 아리사는 반에서 마사치카의 옆자리이자 내년 학생회장 선거에는 그와 함께 입후보하기로 약속한 사이다. 유키는 마사치카와 함께 현 학생회에 속해 있으며, 그와는 소꿉친구로서 친하게 지내고 있다. 사실 유키는 마사치카의 친동생이지만, 그 사실을 모르는 타케시가 보기에 마사치카는 매우 축복받은 환경에 있는 것 같으리라.

"스오우 양과 매우 친할 뿐만 아니라 아랴 공주와 유일하게 교류하고 있는 남학생인 네가, 여자애와 어울리지 않아~? 전교의 리얼충이 아닌 남자애들에게 사과해!!"

"미소녀와 친해서 쏘리~. 부럽냐? 부러워?"

"이 자식!!"

마사치카가 히죽 웃으며 조롱하자, 타케시는 부모 원수라도 본 듯한 눈길로 노려보면서 양손으로 테이블을 내려쳤다.

"부럽사옵니다!! 그러니 그 두 사람을 여기에 불러주시옵소서!!"

"되게 솔직하네."

타케시가 테이블을 내려치면서 그대로 고개를 푹 숙이자, 마사치카는 쓴웃음을 지었다.

"미리 말해두겠는데, 나도 그 두 사람을 휴일에 아무렇지 않게 부를 수 있지는 않아. 유키는 과외를 받느라 바쁠 테고, 아랴한테는 사적으로 연락을 해본 적이 거의 없어. 게다가 너는 그 두 사람을 부르면 긴장해서 공부에 집중 못 할 거잖아."

"뭐, 그건 그렇지만……."

자각은 하고 있는 건지, 타케시는 의자에 털썩 주저앉았다. 그대로 테이블에 팔을 얹고 턱을 괸 그는 원망스러운 눈길로 눈앞의 교과서를 쳐다보더니, 퍼뜩 뭔가가 생각난 것처럼 고개를 들었다.

"그럼 그 여자애는 어때?"

"그 여자애?"

"일전의 토론회에서 스오우 양과 함께 일하던 애 말이야."

"아……."

타케시가 말한 이가 유키의 종자 겸 회장 선거 파트너인 아야노라는 걸 깨달은 마사치카는 내키지 않는 듯한 목소리를 흘렸다.

"눈에 띄지 않는 인상이지만, 유심히 보니 엄청 귀엽더라니깐. 내가 본 적 없는 애인데, 고등학교부터 우리 학교에 다니는 외부 입학생일까?"

"아냐. 내부 진학생이 맞거든?"

"뭐? 그래? 그럼 고교 데뷔를 한 거라던가?"

"……아냐, 그 녀석은 중학생 때부터 항상 그런 느낌이었어."

"흐음…… 어, 잠깐만! 너, 설마 중학생 때부터 그 애와 교류가 있었던 거야?!"

"아니, 중학생 때가 아니라…… 걔도 소꿉친구거든."

"뭐어~~~~?!"

마사치카가 고백하자, 새된 목소리로 그렇게 외친 타케시는 몸을 쑥 내밀면서 그를 노려보았다.

"인마, 진짜로 적당히 좀 해! 미소녀와 얼마나 인연이 있는 거야?!"

"부럽냐?"

"너무 부러워어어어!"

타케시는 손수건이라도 물어뜯을 듯한 표정을 지으며 테이블을 두드리더니, 얼굴을 치켜들었다.

"아는 사이면 소개해주라."

"싫어."

"왜?!"

"소중한 소꿉친구를 발정 난 원숭이한테 소개해주는 녀석이 어디 있냐고."

"누가 발정 난 원숭이라는 거야!"

"너야, 너. 그리고, 정 신경 쓰이면 직접 말을 걸어보라고."

"뭐…… 아니, 초면인 여자애한테 말을 걸라니…… 긴장된단 말이야."

"숙맥이네."

타케시가 부끄러운지 허둥대자, 마사치카는 도끼눈으로 그를 노려보았다.

"같은 반 여자애하고는 아무렇지 않게 이야기를 나누면

서, 왜 긴장하는 거냐고."

"아니, 그게…… 같은 반 여자애한테 말을 거는 것과, 다른 반의 모르는 사이인 여자애한테 말을 거는 건 전혀 다르잖아. 게다가……."

"게다가?"

"……나, 여자애 그룹에는 말을 걸 수 있지만 여자애 한 명에게 말을 걸진 못해……."

"……아하? 여자애 그룹에 『너희들~』 하고 말을 거는 건 할 수 있지만, 여자애 한 명에게 『누구누구 양』 하고 말을 거는 건 무리인 거구나."

"긴장되거든."

"그러니 숙맥 소리를 듣는 거야."

평소에 여자애한테도 아무렇지 않게 말을 거는 타케시답지 않은 태도였기에, 마사치카와 히카루는 어처구니없음과 훈훈함이 반씩 섞인 듯한 표정을 지었다.

"하아, 그 숙맥 같은 면만 없다면 여친 한두 명쯤은 옛날 옛적에 생겼을 거라고."

"맞아~."

"이, 이봐, 갑자기 무슨 소리를 하는 거야……."

친구 두 명이 그런 소리를 늘어놓자, 타케시는 약간 당황하며 멋쩍어했다.

"아니, 너는 성격도 밝고 사교적이라 딱히 미움받는 타입이 아니잖아. 얼굴도 그렇게 못생긴 편은 아니고…… 좀 눈치가 없긴 하지만 말이야. 무엇보다 여친 만들고 싶다는 욕망이 강하니까, 그 숙맥 같은 면만 고쳐서 진정한 육식남이 된다면 여친 정도는 만들 수 있을걸?"

"맞아. 겉과 속이 똑같고 솔직한 성격은 꽤 호감이 간다고 생각해. ……좀 눈치가 없지만 말이지."

"칭찬받는 느낌이 안 들거든?! 기왕이면 듣는 사람 기분 좋게 팍팍 띄워달라고! 왜 괜한 소리를 덧붙이는 건데!"

"아니, 그야……."

"뭐……."

두 사람이 쓴웃음을 머금으면서 시선을 교환하자, 타케시는 퉁명한 표정을 지으며 다시 앉았다. 그리고「어차피 저는 눈치 꽝이라고요~」하고 중얼거린 후, 마사치카를 힐끔 쳐다보았다.

"……그런 마사치카는 어떤데? 너도 의외로 스펙이 뛰어나니까, 마음만 먹으면 여친 정도는 만들 수 있지 않아~?"

"어? 나?"

"히카루야 뭐…… 예전에 이런저런 일이 있었다고 들었으니, 여친 안 만드는 것도 이해가 되지만…… 너는 어때? 여친 만들고 싶지 않아?"

"으음……."

타케시가 질문을 던지자, 마사치카는 팔짱을 끼며 잠시

생각에 잠겼다.

"……딱히 만들 생각은 없어."

"왜? 설마 진짜로 2차원에만 흥미가 있는 거야?"

"아, 딱히 그런 건 아닌데…… 나한테 여친이 생긴다는 것 자체가 현실미가 너무 없잖아."

"흐음, 이런 소리 하려니 좀 부끄럽지만, 너야말로 평소의 불성실한 태도만 고치면 거의 완벽 초인이잖아? 히카루만큼은 아니지만, 외모도 괜찮은 편이고 말이야."

"아니, 얼굴은 평범하다고 생각하는데……."

"그럴까? 나도 마사치카는 미남에 속한다고 생각해."

"진심으로 하는 소리야? 뭐, 몸매는 나쁘진 않은 편이라고 생각하지만……."

얼굴은 진짜로 평범하다고 생각한다. 히카루와 비교하자면 지적할 곳이 한두 군데가 아니라고 생각하지만…… 웬만한 인간은 마찬가지일 테니, 괜히 언급하지 않았다.

"그래도, 완벽 초인이라는 부분은 부정하지 않네."

"……뭐, 운동신경과 머리가 꽤 좋은 편이라는 건 자각하고 있거든."

타케시가 흘겨보며 그 점을 지적하자, 마사치카는 어깨를 으쓱했다. 마사치카는 자기 재능을 모르지는 않는다. 친구 앞이라서 『꽤』라는 표현을 붙였지만, 실은 『꽤』라는 말로 넘어갈 수 없을 만큼 뛰어난 재능을 지녔다는 것을 자각하고 있다.

오타쿠인 여동생(유키)에게는 농담 투로 《획득 경험치 10배(구기 종목 제외)》 치트 보유자라는 말을 듣고 있으며, 마사치카는 그 말을 부정할 수 없을 정도로 여러 분야에서 뛰어난 재능을 발휘해왔다. 덕분에 옛날에는 스오우 가문 사람들에게 신동이라고 불렸다.

하지만, 그것은…….

"그래봤자, 가지고 태어난 재능에 지나지 않잖아. 딱히 자랑할 만한 건 아냐."

"아니, 자랑해도 된다고 생각하는데……."

"타케시…… 좋은 걸 가르쳐주지. 별 노력도 하지 않고, 부모(타인)에게 받은 재능(치트)으로 먼치킨물을 찍는 녀석만큼, 독자에게 미움받는 주인공은 없어. 그리고, 그런 망할 치트 하렘 자식에게 홀딱 반하는 히로인은 대체로 쉬운 히로인, 줄여서 『쉬로인』이라 불리며 손가락질을 당해."

"뭐, 그건 이해가 안 되는 게 아니지만…… 너는 딱히 먼치킨 행동은 안 하잖아."

"우쭐댔다간 손가락질당한다는 걸 알기 때문에, 겸허하게 사는 거야~."

마사치카는 의욕 없는 목소리로 그렇게 말하더니, 의자 등받이에 푹 기댔다.

(그래도 부모에게 받은 재능으로 인생을 이지 플레이 중

인 건 사실이지만 말이야.)

범상치 않은 두뇌와 요령이 좋은 점을 살려서, 별 고생하지 않고 일본에서 손꼽히는 명문 학교에 진학했다. 그리고 학생회 활동으로 실적도 쌓으면서, 장래를 위한 기반도 충분히 다졌다.

이것이야말로 이지 플레이다. 성실하게 노력하며 열심히 사는 사람들을 바보 취급하고 있다. 여기에 2차원 세계의 히로인 같은 멋진 여친까지 간단히 손에 넣는다면, 그야말로 비난이 쇄도할 것이다.

"『연애의 여신은, 스스로 움직이는 자에게만 미소 짓는다』라는 말이 있어……."

"그건 무슨 소리야?"

"만화에 나온 대사야?"

"아냐~. 우리 할아버지의 명언? 입버릇? 같은 거라고나 할까? 연애에서는 거침없이 대시하는 녀석이 성공한다~는 의미지."

참고로 이 『할아버지』는 마사치카의 친할아버지를 말한다. 러시아를 매우 좋아해서, 어린 마사치카에게 러시아 문학과 러시아 영화를 마구 추천한 장본인이다. 그리고 일흔이 넘은 지금도 러시아 미녀를 양옆에 앉혀놓고 보드카를 마시는 게 꿈이라고 이야기하는 특이한 할아버지다. 단, 본인은 보드카를 입에 대기만 해도 급성 알코올 중독으로 뻗어버리는 체질이지만 말이다.

"흐음~. 뭐, 진리라고 할 수 있겠네. ……어? 잠깐만 있어 봐. 그럼 히카루는 어떻게 되는데?"

"태어날 때부터 연애의 여신한테 사랑받은 사람은 예외겠지."

"하나도 기쁘지 않은걸."

히카루가 무표정한 얼굴로 주저 없이 그렇게 말하자, 타케시는 입가가 굳은 상태에서 억지로 미소를 지었다.

"아니, 뭐…… 히카루는 연애의 여신이라는 존재한테 얀데레 스타일로 사랑받고 있는 느낌이긴 해."

"여신은 하나같이 질투가 심하다고 하잖아……. 히카루가 완전히 여성 불신이 된 단계에 『당신에게는 이제 나뿐이야』 하고 말하며 여신이 강림하는 패턴 아니려나?"

"그건 악마 아냐?"

"맞는 말이야."

"뭐, 얀데레 여신이든 악마든 나는 전혀 상관없어! 그것보다! 딱 한 번만이라도 좋으니까 여자애에게 대시를 받고 싶다고!!"

타케시가 여전히 자기 소망을 늘어놓자, 마사치카와 히카루는 쓴웃음을 머금었다.

"뭐, 대시 받기만 계속 기다리는 것도 위험하다고 생각하지만…… 할아버지 말로는 공격적인 자세가 중요한가 봐."

"공격적인 자세…… 알았어! 나, 진짜 육식남이 되어볼래! 그리고, 여자애한테 화끈하게 대시할 거야!"

"그래~, 파이팅~."

"너무 무리는 마……."

어차피 남의 일이라고 생각한 마사치카는 타케시를 대충 응원해줬다. ……후일, 그 무책임한 발언이, 책임이라는 형태로 자신에게 되돌아올 줄은 모른 채…….

◇

"……휴우."

타케시와 히카루가 돌아간 후, 마사치카는 자기 방에서 내일 시험에 대비해 시험공부를 이어갔다. 하지만…….

"의욕이 안 나네……."

스스로도 집중력이 유지되지 않는 것이 느껴졌다. 공부는 하고 있다. 하지만, 머리에 전혀 들어오지 않았다. 교과서를 건성으로 훑어보기만 한다는 것을 스스로도 알고 있으며, 이래선 안 된다 싶어서 집중하려고 해봐도 머릿속에 넣은 지식이 계속 지워졌다. 명백하게 능률이 떨어진 상태였다.

"아…… 벌써 열한 시네……."

목욕을 하고 두 시간 정도 공부를 했지만, 시간만 흐를 뿐 진도는 나가지 못했다.

"슬슬 브레해저가 할 시간이야……."

매주 고대하는 심야 애니메이션이 방송할 시간이 다가오자, 마사치카의 마음이 흔들렸다.

(이렇게 능률이 떨어진 상태에서 공부를 해봤자 도움이 안 될 거야. 차라리 잠시 휴식을 취한 후에 다시 공부하는 편이 좋지 않을까?)

그런 생각이 머릿속에 떠올랐지만, 지금 애니메이션을 봤다간 다시 공부를 시작하는 게 무리일 거란 점은 마사치카 본인이 누구보다 잘 알았다.

(하지만…… 시간을 많이 들인다고 점수를 잘 받는 건 아니잖아. 시험 범위는 얼추 공부를 끝냈으니까, 내일 아침에 복습만 하면…… 이런 생각을 한다는 것 자체가 집중을 못 하고 있단 증거네.)

의자 등받이에 몸을 맡긴 채 머릿속으로 구질구질하게 변명을 늘어놓는 사이, 애니메이션 방영 시간이 됐다.

"시작, 됐나……."

……하지만 결국, 마사치카는 텔레비전을 켜지 않았다. 그대로 5분 정도 기다린 후, 체념한 듯이 책상을 향해 몸을 돌렸다.

"하아…… 나, 이렇게 근성이 바닥났구나……."

애니메이션이 시작할 때까지 기다린 후에야 체념을 한

자기 자신을 향해, 마사치카는 한숨을 내쉬었다. 옛날에는 어머니와 그 애를 위해서라면 얼마든지 노력할 수 있었다. 몇 년 동안 얼간이처럼 지내다 보니, 노력을 어떻게 하는 건지도 까맣게 잊은 것 같았다.

아리사와…… 사야카의 마음에 부응하고 싶다는 생각은 품고 있다. 그 두 사람을 위해, 부끄럽지 않은 부회장 후보가 되어야 한다는 사명감도 품고 있다. ……품고 있었다. 적어도 일주일 전까지는 말이다.

(하지만…… 성적이 좀 좋아져봤자 『그래서 뭐?』 같은 느낌일 거야. 애초에 성적을 올리자는 목표 자체도 내가 스스로 정한 거고, 누군가와 약속한 게 아니잖아.)

하지만, 지금은 이런 생각이 들 정도로 그런 마음이 옅어졌다. 결국, 마사치카의 의욕은 이 정도에 지나지 않는 것이다.

(어차피 자기만족에 지나지 않잖아……. 뭐, 노력이란 건 대부분 고집과 자기만족 같은 거지. 언제든 적은 자기 자신……이란 거야. 이런 걸 꾸준히 계속하다니, 아랴는 역시 대단하네.)

자신이 세운 목표를 향해, 자신이 이상적으로 여기는 자신이 되기 위해, 끝없이 노력하는 건 아무나 할 수 있는 일이 아니다. 향상심이란 말 한마디로 설명할 수 있지만, 아리사는 그런 말로 넘어갈 수 없는 눈부신 빛을 지니고 있었다.

"뭐, 나한테는 향상심 같은 건 눈곱만큼도 없지만 말이지……. 욕심 자체가 없다고."

지위도 명예도, 돈도 여자도, 딱히 가지고 싶지 않다. 내일도 오늘과 다름없이, 적당히 평온하고 적당히 즐거운 일상을 보낼 수만 있으면 된다. 그 평온을 잃을 바에야 지위와 명예 같은 건 필요 없으며, 돈과 여자를 추구한 나머지 직접 평온을 깨뜨릴 생각도 없다. 그것이 마사치카의 기본적인 자세다.

그런 마사치카가, 아리사와 함께 입후보하기로 정한 건…… 이대로는 안 된다는 막연한 초조함, 그리고 아리사를 내버려 둘 수 없다는 마음 때문이다.

"하지만, 그러기 위해선…… 적어도, 아랴가 하는 노력의 절반 정도는 해야겠지……."

책상에 엎드려서 교과서에 이마를 댄 마사치카는 신음을 흘렸다.

"힘내라고, 나……. 내 평판이 아랴의 발목을 잡는 사태는 피해야 할 거 아냐……."

현재 마사치카는 수업 태도와 성적이 나쁜 열등생이지만, 성적이 오른다면…… 구체적으로는 성적 우수자로서 이름이 발표되는 상위 30위 안에 들어간다면, 평가가 달라질 것이다.

(그래. 목표는 수업 시간에 잠만 퍼질러 자지만 성적이 좋은, 순정 만화의 히어로 포지션! 성실한 노력가인 히로인에게 사사건건 트집을 잡히는 타입!)

사람은 압도적인 노력보다 압도적인 재능을 동경한다. 슬프게도, 세상 사람들 대부분은 항상 공부해서 성적이 좋은 사람보다 전혀 공부하지 않는 것 같은데 성적이 좋은 사람을 대단해~ 천재야~ 하고 부르며 칭송하는 법이다.

마사치카로서는 「뭐? 노력하는 인간이 더 대단하고, 잘났거든?」란 말을 하고 싶지만…… 사실이니 어쩔 수 없다. 그리고, 자신의 캐릭터를 생각하면 그 포지션을 노려야 한다는 생각이 들었다. 남들 눈에 띄지 않도록 학생회실에서 공부한 것도, 바로 그 점 때문이다.

"그러니까 조금만 더…… 힘내자."

자기 자신을 북돋우며 고개를 든 순간, 책상 위에 둔 스마트폰이 진동했다.

"어? 전화?"

마사치카는 연이어 진동하는 스마트폰을 손에 쥐었고…… 표시된 이름을 보고 굳어버렸다.

"어…… 아랴?!"

아버지나 유키한테서 온 전화일 거라고 생각했던 마사치카는 그 이름을 보고 경악했다. 그것도 그럴 것이, 아리사와는 전화는 물론이고 메시지도 주고받은 적이 좀처럼 없었다. 게다가 지금은 한밤중이다. 우등생인 아리사가 전화를 하기엔 너무 늦은 시간이었다.

"아, 끊어졌어."

그런 생각을 하는 사이, 전화가 끊어졌다. 10초 만에 끊어진 것을 보면, 아리사가 끊은 것 같았다. 그렇다면, 딱히 볼일은 없었던 거라고 생각하지만…… 일단 마사치카는 전화를 걸어보기로 했다. 그러자 신호음 두 번 만에 전화가 연결됐다.

"아, 여보세요?"

『……안녕, 쿠제.』

"응, 안녕. ……무슨 일이야? 볼일이라도 있어?"

『볼일이라고 할 정도는 아닌데…….』

아리사가 말끝을 흐리자, 마사치카는 히죽 웃으면서 그녀를 놀렸다.

"왜 그래? 갑자기 내 목소리가 듣고 싶어졌던 거야?"

『…….』

나지막한 핸섬 보이스로 그렇게 말하자, 아리사는 침묵으로 답했다. 그녀의 차가운 시선이 상상될 정도의 그 침묵을 견디다 못한 마사치카는 헛기침이라도 하며 화제를 바꾸려고—.

【……그럼 안 돼?】

……했지만, 그 직전에 들려온 러시아어 탓에 그대로 책

상에 넙죽 엎드렸다.
『……어? 무슨 소리야?』
“아무것도 아냐……. 그것보다, 방금 뭐라고 했어?”
『「바보」라고 말한 거야.』
“그래……. 그런데, 무슨 일이야?”
『……저기, 혼자 공부하면 딴짓할 것 같다고 했잖아? 공부, 잘 되고 있나 신경 쓰여서 전화한 거야.』
“…….”
정곡을 찌르는 듯한 지적이었기에, 마사치카는 말문이 막혔다. 그러자, 스마트폰 너머에서 톤이 몇 단계 낮아진 목소리가 들려왔다.
『설마…….』
“아, 딴짓 안 했어. 애니의 유혹에 잠시 흔들렸지만, 결국은 이겼거든. 진짜라고.”
『…….』
몇 초 동안 미심쩍은 침묵이 흐른 후, 작은 한숨이 들려왔다.
『시험은 내일이잖아? 지금이 열심히 공부해야 할 때거든?』
“뭐, 그렇긴 한데…… 근성 없는 녀석이라 미안해.”
『그런 말은 아닌데…….』
“의욕이 영 안 나……. 너는 이럴 때 어떤 식으로 의욕을 유지하는 거야?”

『……그게, 의욕이 떨어진 적이 없어서 모르겠어.』

"……진짜야? 그거 대단하네."

아리사가 무시무시한 발언을 입에 담자, 마사치카의 볼에 경련이 일어났다. 그리고 잠시 생각하듯 뜸을 들인 후, 아리사는 천천히 이야기를 시작했다.

『으음…… 나는 항상 시간에 쫓기는 느낌이야. 하지 않은 게 있지 않을까, 좀 더 신경 쓸 부분이 있지 않을까, 같은 생각을 하다 보니 의욕 같은 걸 신경 쓸 겨를이 없어.』

"……정말 대단한걸."

그야말로 완벽주의자라고 해야 할까. 자기 이상을 철저하게 추구하는 그 자세에, 마사치카는 탄복했다. 그와 동시에 「남은 건 내일 아침에 살펴보면 되겠지~」 하고 생각했던 자기 자신이 부끄러웠다.

"그럼 더 방해하는 것도 좀 그러니까…… 나도 아랴를 본받아서, 좀 더 힘내보도록 할까. 일부러 전화 줘서 고마워."

『아, 저기…….』

"응?"

전화를 끊으려다 초조함이 섞인 목소리를 들은 마사치카는 스마트폰을 귀에 댔다.

"왜 그래?"

『…….』

"어?"

할 말이 더 있는 건가 하고 생각하며 고개를 갸웃거리는 마사치카의 귀에 들린 건, 애절함이 묻어나는 듯한 러시아어였다.

【아직…… 안 돼…….】

그 속삭임을 들은 마사치카가 이마에 총이라도 맞은 것처럼 고개를 젖히더니, 그대로 의자에 축 늘어졌다. 귀를 기울이고 있는 상황에서 느닷없이 위스퍼 보이스가 들려온 바람에, 귀뿐만 아니라 뇌까지도 전율하고 만 것이다.

(이, 이 녀석, 귓가에서 뭐라고 속삭이는 거야!! 아니, 『아직 안 돼』는 대체 뭐야?! 아니, 『아직 끓으면 안 돼』라는 의미겠지만! 너무 추상적이라 망상이 샘솟는단 말이야아아아아—?!)

귀를 오싹거리게 만드는 그 속삭임에, 마사치카의 오타쿠 뇌가 폭주했다! 부끄러워하는 표정을 지은 아리사가 고개를 돌리는 스틸 컷이 머릿속에 표시되더니, 방금 그 속삭임이 재생됐다!

(【아직…… 안 돼……】는 완전 키스 신의 한 장면 아이가~! 얼굴을 내밀었더니 손으로 입을 막으면서 할 법한 소리 아이가~! 사귀고 세 번째 데이트 때에 헤어지는 순간이다 아이가~! ……아, 이 일 이후로 두 사람 사이가 서먹해지고, 그 타이밍을 노린 것처럼 신캐릭터가 등장해 파란을 일으키는 패턴이네.)

『……쿠, 제?』

“그 신캐릭터는 두 사람 중 한 명의 옛날 비밀을 알고 있고, 그 사실을 은근슬쩍 드러낼 거야. 첫인상이 밝고 활기찬 녀석일수록 믿으면 안 된다고요.”

『……무슨 이야기야?』

“응? 순정 만화의 전학생은 소년 만화의 전학생에 비해 악의에 찬 캐릭터가 많지 않아? 란 이야기거든?”

『……네가 공부에 전혀 집중하지 못하고 있다는 건 자~알 알았어.』

“아, 그게…… 응.”

이상한 망상에 빠져버렸던 마사치카가 거북한 나머지 입을 다물자, 아리사는 가볍게 한숨을 내쉰 후에 기분을 전환하려는 듯이 이렇게 말했다.

『그래……. 정 의욕이 안 난다면, 내기 안 할래?』

“내기?”

『참고로, 네 이번 목표는 어떻게 돼?』

“목표? 시험 말이야?”

『응.』

“……일단 전교 30등 안이야.”

『……꿈이 거창하네. 뭐, 좋아. 만약 네가 그 목표를 달성한다면, 네 소원을 무엇이든 딱 하나만 들어줄게.』

“어? 방금 『무엇이든』이라고 말했어?”

『……물론, 상식적인 범위 안에서야.』

"아, 저기, 미안해. 오타쿠로서 방금 그 말에는 반응을 안 할 수가 없었거든."

『뭐든』에 관심을 보인 순간에 아리사가 차가운 목소리로 그렇게 딱 잘라 말하자, 마사치카는 허둥지둥 변명을 늘어놨다.

『……무슨 말을 하는 건지 모르겠지만, 아무튼 내기할래?』

"으음, 목표를 달성하지 못했을 때는 당연히……."

『물론, 내 소원을 들어줘야 해.』

"……그건 그것대로 관심이 가네."

『쿠제?』

"오, 오해하지 마! 너한테 명령받고 싶다는 마조히스트적 발상은 아니거든?! 그저 순수하게, 네가 나에게 어떤 소원을 빌지 흥미가 있는 것뿐이야!"

마사치카가 오해를 풀려고 말을 늘어놓자, 아리사는 잠시 미심쩍은 듯한 침묵에 잠긴 후에 러시아어로 중얼거렸다.

【……이름.】

"뭐?"

『힌트야.』

"……아니, 러시아어로 말하면 못 알아듣는다고."

『알아.』

아리사가 웃으며 그렇게 말하자, 마사치카는 「저기, 러시아어 알아듣거든?」 하고 마음속으로 태클을 날렸다. 하지만 러시아어를 알아들어도 힌트가 무슨 의미인지 이해 못 한 마사치카는 고개를 갸웃거렸다.

『그럼, 내기를 하는 거지?』

“아, 으음, 뭐…… 30위 안에 들어가면 네가 내 소원을 들어주고, 못 들어가면 내가 네 소원을 들어주는 거지?”

『응, 맞아.』

“좋아. 크헤헤. 나한테 이 제안을 한 걸 후회하게 만들어 주지…….”

『뭐, 힘내봐.』

“……너, 무시 스킬이 상승했구나. 이 오빠는 좀 쓸쓸해…….”

『언제부터 네가 내 오빠가 된 건데? 우리는 동갑이잖아.』

아리사가 어처구니없다는 듯이 그렇게 말하자, 마사치카는 고개를 갸웃거렸다.

“아니…… 확실히 너와 나는 같은 학년이지만, 나이는 내가 많잖아.”

『뭐?』

“어?”

스마트폰 너머에서, 얼이 나간 듯한 표정이 상상되는 목소리가 들려왔다. 그리고 의문 부호로 답한 마사치카는 혹시나 해서 물어봤다.

"……네 생일은 11월 7일이지?"

『그렇긴, 한데…… 어째서 알고 있는 거야?』

"전학 온 후에 반에서 이야기하지 않았어? 아마 그때 들었던 것 같은데…… 뭐, 그건 됐어. 아무튼 내 생일은 4월 9일이야."

『…….』

"나, 이제 열여섯 살이거든……?"

『…….』

말로 형용할 수 없는 침묵이 흐르자, 마사치카는 거북함을 얼버무리려는 듯이 헛기침을 한 후에 이 이야기를 끝내려 했다.

"아~ 으음. 그럼 이만……."

『……그래.』

"일부러 전화 줘서 고마워, 아랴."

『……괜찮아.』

"그럼 내일 보자고."

『응, 내일 봐.』

그리고 누가 먼저랄 것도 없이 전화를 끊은 후, 마사치카는 기지개를 켰다.

"으음……, 좋아!"

마음을 새롭게 잡은 후, 다시 교과서를 쳐다봤다. 몇 분 전만 해도 바닥을 치고 있던 의욕이, 아리사와의 통화 덕분에 회복됐다.

딱히 아리사와의 내기에 낚인 건 아니다. 그저, 이런 늦은 시간에 자기가 공부할 시간을 할애하면서 전화를 해준 파트너가 존재한다는 사실이 기뻤다. 자연스럽게 그 배려에 부응하고 싶다는 생각이 든 것이다.

(그건 그렇고, 의욕이 바닥을 치고 있다는 걸 들킬 줄은 몰랐어…….)

거기까지 간파당한 것이 부끄러웠고, 동시에 기뻤다. 자연스럽게 『이심전심』이라는 말이 머리에 떠오르자, 마사치카는 가슴속이 간질거리는 듯한 느낌이 들었다.

"고마워, 아랴."

멋쩍은 듯이 웃으며 파트너를 향한 감사의 말을 입에 담은 후, 마사치카는 남은 힘을 다해 시험공부에 임했다.

◇

한편 그즈음, 파트너인 아리사는…….

"괜찮아……. 괜찮아……."

자기 방의 문을 연 채, 작은 목소리로 혼잣말을 중얼거리고 있었다.

아리사가 뭘 하는 거냐면, 딱히 별일은 아니다. 그저 거실에 물을 마시러 가려는 것뿐이다.

물을 마시러 갈 뿐인데, 이렇게 신경을 곤두세운 이유를 알려면…… 몇 시간 전의 저녁 식사 시간으로 거슬러 올라가야 한다.

『이 세상에 숨어 있는, 인지(人知)를 초월한 존재. 그들이 일으키는 소름 돋는 심령 현상…… 오늘 밤, 당신을 공포의 세계로 초대하겠습니다…….』

무시무시한 BGM과 함께, 노이즈 섞인 불온한 영상이 흘러나왔다.

저녁 식사를 하면서 별생각 없이 텔레비전을 켜보니, 여름이라 그런지 심령 특집 방송을 하고 있었다.

마리야는 호러를 질색하기에 서둘러 저녁 식사를 마치고 방으로 돌아갔지만…… 지기 싫어하는 성격인 아리사는 「정말, 마샤는 겁쟁이라니깐……. 나? 아무렇지도 않거든?」 같은 표정으로 천천히 저녁을 먹고 「뭐, 별거 아니네」 하며 태연히 방으로 돌아갔다. 그리고 당연한 듯이 한밤중에 무서워진 것이다. 어두컴컴한 복도를 보며 머뭇거릴 정도로 말이다.

(어, 어딘가에, 새하얀 얼굴이 떠 있는 건…….)

아까 텔레비전에서 본 심령 현상이 머릿속에 떠오르자, 아리사는 방 밖으로 한 발짝도 나가지 못했다.

하지만 꼴사납게도 가족에게 의지하는 행동을 아리사가 취할 수 있을 리 없었다. 고민에 빠진 아리사는 공포심을 누그러뜨리기 위해, 전화를 걸기에는 비상식적인 시간이라는 것을 알면서도 마사치카에게 전화를 걸었다. 시험공부 운운 또한 불현듯 생각난 구실에 지나지 않았다.

어디 사는 누구 씨는『이심전심』같은 말을 떠올리며 멋쩍어했지만, 실은 전혀 그렇지 않았다. 세상이란 것은 원래 이런 것이다.

"괜찮을 거야…… 응, 좋아!"

자기 자신을 북돋으면서 방금까지 마사치카와 통화했던 스마트폰을 부적처럼 가슴에 품고, 아리사는 어두운 복도로 살금살금 걸음을 내디뎠다.

주위의 어둠을 쳐다보지 않도록 똑바로 앞만 바라보며 거실로 후다닥 뛰어간 아리사는 부엌에서 컵에 물을 가득 담아 들이켠 후, 다시 자기 방으로 돌아갔다.

"휴우……."

밝은 방으로 돌아온 아리사는 안도의 한숨을 내쉬었다.

그리고 공포가 옅어지자, 불만이 샘솟아 나왔다. 어떤 불만이냐면, 마사치카의 생일을 **알아내지 못한 것**에 대한 불만이었다.

"뭐야……. 가르쳐주면, 축하 정도는 해줬을 거잖아."

이 자리에 마사치카가 있다면『아니, 자기 생일을 가르쳐주는 건「축하해줘. 선물 내놔」하며 재촉하는 것 같잖아……』하고 대꾸했을 것이다. 하지만, 이건 어쩔 수 없다. 왜냐하면, 이건 문화적 차이이기 때문이다.

일본에서는 일반적으로 친구와 가족에게 생일을 축하받지만, 아리사가 태어난 러시아에서는 다르다. 러시아에서는 생일을 맞이한 당사자가 생일 파티를 주최해서, 가족과 친구를 초대해 축하받는 것이 일반적이다. 그야말로 「오늘은 내 생일이야! 마음껏 먹고 마시며, 내 생일을 축하해줘!」 같은 느낌인 것이다.

즉, 아리사는 「생일을 알려주지 않았다」=「생일 파티에 초대되지 않았다」=「초대할 만한 사이가 아니라고 여긴다」라는 구도가 성립된 것이다.

"친구라고, 했으면서……."

그러는 아리사도 작년 자기 생일에 마사치카를 초대하지 않았다. 하지만, 그건 그거다. 솔직히 말해 초대하고 싶단 마음이 없었던 건 아니지만…… 마사치카만 초대했다간 가족들에게 놀림을 당할 게 뻔했고, 그 외에 초대할 만한 지인이 없었기에 단념했다.

……딱히 우는 건 아니다. 시끌벅적한 마리야의 생일과 비교하며, 슬퍼하는 건 아니다. 결단코 아니다. 마리야의 생일은 크리스마스이브니까 어쩔 수 없다. 시끌벅적함의 차이는 날짜에서 비롯되는 거라고 여기며, 자기 자신을 위로하는 건 아니다! 결단코 아니다!

"……흥, 됐어."

아리사는 불만 섞인 어조로 그렇게 말하더니, 짜증을 발산하려는 듯이 침대에 몸을 던졌다. 베개를 꼭 끌어안으며, 입을 묻었다. 그리고, 갑자기 몸에서 힘을 빼더니, 입술을 삐죽 내밀면서 작게 중얼거렸다.

"……쿠제는 바보야."

제 4 화 이, 이게 문화 차이라는 건가……

“끝났, 다~~.”

일주일에 걸친 기말고사를 마친 마사치카는 달성감에 사로잡히며 기지개를 켰다.

교실을 둘러보니, 아직 종례가 남아있는데도 불구하고 해방감을 느끼며 방과 후에 뭘 할지 이야기를 나누는 학생들이 곳곳에 있었다.

참고로 마사치카는 시험 기간 동안 녹화만 해둔 애니메이션을 오늘 다 볼 생각이기에, 친구와 놀자는 약속 같은 건 잡지 않았다. 잡지, 않았지만…… 매우 신경 쓰이는 일이 하나 있었다. 그것은…….

“아랴도, 수고 많았어.”

“응, 수고했어.”

왠지……, 아주 왠지~, 아리사의 태도가 서먹서먹하다고나 할까, 퉁명스럽게 느껴졌다.

월요일부터 위화감이 계속 느껴졌지만 시험 기간이라 시험에 집중하기 위해, 그리고 단순한 착각일 가능성이 있어서 내버려 뒀다. 하지만, 이 위화감을 풀지 않은 채로는 제대로 휴식을 취할 수 없을 만큼 찝찝했다.

"으음, 아랴는 방과 후에 약속 있어?"

"딱히 없어."

"그렇구나. 그럼 같이 하교하지 않겠어? 방학식 관련으로 이야기해두고 싶은 것도 있거든."

"좋아……."

"오케이. 그럼 나중에 보자."

"응."

여기까지는 지극히 평범한 대화다. 아리사의 태도도 평소와 별반 다르지 않아 보였다. 하지만, 위화감은 느껴졌다. 그것은…….

(이유는 모르겠지만…… 러시아어로, 부끄러운 소리를 안 해.)

그렇다. 이 닷새 동안. 아리사는 러시아어를 전혀 쓰지 않았다. 아니, 그것 자체는 마사치카에게 있어 잘된 일이다. 아리사가 느닷없이 날리는 러시아어는 마사치카의 심장에 대미지를 입혔고, 그 후에는 그녀가 힐끔힐끔 쳐다보기 때문에 표정 관리에도 힘써야 했다. 그러니 잘된 일이기는 하지만…… 역시 신경 쓰였다. 그리고 신경을 쓰다 보니, 아리사의 태도가 퉁명한 것 같은 느낌이 들었다.

(으음…… 뭐, 기분 탓이라면 괜찮겠지만…….)

다음 주 토요일에는 방학식 인사라고 하는, 선거전에 있어서의 일대 이벤트를 치러야 한다. 페어의 연계를 흐트러뜨릴 수 있는 요인은 제거해두고 싶다. 그리고, 뭐…….

(……나, 혹시 미움받을 만한 짓을 한 걸까?)

짚이는 구석이 없는데도 신경이 쓰이고 마는, 남자의 섬세한 성격 탓이기도 했다.

◇

종례가 끝난 후, 마사치카와 아리사는 약속대로 함께 교실을 나섰다. 두 사람이 나란히 걷자, 예전보다 많은 이들에게 주목받는 느낌이 들었다. 원래 아리사는 상상을 초월하는 미모 때문에 좋든 싫든 시선을 모았지만, 지금은 마사치카에게도 시선이 모이고 있었다. 아무래도 지난주의 토론회 덕분에 이 콤비는 회장 선거 출마 후보로 수많은 학생에게 인식된 것 같았다.

"……할 이야기라는 건, 방학식 때의 인사에 관한 거지?"

"응. 그렇긴 한데……."

아리사는 평소와 마찬가지로, 남들의 시선을 전혀 받고 있지 않은 것처럼 태연히 말을 건넸다. 그런 그녀에게, 마사치카는 약간 망설인 후에 직구성 질문을 던졌다.

"저기……, 아랴. 무슨 일 있었어?"

"무슨 일이라니?"

"아니, 쭉 신경이 쓰였는데…… 이번 주 월요일부터, 네 태도가 평소와 좀 다른 것 같았거든."

마사치카가 그렇게 말하자, 아리사는 우뚝 멈춰서면서 뜻밖이라는 표정으로 그를 응시했다.

"반응을 보니…… 무슨 일이 있긴 했나 보네."

"……."

마사치카가 쓴웃음을 머금으며 그렇게 말하자, 아리사는 다시 앞을 바라보며 걸음을 내디뎠다. 그리고, 시치미 떼는 듯한 표정으로 말했다.

"……기분 탓 아닐까?"

"아니, 그런 말로 얼버무리는 거야말로 무리일걸?"

"……."

아리사가 고집스러운 태도를 보이자, 마사치카는 그녀가 아니라 앞을 바라보면서 말을 건넸다.

"내가 무슨 짓을 한 거야? 그럼 말해줬으면 해."

"말하기 싫어……."

"으음~, 그렇구나……."

"하아……. 가능한 한 겉으로 드러내지 않을게. 다음 주에는 평소대로 돌아올 거야……. 그걸로 안 될까?"

아리사는 가볍게 한숨을 내쉬더니, 마사치카를 힐끔 올려다보며 그렇게 말했다. 불안해하는 어린애 같은 그 표정을 보자 「그러면 충분해~」 하고 말하며 머리를 쓰다듬어주고 싶어졌지만, 마사치카는 잡념을 떨쳐내며 진지한 표정으로 고개를 갸웃거렸다.

"으음~~ 그렇지만 말이야……. 닷새나 이런 상태잖아? 정말로 평소대로 되돌아온다면 괜찮겠지만……."

"……그렇게, 티가 났어?"

"그야, 뭐……."

"그렇구나……. 겉으로는 드러내지 않을 생각이었는데 말이야."

뭐, 겉으로는 드러나지 않았다. 그저, 러시아어로 말하지 않았다. 본인은 눈치 못 챈 것 같지만 말이다.

"사실 태도에서는 거의 티가 나지 않았으니까, 네 생각이 맞을 거야. 뭐, 나는 눈치챘지만 말이지."

"흐, 흐~음?"

마사치카가 어깨를 으쓱하며 그렇게 말하자, 아리사는 눈을 살짝 치켜뜨며 머리카락을 만지작거렸다.

"즉, 그 정도로 나를 신경 썼다는 거야? 시험 기간인데?"

아리사가 도발하는 듯한 어조로 그렇게 말하자, 마사치카는 진지한 표정으로 대답했다.

"신경 쓰는 게 당연하잖아. 소중한 파트너인걸."

"흐, 흐~~음."

소중한 파트너인걸. 소중한 파트너인걸. 소중한 파트너인걸…… 아리사의 머릿속에서 마사치카의 대사가 반복 재생됐다. 그에 따라, 아리사가 머리카락을 만지작거리는 속도가 가속됐다. 이대로 있다간 머리카락 끝이 돌돌 말릴 것만 같을 정도로 가속됐다.

하지만, 갑자기 손가락의 움직임을 멈춘 아리사는 삐친 것처럼 표정을 굳혔다.

"그렇다면, 왜……."

"응?"

"……."

마사치카가 고개를 갸웃거리자, 아리사는 아무 말 없이 고개를 돌렸다. 아리사가 토라진 듯한 태도를 보이자, 마사치카는 왜 저러는 걸까 하고 생각하며 신발장에서 꺼낸 신발을 신었다. 그리고 정문을 향해 걸음을 옮겼고…… 잠시 후, 그제야 아리사가 입을 열었다.

"생일……."

"뭐?"

"왜 생일 파티에 불러주지 않은 거야?"

아리사는 고개를 돌린 채, 불만 섞인 목소리로 그렇게 말했다. 하지만…… 마사치카는 그 말이 무슨 뜻인지 알 수가 없었다.

"생일 파티? 무슨 소리야?"

"무슨 소리, 냐니……."

마사치카가 시치미를 뗀다고 생각한 듯한 아리사는 그를

돌아보며 불쾌하다는 듯이 미간을 찌푸렸다. 하지만 아리사가 아무리 그런 표정을 지어도, 마사치카는 뭐가 어떻게 된 건지 알 수가 없었다.

"어? 생일 파티? 내 생일 파티?"

"그래……."

"아니……, 그런 건 안 했는데…… 어디서 얻은 정보야?"

"아니, 안 했을 리가……."

"아, 아니, 진짜로 안 했다고! 초등학생도 아니고, 생일 파티 같은 걸 할 리가 없잖아?!"

"뭐……?"

아리사는 그제야 핀트가 어긋났다는 사실을 자각한 건지, 미간을 찌푸린 채 고개를 갸웃거렸다. 그와 동시에 마사치카도 자초지종을 눈치챘다.

"어, 아, 아하…… 혹시, 러시아에서는 생일에 파티를 여는 게 일반적인 거야?"

"으, 응…… 일본에서는 다른 거야?"

"뭐, 일본에서는 초등학생 때나…… 아, 이 학교에는 하는 녀석이 꽤 있긴 해. 홈 파티 같은 걸 여는 녀석도 있는 것 같으니까…… 뭐, 아무튼 나는 초등학생 때 이후로는 생일 파티를 한 적 없어."

"그, 렇구나……."

"그것보다, 그걸 알 기회라면 얼마든지…… 미안해."

"왜 사과하는 거야?"

"아니, 그게, 뭐……."

자기를 생일 파티에 초대해줄 만한 친구가 없었던 거구나…… 하고는 도저히 말할 수 없었던 마사치카는 말끝을 흐렸다. 하지만 곧 히죽 웃더니, 아리사를 향해 의미심장한 눈길을 보냈다.

"그건 그렇고, 흐음~?"

"……뭐야?"

"별거 아냐~. 내 생일을 그렇게 축하해주고 싶었던 걸까~ 싶어서 말이지~."

"윽!"

인상을 확 찡그린 아리사는 또 고개를 돌렸다. 하지만 마사치카의 눈은 그녀의 새빨개진 볼을 똑똑히 보고 말았다.

"……러시아에서는 생일을 가르쳐주지 않는 건, 『당신과는 올해 친하게 지내지 않을 거예요』란 의사 표시야."

"흐음~?"

"왜 그래?"

"별거 아냐. 뭐, 그런 걸로 해둘까요~."

"짜증 나……!"

아리사가 진심으로 짜증 난 듯한 표정을 짓자, 마사치카는 그만 놀려야겠다고 생각하며 그녀의 기분을 풀어주려 했다.

"그럼, 뭐…… 생일 축하해줄래? 석 달이나 지나긴 했지만……."

"뭐?"

"너와는 올해도 친하게 지내고 싶거든. 다음 주 월요일은 오전 수업만 하니까, 점심 때 같이 밥이라도 먹으러 가는 건 어때? 겸사겸사, 그 자리에서 방학식 때 어떻게 할지 의논…… 아, 혹시 러시아에서는 뒤늦게 생일을 축하하면 안 된다는 풍습이라도 있어?"

마사치카가 그렇게 묻자, 아리사는 고개를 갸웃거린 후에 고개를 저었다.

"없을 거야……. 빨리 축하하는 건 좋지 않지만, 늦게 축하하는 건 딱히……."

"좋아, 결정한 거야. 그럼 다음 주에…… 늦었지만 제 생일 파티를 개최할 테니, 부디 왕림해주셨으면 하옵니다."

"말투가 그게 뭐야."

마사치카가 쓸데없이 진지한 표정으로 그렇게 말하자, 아리사는 옅은 쓴웃음을 흘렸다. 그 표정을 본 마사치카는 아리사의 기분이 다소 풀렸다고 생각하며 한숨 놨다. 하지만, 마사치카의 안도한 표정을 본 아리사가 또 미간을 찌푸렸다.

놀림을 당했을 뿐만 아니라, 어린애를 어르듯 자기 기분에 맞춰준 거란 사실을 눈치챈 것이리라. 아리사는 마사치카의 얼굴을 흘겨보며, 불만 섞인 표정을 지었다.

그런 두 사람이 갈림길에 도착하자, 마사치카는 아리사를 돌아봤다.

"그럼, 이쯤에서 헤어지자……. 다음 주에, 봐……?"

그 순간, 주위를 살피는 아리사를 본 마사치카는 고개를 갸웃거렸다.

(뭘 찾는 거지……?)

의문에 사로잡힌 마사치카가 덩달아 주위를 둘러보려던 순간— 자신을 향해 고개를 돌린 아리사의 입가에 어린 미소를 본 그는 위기감에 사로잡혔다.

(우왓, 뭘 하려는 거지—?)

마사치카는 반사적으로 한 걸음 물러났지만, 아리사는 그보다 빠른 속도로 거리를 좁혔다. 순식간에 서로의 숨결이 닿을 만큼 접근한 아리사는 굳어버린 마사치카의 어깨에 손을 얹더니, 그의 볼에 자신의 볼을 댔다. 그리고, 마사치카의 귓가에서 한 마디 했다.

【기대할게♡】

아리사는 그 말을 하자마자 떨어지더니, 마사치카를 노려보듯 쳐다보며 말했다.

"자, 이걸로 화해한 거야. 그럼 다음에 봐."

"으, 응……."

빠른 어조로 자기 할 말만 한 아리사는 그대로 되돌아서며 뛰어갔다. 마사치카는 멍하니 그 뒷모습을 쳐다봤다. 그리고, 반자동 기계처럼 딱딱하게 움직이며 반대 방향으로 걸음을 옮기더니…… 모퉁이를 돌자마자 손으로 벽을 짚으며 그대로 무너지듯 주저앉았다.

(헤, 헤헷. 나흘만의 러시아어……. 꽤 매서운걸.)

마사치카는 가슴을 손으로 움켜쥐더니, 「지금이라면 진짜로 피 토할 자신이 있다」는 듯한 미소를 머금었다.

(그것보다, 허들이 엄청나게 높아진 느낌이 드는데…….)

저런 말을 들었으니, 근처 패밀리 레스토랑에서 대충 때울 수 없게 됐다. 나름 세련된 가게에서, 제대로 생일을 축하해야 할 것 같았다.

(주말에 괜찮은 가게를 찾아둬야겠네…….)

그런 쪽으로 해박하지 않은 자신에게는 꽤 어려운 미션이라고 생각한 마사치카는 쓴웃음을 지었다.

하지만, 아리사가 퉁명한 태도를 보인 이유를 무사히 알아냈다. 그것으로 됐다고 여기기로 했다. 하지만, 그것보다 확연하게 안 것은…….

(리얼 귓가 속삭임은…… 사람 잡고도 남겠네.)

……라는 사실이었다.

◇

다음 주 월요일. 시험 기간이 끝난 후의 닷새 동안은 기본적으로 시험 점수 확인과 학부모 면담을 한다. 오전에는 시험 점수 확인과 여름 방학 동안의 각 교과목 과제의 설명 혹은 일반 수업이 이뤄지며, 오후에는 각각의 교실에서 학부모 면담이 이뤄진다. 학부모 면담을 출석 번호 순서로 하기 때문에, 아리사와 마사치카는 내일로 예정되어 있다.

"그런데, 시험 결과는 어때?"

"으음~. 뭐, 전 과목 평균점은 넘었을걸?"

학교에서 집으로 돌아가는 도중, 아리사가 던진 질문에 마사치카가 고개를 갸웃거리며 답했다. 일단 전 과목 개인 점수와 평균 점수가 적힌 성적표는 이미 받았다.

시험 점수 확인 과정에서 채점 오류가 발견되어 점수가 바뀌기도 하기에 등수는 토요일에 발표되지만, 학부모 면담에 이용하기 위해 임시 성적표를 나눠주는 것이다.

참고로 세이레이 학원은 격주로 토요일에 수업을 하며, 이번 학기에는 토요일 오전에 성적 발표와 방학식을 하기로 되어 있다.

"뭐, 목표 등수 안에 들어갔는지는 모르지만…… 지난번보다는 좋은 점수를 받았을 거야."

"그래, 노력했구나."

"대단하지?"

"응, 대단해."

"……너, 나를 다루는 요령을 점점 파악하고 있나 보네."

아리사가 대충 대꾸하며 흘려 넘기자, 마사치카가 그녀를 흘겨보았다. 하지만 아리사는 시치미를 떼며 무시했다.

"훌쩍, 아랴가 매몰차."

"마샤 흉내를 내는 거면 진짜로 관둬줄래? 징그러워."

"넵."

아리사가 웃음기 전혀 없는 눈으로 그렇게 말하자, 마사치카도 표정을 진지하게 만들었다. 그리고, 시선을 돌리면서 노골적으로 화제를 바꿨다.

"아아~ 그건 그렇고, 한낮에 돌아다니려니 역시 덥네. 오늘은 햇살도 센걸……."

마사치카는 그렇게 말하면서 교복 앞섶을 펄럭여 안쪽으로 바람을 보내더니, 인상을 찡그리며 자신의 복장을 내려다봤다.

"무엇보다, 이 교복이 더워……. 왜 우리 학교는 요즘 같은 시대에 하복이 긴소매인 거냐고."

"아, 역시 이건 이상한 거구나……."

"이상한 거 맞아~. 다른 학교의 하복은 반소매거든. 요즘은 회사원도 반소매를 입는다고."

일단 동복보다 천이 얇기는 하지만, 긴소매인 시점에서

열기가 안에 쌓였다. 그럼 왜 요즘 같은 시대에 하복이 긴 소매냐면…… 학생용 가방과 마찬가지로, 이것 또한 『전통』인 것이다.

세이레이 학원의 교복은 꽤 유명해서, 이것을 입고 돌아다니기만 해도「아, 세이레이 학원의 학생이야」하며 주목을 받는다. 교복 자체가 일종의 유명 브랜드이며, 그것을 입는 것이 세이레이 학원 학생에게 있어서 긍지였다.

그와 동시에「항상 주목을 받는다」고 하는 의식이, 세이레이 학원 학생에 걸맞게 행동하려 하는 마음가짐으로 이어진다……는 것 같았다. 하지만 마사치카의 생각은 달랐다.

"지구 온난화를 얕보는 짓이야……. 이 재킷만 벗어도 꽤 편할 텐데 말이지."

"회장님이 그걸 바꾸려 한다고 하지 않았어?"

"그게 당선 공약 중 하나였거든~. 꽤 난항을 겪고 있지만, 실현되더라도 내년부터 아닐까?"

현재 마사치카와 같은 생각을 가진 토우야가 교복 변경을 위해 노력하고 있는 것 같지만, 쉽지 않은 것 같았다. 학생 중에도「이 교복이 멋있어! 더워? 패션을 위해서라면 감수해야지!」라고 생각하는 이들이 꽤 있는 데다, 예의 역대 회장과 부회장으로 구성된 모임을 필두로 한 동문회의 반대가 꽤 거센 것 같았다.

마사치카는 이 점에 대해「아니, 우리가 참았으니 너희

도 참으라는 식으로 후배를 괴롭히려는 거 아냐……?」 하며 의심하고 있었다.

“뭐, 회장이 힘내줬으면 좋겠네……. 차량 등하교를 안 하는 우리 같은 중류 계급 학생으로서는 말이야.”

“그저 얇은 옷을 입은 여자애가 보고 싶을 뿐인 거 아냐?”

“옷이 얇아지는 만큼 더 보고 싶어질 거란 말이야? 뭘 좀 아네……!”

“…….”

“아니, 그런 생각은 눈곱만큼도 안 하거든? 오타쿠로서는 교복 변경 이벤트가 꽤 중요한 이벤트라고 생각하긴 하지만, 이 학교에 쭉 다녀서 그 부분은 그다지 이해가 안 되네…….”

핀트가 어긋난 변명을 늘어놓는 마사치카를 차가운 눈길로 쳐다보던 아리사는 곧 도발적인 미소를 머금으며 머리카락을 쓸어 넘기더니, 그를 흘겨보며 말했다.

“어머, 내 반소매 옷차림이 보고 싶지 않은 거야?”

“보고 싶은지 묻는다면, 흥미는 있다고 답할 수밖에 없겠는걸.”

“흐흥. 그래?”

더 솔직하게 이야기하자면, 반소매 셔츠 교복 차림일 때 발생한다는 그 환상의 『비쳐 보이는 브래지어』라는 것에 매우 흥미가 있었다. 사춘기 남자애로서 말이다.

(하지만 그건 앞자리 여자애 상대로 벌어지는 거란 이미

지가 있잖아……. 히카루의 등이 비쳐 보여봤자 눈곱만큼도 기쁘지 않을 거라고.)

"이상한 생각 하는 거 아냐?"

"아니거든? 그냥…… 회장이 반소매 셔츠 차림이 된다면, 꽤 후덥지근해 보이겠다 싶었어."

"그건…… 뭐, 그럴 것 같아."

우쭐대는 듯한 표정을 짓고 있던 아리사가 도끼눈으로 슬쩍 째려봤지만, 마사치카는 시치미를 떼며 그렇게 말했다. 별생각 없이 한 말이지만, 곰곰이 생각해 보니 이해가 됐다. 토우야가 들었다면 억울해하겠지만 말이다.

"그리고 사라시나 선배도 장난 아닐 것 같아……. 팔뚝이나 어깨가 말이야. 그 사람은 평소에 티가 안 나지만, 스포츠맨 체형 같거든."

"아, 맞아."

또 고개를 끄덕인 아리사는 마사치카의 몸을 위아래로 살펴보더니, 약간 놀리는 듯한 미소를 머금었다.

"그에 비해 너는 딱히 별 볼 일 없을 것 같아."

"어, 왜 갑자기 나를 무시하는 거야? 나, 이래 봬도 꽤 근육질이거든?"

"흐음?"

"집돌이를 얕보지 말라고. 내 잔근육 섹시 보디를 보여줄까?"

마사치카는 그렇게 말한 후, 문뜩 상상했다. 선베드에 드러누워서 반소매 셔츠의 앞섶을 벌려서 흉근과 복근을 과시하는 자신의 모습을…… 상상하자마자, 손으로 입을 막았다.

"어? 왜 그래?"

"아니…… 상상했더니 너무 징그러웠어. 잔근육 보디가 섹시한 것도, 결국『미남 한정』인 건가……."

머릿속에 떠오른 나르시시스트 같은 이미지를 지운 마사치카는 구구절절한 목소리로 그렇게 말했다. 그러자 아리사는 시선을 살짝 든 후…… 뭘 상상한 건지, 머리카락을 만지작거리면서 낮은 목소리로 말했다.

【별로, 징그럽지는 않아.】

"뭐?"

"『너 때문에 이상한 상상했잖아』하고 말했어."

"하아, 정말…… 이럴 때는 사실을 말 안 해도 된데이."

"네가 물어봤잖아."

아리사는 코웃음을 치며 머리카락을 쓸어 넘겼다. 그 모습을 슬쩍 흘겨본 마사치카는 약간 그윽한 눈길을 머금었다.

(대체 아랴의 눈에는 내가 어떻게 보이는 걸까요~?)

【애초에 미, 미남인걸.】

(으극! 지, 진짜로, 어떻게 보이는 걸, 까……?)

가슴 깊은 곳이 근질거리는 느낌에 사로잡힌 마사치카는

표정에 티를 내지 않으려고 필사적으로 노력했다. 하지만 다행스럽게도 마침 목적지에 도착한 덕분에, 마사치카는 의식을 그쪽으로 돌렸다.

두 사람이 찾아온 곳은 역 근처에 있는 젊은 층 취향의 커다란 옷 가게였다. 식사 전에 옷 가게에 온 이유는, 그저 옷을 갈아입기 위해서였다. 마사치카는 딱히 교복 차림으로도 괜찮다고 생각하지만, 아리사가「한낮에 교복 차림으로 식당에서 식사하는 건 좀 그렇지 않아?」하며 난색을 보여서 식사 전에 옷을 갈아입기로 했다. 그렇다고 여기서 옷을 사서 갈아입으려는 건 아니다.

마사치카도 처음 듣고「좋은 생각인걸」하고 감탄한 그것은 바로…… 이 가게는 세이레이 학원 학생에게 탈의실을 무료로 개방하고 있었다.

세이레이 학원의 학생도 한창 나이대의 소년 소녀인 만큼, 방과 후에 친구들과 놀고 싶기도 할 것이다. 하지만 교복 차림으로 그러는 건 교칙으로 금지되어 있기에, 패밀리레스토랑 정도라면 몰라도 교복 차림으로 노래방이나 오락실에 갈 수는 없다.

교복이 널리 알려진 만큼 자칫하면 인근 주민이 학교에 연락할 가능성이 있고, 그렇게 되면 처분을 면할 수 없다.

그렇다면 다른 곳에서 사복으로 갈아입을 수밖에 없지만, 부유층 자제가 많은 세이레이 학원 학생 중에는 공중

화장실에서 갈아입는 것을 질색하는 학생도 있다. 그런 학생들을 위해, 이 가게는 탈의실을 개방해주는 것이다.

젊은이들이 주로 이용하는 옷 가게에 있어, 돈 씀씀이가 큰 학생은 탐나는 고객이다. 탈의실을 빌려주기만 해도 세이레이 학원의 학생이 자기 발로 찾아온다면, 그 정도는 얼마든지 빌려줄 것이다.

(그래도, 이건 좀 심한 느낌이 드네…….)

가게 안쪽에 있는 스무 개가 넘는 탈의실을 본 마사치카는 쓴웃음을 머금었다. 대체 단체 손님이라도 올 거라고 생각한 걸까. 아니, 이렇게 해서라도 세이레이 학원의 학생을 놓치지 않으려는 속셈일 것이다.

"그럼 옷 갈아입고 올게."

"아, 응."

점장의 열정에 감탄한 마사치카는 아리사와 좀 떨어진 곳에 있는 탈의실에 들어간 후, 바로 교복을 벗었다.

"으으~, 더웠어."

해방감에 사로잡히면서 수건으로 땀을 닦은 후, 원래 체육복 같은 걸 넣어두는 서브백에서 사복을 꺼내 입었다. 그리고 교복을 그 서브백에 넣은 후에 학생용 가방과 함께 커다란 에코백에 넣었다. 이것으로 변신 완료.

"아~ 시원하다~."

반소매와 냉방의 소중함을 실감하며 잠시 기다리자, 아

리사도 탈의실에서 나왔다.

"기다렸지?"

"아, 냐……."

탈의실에서 나온 아리사가 입은 건…… 일전의 쇼핑 때 그녀가 샀던 순백의 원피스였다. 이 타이밍에 이 옷을 입은 것에 어떤 의도가 담겨 있는 것일까. 어쨌든, 자칭 신사로서 숙녀의 복장에 찬사를 보내지 않을 수는 없다.

"그 옷, 역시 잘 어울려."

"후후. 그래? 고마워."

마사치카가 칭찬을 해주자, 아리사는 만족한 것처럼 머리카락을 쓸어 넘겼다. 일부러 신발까지 옷에 맞춰 물빛 샌들로 갈아 신은 점에서 진심이라는 게 느껴진달까…… 엄청 신경 쓴 느낌이 드는 건, 과연 기분 탓일까.

"그럼, 갈까?"

"응, 그래."

가게 점원에게 고맙다고 인사를 한 후, 마사치카와 아리사는 밖으로 나왔다.

(왠지…… 데이트하는 느낌이 들지 않아?)

생각해보니, 사복 차림인 아리사와 단둘이서, 그것도 대낮에 마을을 도는 건 처음인 것 같은 느낌이 들었다.

(우와, 길 가는 사람들이 돌아봐.)

남녀를 가리지 않고 스쳐 지나가는 사람들이 혼이 빠져

나간 듯한 표정으로 아리사를 응시하는 광경은 장관이었다. 유키도 지나가는 사람들이 뚫어지게 쳐다볼 정도지만, 이렇게 노골적으로 돌아보는 일은 좀처럼 없었다.

(뭐, 이렇게 눈에 띄는 외모를 지녔으니 당연한가.)

한여름의 햇살을 받아 찬란히 빛나는 은발과, 솜털 하나하나가 빛을 품고 있는 것처럼 느껴질 만큼 눈부시게 새하얀 피부. 이것만으로도 사람들의 눈길을 끌 만한데, 외모와 몸매까지 끝내주니 눈을 돌리는 것도 무리는 아니었다.

"……왜?"

"아…… 엄청나게 주목받는 것 같아서 말이야."

"신경 써봤자 소용없어. 미인의 숙명인걸."

아리사는 별일 아니라는 투로 그렇게 말했지만, 마사치카로서는 그것이 사실이기에 아무 말도 할 수 없었다. 자신들을 향한 주위의 시선이 그 무엇보다 명백한 증거였다.

"오늘은 내가 있어서 다행이지만…… 혼자일 때는 자주 헌팅을 당하지 않아?"

"맞아. 휴일에는 모르는 사람이 말을 거는 일이 잦아."

"아, 역시 그래? 그럴 때는 어떻게 해?"

"상대방이 포기할 때까지, 러시아어를 계속 늘어놓을 뿐이야."

"……아하."

마사치카가 보기에, 아리사의 얼굴은 순수한 러시아인과

좀 다르다. 곳곳에 일본인다운 요소도 있지만, 그래도 저런 외모로 현지인급 러시아어를 늘어놓는다면 웬만한 이들은 질리고 말 것이다.

(그래도 다행이야……. 독설과 폭력으로 격퇴하나 했거든.)

"또 무례한 생각을 하고 있지?"

"아냐. 아랴가 헌팅에 걸려들지 않아서 다행이라고 생각했을 뿐이야."

마사치카가 태연한 표정으로 그렇게 말하자, 아리사는 한쪽 눈을 슬며시 치켜뜨며 도발적인 미소를 지었다.

"어머, 독점욕이야? 남친 행세를 하는 것 같네."

"미안하지만, 데이트 중에는 남친 행세를 하고 싶어지는 법이거든."

"아, 그래……. 데이트…… 맞, 아……."

하지만 마사치카가 태연하게 반격하자, 아리사의 표정이 확 바뀌었다. 눈을 껌뻑인 후, 부끄러운 듯이 어깨를 움츠리면서 머리카락을 계속 만지작거렸다. 그리고 마사치카를 힐끔 쳐다보며 작게 중얼거렸다.

【……처음이야.】

(응, 그래~. **나와** 데이트하는 건 처음이긴 해~.)

갑자기 날아온 횟수 제한 초강력 공격! 여자애가 인생에서 셀 수 있는 정도로만 사용 가능한 궁극의 공격기 《처음이야》를, 마사치카는 필살 《자기한테 유리한 해석》으로 위력을 경감시켜 받아냈다!

설명하지! 필살 《난청》이 「어? 뭐라고?」에서 이어지는 궁극의 대응기라면, 필살 《자기한테 유리한 해석》은 「아, 그런 거구나」에서 이어지는 궁극의 방어기다!

(HAHAHA, 이런 미소녀~가 데이트를 처음 해볼 리가 없지 않겠어?)

평온한 정신을 유지하기 위해, 마사치카는 필사적으로 자기 자신을 향해 그렇게 되뇌었다. 마사치카에게는 이런 완벽 미소녀와의 『첫 데이트』처럼 어마어마한 부담감이 뒤따르는 짓을 짊어질 용기가 없었다. 겁쟁이라고 부르고 싶으면 그렇게 부르라고.

(그것보다 『데이트』도 진심으로 한 말은 아니거든? 어디까지나 말장난이랄까…… 아랴도 진심으로 데이트라고 여기는 건 아니겠지?)

마사치카가 머뭇거리면서 아리사를 쳐다보자, 시선이 마주친 그녀는 부리나케 반대편으로 고개를 돌렸다. 그리고 고개를 돌린 채로 들릴락 말락 하는 목소리로 말했다.

【그, 그럼…… 손, 잡을까……?】

아리사가 볼을 희미하게 붉힌 채 안절부절못하는 반응을 보이자, 마사치카의 눈이 멍해졌다.

(아, 으~음…… 완전 진심인 것 같네…….)

뭐랄까, 온몸이 간지러웠다. 등골이 간지러우면서, 몸이 떨릴 것만 같았다.

하지만 다행스럽게도 목적지인 가게가 보이기 시작했기에, 마사치카는 필살 《보류》를 써서 의식을 다른 쪽으로 전환했다. 간단히 말해 「그건 일단 옆으로 제쳐놓고」라는 것이다. 물론 옆으로 제쳐둔 것을 다시 신경 쓰는 일은 없다. 「그건 보류가 아니라 방치잖아」라는 태클은 걸어선 안 된다.

"아, 보이네. 저 가게야."

"……고기가 전시된 저 가게 말이야?"

"그래."

우리가 찾아온 곳은 역에서 조금 떨어진 곳에 있는 숙성육 전문 레스토랑이었다.

밤에는 5천 엔 이상의 코스 요리가 기본이라 학생에게는 부담스러운 비싼 가게지만(세이레이 학원에는 그 정도 금액은 개의치 않는 학생도 일정 숫자 이상 있지만), 실은 런치 한정으로는 천 엔 정도로 다양한 숙성육을 맛볼 수 있다.

주말에 인터넷과 자기 발을 구사해 찾아낸, 데이트 초보자인 마사치카가 온 힘을 다해 선택한 가게다.

(자, 어때! 꽤 괜찮지 않아?! 아랴도 고기를 싫어하지 않는 것 같으니까, 센스적으로 나쁘지 않을 거야! 라멘이나 카레나 불고기 같은 안이한 선택지로 회피하지 않았다고!

나, 대단하지?!)

가게 앞에서 마음속으로 주먹을 말아 쥔 마사치카가 아리사를 힐끔 쳐다보았다. 하지만 마사치카는 몰랐다……. 아리사 또한, 데이트 초보자라는 것을 말이다. 그렇다. 아리사도 초보자이기에…… 솔직한 마음으로, 이런 말을 입에 담고 말았다.

"아, 이 가게는 맛있어. 전에 가족과 와본 적이 있거든."

아리사가 악의 없이 한 말이 마사치카를 덮쳤다! 마사치카는 마음속으로 주먹을 말아 쥔 채, 그대로 석화됐다!

(아, 응……. 아니, 뭐 『전에 와본 적이 있는데, 미묘했어』라는 말보다는 나을까…….)

석화된 상태에서 금이 가는 와중에도, 마사치카는 어찌어찌 그렇게 생각하며 마음을 추슬렀다. 하지만 그런 그에게 눈곱만큼의 악의도 없는 버디슈(러시아의 전통 도끼)가 휘둘러졌다.

"아마 사슴 고기가 맛있었을 거야."

『석화』 × 『중량급 무기』 = 『산산조각』. 마사치카의 멘탈은 이 시점에서 산산이 조각나고 말았다. 이제 「내 센스, 꽤 괜찮지 않아?!」 하며 우쭐대는 심정은 눈곱만큼도 남아있지 않았고, 오히려 송구한 마음에 사로잡혔다. 왜냐하면…….

"……미안해. 런치 메뉴에는 사슴 고기가 안 나와……."

"아…… 그렇구나."

눈에 띄게 의기소침해진 마사치카를 본 아리사는 그제야 자기가 실언을 했다는 것을 깨달은 건지, 허둥지둥 이렇게 말했다.

"하지만, 다른 고기도 맛있었거든. 여기 와서 기뻐. 자, 들어가자."

"……응."

마사치카는 마음속으로「어라? 왜 내가 에스코트를 받는 거지?」하고 생각하며 안으로 들어갔다. 안내된 테이블에 앉아서 런치 메뉴와 음료를 주문한 후, 마사치카는 마음을 다잡듯이 방학식 이야기를 꺼냈다.

"으음…… 그럼, 방학식 인사 이야기를 좀 해둘까."

"으, 응."

"자세한 건 사전 준비 때에 회장이 설명해줄 테니, 대략적인 흐름만 설명해둘게. 예년과 마찬가지라면, 회장이 사회를 맡아서 임원의 이름을 호명할 거야. 그에 맞춰 연설대에 서서 인사를 해. 순서는……."

마사치카는 오른손을 들더니, 말을 하면서 손가락을 하나씩 접었다.

"회장 후보, 그 파트너인 부회장 후보, 그리고 다른 회장 후보, 그 파트너인 부회장 후보…… 같은 느낌으로, 직책에 상관없이 페어가 차례차례 불려. 회장 후보가 우선 회장 선거에 임하는 포부를 이야기하고, 그 후에 파트너가 자신이 어째서 그 혹은 그녀를 회장으로 추천하는지를 이야기하는 식이야.”

“그렇구나…….”

“그리고, 여기서부터가 중요한데…… 사실 이 이벤트에는 투표는 없지만, 그것과 비슷한 게 있어.”

“뭐?”

아리사가 놀랐는지 눈을 치켜뜨자, 마사치카는 진지한 표정으로 말했다.

“각 페어의 인사가 끝난 후, 관객은 **응원하고 싶다고 생각한 페어에게만**, 박수를 보내. 딱히 한 페어에게만 보내야 한다는 룰은 없지만, 이건 표 없는 투표라고 할 수 있어.”

“그 말은…….”

아리사는 그 말을 듣고 마른침을 삼키더니, 머뭇거리며 물었다.

“박수를 전혀 못 받아서, 체육관이 조용했던 경우도…… 있어?”

“그래. 과거에 그런 상태가 됐던 페어가 2학기부터 학생회에 나오지 않게 됐다는 이야기도 들었어.”

“우와아…….”

비참한 이야기였기에, 아리사는 인상을 찡그렸다. 마사치카도 심정은 이해한다는 듯이 고개를 끄덕이며 머리를 긁적였다.

"이런 탈락 이벤트가 있다는 게, 학생회 임원의 불리한 점이야……. 올해처럼 강력한 유력 후보가 있는 경우에는 학생회 임원이 되지 않고 선거전에 임하는 것도 방법이라고 생각해……. 뭐, 이미 늦었지만 말이야."

이런 소리를 해봤자 소용없다는 걸 눈치챈 마사치카는 고개를 저으며 이야기를 이어갔다.

"이야기가 잠시 옆으로 샜는걸. 아무튼 나로서는 유키와 아야노의 박수갈채, 우리 때는 『조용~』 같은 전개만은 피하고 싶어."

"응. ……박수에서 너무 차이가 나면, 앞으로의 싸움에도 영향이 갈 거야."

"그래~. 인간은 참 재미있는 생물이잖아. 자기가 『괜찮네!』 하고 생각한 상대라도, 주위에서 지지하지 않는다면 솔직히 지지하지 못하는 법이거든~. 뭐, 반대 경우도 얼마든지 있겠지만 말이야."

"아…… 들은 적 있어. 주위의 인간이 『좋아한다』고 말하는 것에 대해서는 마찬가지로 좋아하게 되는 경향이 강하다……는 이야기였을 거야."

"그래. 그거야."

아리사의 말에 동의한다는 듯이 고개를 끄덕인 마사치카는 약간 진지한 표정을 지었다.

"솔직히 말해…… 지금의 우리가 유키에게 맞먹는 박수

를 받는 건 무리일 거야. 그렇다고 박수를 전혀 못 받는 것도 위험해. 전혀 응원을 받지 못한다는 분위기가 생겨버리면, 나중에 만회하는 건 꽤 힘들어질 거야."

"역시…… 어려운 거구나."

"어렵겠지. 지지층 자체가 엄청나게 차이 나거든. 그러니 이런 말은 좀 그렇지만…… 목표는, 너무 벌어지지만 않는 거야. 이길 생각은 안 해도 돼. 명백하게 졌다, 싶을 정도로 차이가 나지 않는 정도로 충분해."

"꽤 소극적이네."

아리사가 불만을 드러내듯 미간을 찌푸리자, 마사치카는 차분한 표정으로 어깨를 으쓱했다.

"현시점에서의 피아간의 전력 차를 냉철하게 고려해서 내린 판단이야. 1학기 방학식은 선거전에 있어 초반이야. 결정적으로 차이가 벌어지지만 않으면, 앞으로 얼마든 뒤집을 수 있어."

"……그래. 알았어."

마사치카가 냉정하면서도 앞날을 내다보는 발언을 입에 담자, 아리사도 불만스러운 표정을 지우며 고개를 끄덕였다. 그리고 퍼뜩 뭔가 생각난 것처럼 고개를 갸웃거렸다.

"그런데, 나와 유키 양 중에서 누가 먼저 인사를 할까?"

"그건 상의를 해야겠지. 우리가 중등부일 때는 가위바위보로 정했어."

“흐음, 그것도 직책과 상관없는 거구나.”

아리사가 그렇게 말하자, 마사치카는 오른손을 들면서 어깨를 으쓱했다.

“회장과 부회장 이외의 직책에는 상하관계가 없잖아. 서기가 높고 서무가 낮다 같은 건 딱히 없어. 애초에 그렇게 따지자면, 홍보 같은 직책은 예전엔 없었다고.”

“어? 그래?”

“어라? 말 안 했던가?”

마사치카는 의외라는 듯이 눈을 깜빡이며 자기 얼굴을 손가락으로 가리켰다.

“홍보라는 직책을 만든 건, 실질적으로 나야.”

“뭐?!”

“실은 중등부 시절에 유키의 인기를 높이려고 만든 직책이거든……. 그 녀석이 격주로 점심시간에 교내 방송을 빌려서, 학생회 활동 보고를 하는 건 알지?”

“으, 응……. 맞아. 그랬어.”

“그거, 내가 생각한 거야.”

“정말이야?!”

마사치카가 말하는 활동 보고는 2주에 한 번, 점심시간에 유키가 하는 라디오 방송 같은 것이다. 학생회가 2주 동안 한 활동과 투서함(통칭 신문고)을 통해 모은 학생의 의견을 가지고 토크를 하는 것이다.

그리고, 이것은 학생들 사이에서 매우 평판이 좋았다. 유키의 말솜씨가 뛰어나서이기도 하지만, 원래 완벽한 숙녀 같은 태도를 무너뜨리지 않는 유키가 이 방송에서만 때때로 친근한 말투를 쓰는 점도 인기의 비결이었다.

솔직히 말해, 방송부가 평소에 하는 점심 방송보다 주목도가 높아서, 방송부가 난색을 보인다는 이야기도 있을 정도다.

"원래 유키는 나와 마찬가지로 서무였어. 그리고 유키의 지명도 향상과 인기 확보를 위해, 내가 그 방송을 기획해서 유키에게 시킨 거야. 그게 정례 이벤트로 정착하면서 『기왕 이렇게 됐으니 서무 말고 다른 직책을 준비할까』 같은 식으로 되어서, 홍보지 작성 같은 일까지 도맡아서 하는 홍보라는 직책이 만들어진 거지."

"즉, 유키 양의 활동이 홍보라는 형태로 학생회 임원의 정식 업무로 인정된 거네."

"뭐, 그런 느낌이야. 이야…… 내 입으로 할 말은 아니지만, 진짜 너무하다니깐. 학생회장조차 이벤트 때만 학생들 앞에 모습을 드러내는데, 유키는 격주로 학생회의 얼굴마담으로서 이야기할 자리를 챙기고 있거든. 그러니 다른 회장 후보와 지명도에서 차이 나는 게 당연해."

쓴웃음을 머금으며 그렇게 말한 마사치카는 표정을 바꾸며 말을 이었다.

"뭐, 그걸 가지고 이러쿵저러쿵해봤자 소용없어. 하던 이야기를 계속하자면…… 인사 때는 전에도 말했다시피 네가 하고 싶은 말을 하면 돼. 부족한 부분이 있다면 내가 보완해줄게."

"응…… 잘 부탁해."

"그래. 그리고…… 맞아. 무승부를 노릴 거라면, 역시 먼저 인사를 하는 편이 나을 거야. 처음에 하는 사람은 기준이 되는 만큼, 박수도 자제하게 돼. 그런 공통 인식을 가지고 있으니, 나중에 하는 사람과 차이가 나더라도 변명을 할 수 있어."

"으……."

아리사가 노골적으로 불만 섞인 표정을 짓자, 마사치카는 쓴웃음을 머금었다.

"그런 표정 짓지 마……. 수단을 가리지 않는다면 방법이 없는 건 아니지만……."

"예를 들자면?"

"뭐~? ……유키와 아야노의 정신을 흔들어놓는다거나? 하지만 그런 더러운 방식은 네 신조에 어긋나잖아?"

"맞아……."

아리사는 그 말을 듣자마자 인상을 찡그렸고, 마사치카는 「그럴 줄 알았어」 하며 어깨를 으쓱했다.

"뭐, 상대방이 먼저 그렇게 나온다면 이야기가 달라지겠지만…… 그 녀석들도 그렇게까지는 안 할 거야. 토론회도 아닌걸."

"……만약 토론회라면 하는 거야?"

"필요하다면 말이지."

아리사의 질문에 마사치카는 딱 잘라 답했다. 그리고 각오를 묻듯, 아리사를 쳐다봤다.

"경멸할 거야?"

"……아냐. 나는 못하지만, 그런 능력도 학생회 임원에게 필요한 스킬일 테니까…… 경멸 같은 건 안 해."

"그래. 그거 다행인걸."

마사치카는 고개를 끄덕인 후, 입가를 말아 올렸다.

"뭐, 그런 악랄한 짓은 안 할 거니까 안심해. 미야마에도 아니고 말이야."

"응? 그게 무슨 소리야?"

"아니, 그게…… 아, 요리가 나왔네."

그 타이밍에 요리가 나오자, 마사치카는 이야기를 중단했다. 솔직히 말해…… 과거에 노노아에게 세뇌된 인간이 몇 명 있었단 이야기를 아리사에게 들려줄 수는 없었다. 아리사의 미심쩍은 시선을 피하듯 음료를 든 후, 가볍게 들면서 일단 건배를 했다.

"으음, 일단 내 생일을 기념해서? 건배~."

"……건배."

미묘한 표정으로 잔을 맞댄 두 사람은 음료를 한 모금 마신 후, 바로 요리를 먹기 시작했다.

접시에는 소테 스타일로 요리된 채소와 여러 종류의 고기가 두 점씩 놓여 있었으며, 그것을 세 종류의 소금으로 비교하면서 먹을 수 있게 되어 있었다.

마사치카는 일단 쇠고기(브랜드명과 부위는 까먹었다)를 와인 소금인 빨간 소금에 찍어서 먹어봤다.

"으음, 이거 맛있네."

"응. 맞아."

생각보다 더 맛있었기에 아까까지 나눈 이야기를 까맣게 잊고만 마사치카는 맛 비교를 즐겼다.

(여기 소금, 맛있네……. 따로 살 수 없을까?)

이제까지 맛본 적 없는 독특한 소금이었기에 마사치카가 그런 생각을 하고 있을 때, 아리사가 불쑥 입을 열었다.

"미야마에 양의 그 소문은…… 쿠제가 퍼뜨린 거야?"

"응?"

한순간 무슨 말을 하는 건지 생각해본 마사치카는…… 곧 눈치챘다. 그는 인상을 살짝 찡그리며 어깨를 으쓱했다.

"아…… 그거 말이구나. 그건 미야마에가 생각해서 퍼뜨린 소문이야. 나도, 그 녀석과 상의하긴 했지만…… 그런 방법을 취할 줄은 생각도 못 했어."

"그랬구나……."

노노아가 터뜨린 소문은 시험 기간에 학교 전체에 퍼졌고, 현재 그 토론회에 관해서는「사야카 노노아 페어의 반칙패」라는 의견과「아니, 그대로 계속 이어갔다면 결과는 아무도 모른다」라는 두 의견으로 나뉘어 있었다.

“뭐, 결과적으로 타니야마를 헐뜯는 소문은 가라앉았어……. 그와 동시에, 토론회 결과는 유야무야되고 말았지만…….”

“…….”

아리사는 마사치카의 말에 반응을 보이지 않으며, 자신의 접시만 내려다보고 있었다. 다른 무언가를 신경 쓰고 있는 것 같았고…… 마사치카는 그『무언가』를 짐작할 수 있었다.

현재 학교에서는 토론회에 바람잡이를 심었던 노노아에게 비판적인 목소리가 나오고 있었다. 본인이 직접 폭로했다는 점과 그녀의 평소 캐릭터 덕분에 대부분의 학생은「뭐 그런 짓을 하고 그래~」하며 약간 어이없어할 뿐이지만…… 일부 학생이 과민 반응을 보이는 건 사실이었다.

“으음…… 혹시나 해서 하는 말인데, 미야마에를 신경 쓸 필요는 없을 거라고 생각해. 진심으로 하는 말이야. 그 녀석이 직접 한 일이고, 걔는 남들이 뭐라고 하든 전혀 신경 안 쓰는 강철 멘탈의 소유자거든.”

아리사가 마음에 걸리는 듯한 반응을 보이자, 마사치카

가 그렇게 말했다. 그리고, 잠시 생각에 잠긴 후에 조용히 말했다.

"……미안해. 실은 다른 방법이 있었을지도 몰라."

"아……."

"내가 미야마에에게 전부 맡긴 바람에 이런 식으로 해결된 거잖아. 그 녀석이 뭘 할 생각인지 물어본 후에, 같이 생각했으면—."

"아냐, 괜찮아."

아리사는 고개를 저으며 마사치카의 말을 끊었다.

"결국 나는 아무것도 안 했고, 아무것도 못 했는걸. 그런 나한테는 이 결과에 왈가왈부할 권리가 없어."

아리사는 약간 쓸쓸한 듯이 그렇게 말한 후, 평온한 표정으로 미소를 머금었다.

"그러니까…… 나를 위해 나서줘서 고마워, 쿠제."

어딘가 덧없는 그 미소를 본 마사치카는 가슴 깊은 곳이 뒤흔들리는 듯한 기분에 사로잡혔다.

"뭐…… 사소한 일이야."

그리고 겨우겨우 그렇게 말하더니, 시선을 돌려서 식사를 이어갔다. 그런 마사치카를 본 아리사는 빙그레 웃었다.

"어머, 왜 그래? 혹시 부끄러워하는 거야?"

"……시끄러워."

하지만 심하게 동요한 탓에 변변찮은 대꾸밖에 못 했다.

마사치카가 초등학생 같은 반응을 보이자, 아리사는 더욱 진한 미소를 머금었다.

"귀여워."

이봐. 이 녀석, 드디어 일본어로 저런 소리를 하기 시작했어.

아리사는 미소를 머금더니, 장난감을 발견한 고양이처럼 눈을 가늘게 떴다. 그리고, 천천히 고기 한 점을 젓가락으로 들더니, 암염을 찍어서 마사치카에게 내밀었다.

"자, 이건 답례야. 아~."

충격과 공포의 순간이 다시 돌아왔다. 이 가게는 패밀리 레스토랑과 다르게 테이블석 사이에 칸막이가 없어서, 시선이 몰리는 걸 똑똑히 알 수 있었다. 하지만, 아리사는 전혀 개의치 않으며 젓가락을 내밀었다.

(이 녀석, 엄청 우쭐대네……. 내가 동요했다고 생각해서, 이 기회에 공세를 펼치는 거야……. 지난번에 그러다가 스푼을 못 쓰게 됐던 걸 잊은 거냐?)

아~ 한 건 좋지만, 상대방이 입을 댄 스푼으로 음식을 먹지 못해 우물쭈물하던 아리사를 떠올린 마사치카는 도끼눈을 떴다. 그리고 기고만장해진 파트너에게 한 방 먹여주자고 결심한 그는 아리사가 내민 고기를 확 먹어 치웠다.

아리사가 내민 고기를, 젓가락과 함께 입에 머금었다. 그리고, 그녀를 노려보듯 똑바로 바라보면서 꿀꺽 삼킨 후, 도발적으로 웃었다.

"고마워. 맛있었어."

"그래."

하지만 아리사도 태연하게 웃더니…… 그 젓가락으로 아무렇지 않게 식사를 이어갔다.

(아니, 동요, 안 하는 거냐……?!)

약간 볼을 붉힌 것 같기도 하지만, 그래도 미소를 유지하고 있었다. 오히려, 자기 입술이 닿았던 젓가락이 아리사의 입 안으로 들어가는 광경을 본 마사치카가 더 동요하고 말았다.

(아, 안 되겠어. 잘은 모르겠지만, 주도권을 빼앗긴 느낌이 들어.)

어떻게든 흐름을 돌려보려고 자기 접시를 쳐다봤지만, 이미 대부분의 요리를 먹고 말았다. 몇 점 더 먹으면 식사가 끝나고 말 것이며, 고개를 들어 보니 아리사도 식사를 마쳤다.

"잘 먹었습니다."

"……잘 먹었습니다."

"그럼 선물을 줄게."

"뭐?"

아리사가 미소를 머금은 채 짐 안에서 포장된 상자를 꺼내자, 마사치카는 이 자리가 자신의 생일을 축하하는 자리라는 것을 떠올렸다.

"자, 받아."

"맙소사. 생일 선물까지 준비해줬구나……. 고마워."

상자를 건네받은 마사치카가 아리사가 권하는 대로 열어 보니, 그 안에는 하얀 도자기 머그잔이 들어 있었다. 곡선적인 형태의 우아한 디자인을 지녔으며, 측면에는 파란색 식물 그림이 새겨져 있었다.

"오오…… 뭐랄까, 엄청 센스 있는 머그잔인걸……."

"후후, 그렇지?"

디자인도 그렇고 감촉도 그렇고 꽤 고급스러운 느낌이 드는 머그잔이었기에, 마사치카는 감탄했다. 농담이 아니라, 이 머그잔이 참 마음에 들었다.

"고마워. 잘 쓸게."

"응, 그렇게 해줘."

마사치카가 솔직하게 고마움을 표시하자, 아리사는 너그러이 고개를 끄덕였다. 마사치카는 머그잔을 다시 상자에 넣으면서 생각했다.

(그건 그렇고, 일용품인가……. 보통 선물로는 소모품류를 준다고 생각했는데…….)

하필이면 식기를…… 아니, 어쩌면 러시아에서는 생일에 식기를 선물하는 풍습이라도 있는 걸까……? 의문이 담긴 시선을 보내자, 아리사는 고개를 갸웃거렸다.

"응? 왜 그래?"

"아니…… 식기 같은 건 연인이 세트로 사서 같이 쓰는 게 아닌가~ 싶어서 말이야."

마사치카는 반격 삼아 그런 질문을 던졌지만, 아리사는 전혀 동요하지 않으며 미소를 머금었다.

"어머…… 잘 아네. 물론 세트야. 내 건 이미 집에서 쓰고 있어."

"정말?!"

"……라고 말하면 어쩔래?"

아리사는 씨익 웃으면서 그렇게 되물었다. 동요하고만 마사치카는 더는 아무 말도 못 하며 고개를 돌렸다. 왠지, 오늘은 이길 수 있을 것 같지 않았다.

"그런데, 쿠제."

"……왜?"

다시 아리사를 쳐다보니, 그녀는 빙긋 웃으면서 이렇게 말했다.

"러시아에선 생일 파티의 주역이 주최자거든……. 여기 계산은 맡겨도 되지?"

"무, 물론이야~?"

원래 그럴 생각이었지만, 동요한 마사치카는 약간 괴상한 말투로 답했다.

(괘, 괜찮아……. 음료수를 포함해도 1인당 1,500엔 정도

야. 응, 문제없어.)

머릿속으로 재빨리 계산을 마친 마사치카가 고개를 끄덕이기…… 전에, 아리사가 웃으면서 계산서를 향해 손을 뻗었다.

"농담이야. 오늘은 내가 대접할게."

"아, 저기…… 진짜로 괜찮거든?"

"아냐. 그 대신, 다음 기회에 대접해줬으면 해."

아리사는 그 말을 하자마자 짐을 향해 손을 뻗더니, 그대로 계산대로 향했다. 그리고 마사치카가 허둥지둥 선물을 챙겨 들고 뒤따라가 보니, 그녀는 이미 계산을 마쳤다.

"감사합니다~."

점원에게 배웅을 받으며, 가게를 나섰다. 완전히 아리사의 페이스였다.

(틀렸어~. 오늘은 아리사한테 못 이기겠네.)

완전히 페이스를 빼앗긴 마사치카는 공허한 눈길로 하늘을 올려다보았다. 그런 마사치카의 태도가 신경 쓰인 건지, 아리사는 약간 배려하는 듯한 어조로 말을 건넸다.

"……그렇게, 내가 계산한 게 마음에 걸려?"

"어? ……그야, 뭐……."

"그렇구나……."

아리사는 그 말을 듣더니, 갑자기 빙그레 미소 지었다. 보는 이도 절로 미소 짓게 될 듯한 그 멋진 미소를 본 순간…… 마사치카의 등골을 타고 불길한 예감이 흘렀다.

"그건 그렇고, 생일에는 당연히 케이크를 먹어야겠지?"

"뭐? 으음…… 그런가?"

마사치카가 허둥대며 고개를 끄덕이자, 아리사의 미소가 더욱 진해졌다. 그 미소를 보자, 마사치카의 뇌리에는 아까 아리사가 한 말이 떠올랐다.

『아냐. 그 대신, **다음 기회**에 대접해줬으면 해.』

마사치카의 불길한 예감이 확신으로 바뀌더니…… 이윽고 현실이 됐다.

"쿠제. 이 근처에 참 맛있는 케이크 가게가 있어."

당했다……! 완전히 당했다는 것을 깨달은 마사치카가 마음속으로 이를 깨물었다. 하지만, 이 상황에서 꼴사납게 발버둥을 치는 건 신사답지 못한 짓이다. 그러니, 마사치카는 당당히 가슴을 펴며 멋진 미소를 머금었다.

"그럼 거기로 갈까? 이번에는 내가 살게."

"정말? 기대되네."

그리고, 두 사람은 전혀 다른 감정에서 우러난 미소를 머금으며 케이크 가게로 향했다.

……참고로, 아리사는 케이크를 혼자서 다섯 개나 먹었다. 그리고, 그 금액은 음료를 합쳐서 3천 엔을 가볍게 넘었다.

제 5 화 여러 의미에서 눈부셨습니다

"이야, 설마 전원이 다 모일 줄이야……."

치사키가 쓴웃음을 머금으며 학생회실 안을 둘러보았다. 학생회실의 테이블 책상에는 입구에서 봤을 때 정면 안쪽에 회장인 토우야가, 오른편에는 안쪽부터 마리야, 아리사, 마사치카가, 왼편에는 안쪽부터 치사키, 유키, 아야노가 앉아 있었다. 현 학생회 멤버 전원이 모인 것이다.

그들이 방과 후에 학생회실에서 무엇을 하고 있냐면, 당연히 학생회 활동……이 아니라, 학부모 면담 차례를 기다리고 있었다.

각 교실에서 30분 간격으로 면담이 이루어지며, 당연히 출석 번호 순서로 점심시간 후에 바로 시작되어서 저녁때까지 이어진다. 그래서 많은 학생은 자기 차례가 올 때까지 부실이나 도서실에서 시간을 보내는 것이다. 하지만…… 현 학생회 임원은 미리 약속한 것도 아닌데, 전원이 학생회실에 모였다.

"뭐, 생각해 보니 올해 학생회는 우연히도 이름 순서가 비슷한 이들이 모였는걸……. 『키』미시마에 『쿠』죠, 『쿠』제,

『켄』자키, 『사』라시나, 『스』오우…… 덕분에 다들 같은 날에 학부모 면담을 하게 됐잖아.”

“네. 이런 우연도 다 있네요.”

치사키에 이어 토우야가 쓴웃음을 머금으며 그렇게 말하자, 유키가 맞장구를 쳤다.

“뭐…… 아야노는 어제 면담을 마쳤지만 말이에요.”

그리고 옆에 앉아있는 아야노를 쳐다보며 그렇게 말하자, 치사키는 뜻밖이라는 듯이 눈을 깜빡였다.

“어? 그래? 그럼 아야노는 오늘, 오전 수업만 듣고 돌아가도 되잖아.”

“저도 먼저 돌아가라고 말하긴 했어요. 하지만 아야노가…….”

“유키 님이 계신 곳이 제가 있을 곳입니다.”

아야노가 지극히 당연하다는 투로 그렇게 말하자, 유키는 쓴웃음을 머금으며 어깨를 으쓱했다. 다른 멤버도 마찬가지로 쓴웃음을 머금은 가운데, 마리야는 두 손바닥을 맞대며 입을 열었다.

“그럼 홍차라도 끓일까?”

“응, 부탁해~.”

마리야가 자리에서 일어나자, 치사키는 기뻐하며 칭얼대듯 그렇게 말했다. 마리야는 그런 치사키를 향해 미소를 지은 후, 아야노를 향해 별일 아니라는 투로 말했다.

"아야노도 그냥 앉아있어."

"윽?!"

그 말에, 소리와 기척을 죽인 채 자리에서 일어나려 하던 아야노가 눈을 치켜떴다. 의자에서 엉덩이를 살짝 뗀 아야노가 「아, 니……?!」 하고 말하는 듯한 눈길로 마리야를 응시하자, 옆자리에 앉은 유키가 그녀의 팔을 살며시 잡아당겨서 자리에 앉혔다.

"아야노, 마샤 선배의 호의에 따르자."

"유키 님…… 네, 알겠습니다."

아야노가 의자에 앉는 모습을 본 후, 마리야는 식기 선반으로 향했다.

"쿠제? 왜 그래?"

"……아무것도 아냐."

마사치카가 마리야의 뒷모습을 뚫어지게 쳐다보자, 옆자리의 아리사가 고개를 갸웃거렸다. 하지만 마사치카는 고개를 저으며 다시 정면을 쳐다보더니, 문뜩 생각난 것처럼 토우야에게 질문을 던졌다.

"참, 회장님. 어제 아랴와도 이야기를 했는데, 하복 변경 건은 어떻게 되고 있나요? 내년에는 실현될까요?"

마사치카는 별생각 없이 물어본 거지만, 그 말을 들은 토우야는 예상 이상의 반응을 보였다. 그는 의기양양한 미소를 머금더니, 그 질문을 기다렸다는 듯한 표정으로 입을 열었다.

"아, 그거 말인데…… 여기서만 하는 이야기인데, 빠르면 여름 방학 직후에 새 교복이 도입될 것 같아."

"어! 정말요?!"

"그래. 방학식 때 서프라이즈 발표할 예정이긴 한데……. 뭐, 거의 결정된 사항이지."

"어머, 정말 잘됐네요. 저는 이 교복도 좋아하지만, 역시 이 계절에는 더워서요."

토우야의 말을 들은 유키도 기쁜 듯이 손뼉을 쳤다. 후배의 반응에 기분이 좋아진 건지 너털웃음을 흘리던 토우야는 약간 미안해하는 듯한 표정을 지었다.

"하지만 순조롭지 않은 부분이 있지……. 어쩌면 여름 방학에도 너희에게 좀 협력을 받아야 할지도 모르겠는걸."

"아, 그런 거라면 문제없어요. 중요한 점은 회장님이 진행해주셨으니까, 저희가 도울 일이 있다면 가능한 한 협력할게요."

"고마워……. 뭐, 이 기획이 통과된 건 치사키의 공이 크지만 말이야."

토우야가 그렇게 말하자, 이 자리에 있는 이들 전원의 시선이 치사키에게 쏠렸다. 하지만 치사키는 쓴웃음을 지으며 토우야를 쳐다보았다.

"그렇지 않아. 토우야가 끈질기게 교섭을 이어간 결과잖아.”

“하지만 치사키가 밀어준 덕분에 성공한 거야. 내 파트너가 너라서 다행이라는 걸 실감했지.”

“토우야…….”

“치사키…….”

“이 사람들, 왜 자연스럽게 둘만의 세계를 만드는 걸까.”

마사치카는 서로를 응시하는 커플을 쳐다보며 그렇게 중얼거렸다. 그리고 유키 또한 곤란하다는 듯이 어깨를 으쓱했지만…… 무슨 생각을 한 건지, 그녀는 아야노를 천천히 돌아보면서 뜨거운 시선을 보냈다.

“아야노…….”

“유키, 님…….”

“어, 이 흐름은 뭐야?”

갑자기 백합 분위기 물씬 나는 둘만의 세계가 만들어지자, 마사치카는 눈을 반짝였다. 하지만 유키가 은근슬쩍 보내는 눈길을 받고, 은근슬쩍 동참하기로 했다.

머리카락을 긁적인 마사치카는 한숨을 내쉬며 마음을 정리한 후, 최대한 달콤한 분위기를 자아내면서 아리사를 돌아보았다.

“아랴…….”

“나는 안 해.”

“매정해!!”

뇌쇄적인 표정으로 아리사를 돌아보자마자 바로 거절당한 마사치카는「크억!」하며 무너졌다. 그러자 유키가 도발적인 미소를 머금으며 아리사를 돌아보았다.

"어머, 그쪽 페어의 유대는 그것밖에 안 되나 보군요."

"으음."

"선거전에서는 페어의 팀워크가 무엇보다 중요하죠……. 그래 가지고 저희에게 이길 수 있을까요? 아야노, 안 그래?"

그렇게 말한 유키는 요염한 미소를 머금으며 아야노의 볼을 손가락으로 매만졌다. 간지러운 건지, 아야노는 한쪽 눈을 감으며 몸을 부르르 떨었다. 두 사람의 등 뒤에 백합이 흐드러지게 피자, 마사치카는 살짝 가슴이 두근거렸다.

"쿠제……."

"아니, 너는 부추김에 내성이 너무 없는 거 아냐?"

아리사가 달콤한 분위기는 고사하고 마치 도전하는 듯한 눈길로 자신을 쳐다보자, 마사치카는 어처구니없다는 표정을 지었다. 하지만 아리사가 계속 자신을 쳐다보자, 어영부영~ 시선을 마주하게 됐다.

이렇게 환한 곳에서 코앞에 있는 아리사의 얼굴을 보자…… 마사치카는 그 뛰어난 조형미에 감탄하고 말았다.

(이렇게 보니…… 진짜 비현실적일 만큼 예쁘네. 같은 종족이라는 게 믿기지 않아……. 우와, 속눈썹도 길어! 진짜로 눈동자에 빨려들 것만 같아……. 피부도 엄청 깨끗한 게, 백

옥 같은 피부란 이런 걸 말하는 걸까. 그것보다 모공은 어디 있는 거야. 이게 노 메이크업이라는 게 진짜야? ……어? 왠지 피부가 빨개지는 듯한…… 으음, 점점 가까워지는 것 같지 않아?)

살짝 마비된 뇌로 어렴풋한 위화감을 인식한 순간, 마리야의 목소리를 듣고 급속도로 현실에 되돌아왔다.

"자아~, 기다리게 해서 미안~ 어, 뭐 하는 거야? 눈싸움 대회?"

뚱딴지같은 소리를 하며 고개를 갸웃거리는 마리야의 목소리를 듣고, 아리사는 황급히 그녀를 돌아보았다. 마사치카 또한 한동안 눈을 깜빡이더니, 마찬가지로 마리야를 돌아보았다. 그러자 마리야는 마사치카의 시선에 약간 움츠러든 것처럼 미소를 굳힌 후, 곧 아무 일도 없었다는 듯이 홍차를 돌리기 시작했다.

"얼마 전에 과자가 바닥났으니까, 오늘은 홍차뿐이야~."

"어, 그래?"

"응. 여름 방학 직전이라서 얼마 전에 다 먹어 치웠어~."

"아, 그렇구나……. 여름 방학 동안 과자를 남겨둘 수도 없잖아. 그래도 마샤가 탄 홍차는 맛있으니까, 이대로도 충분해."

"후훗, 고마워~."

마리야는 치사키의 말을 듣고 진한 미소를 머금더니, 아리사와 마사치카에게도 홍차를 돌렸다.

"자아, 마셔."

"고마워."

"고, 고마워요."

하지만 그 와중에도 마리야는 마사치카의 시선을 슬며시 피하는 듯한 반응을 보였다. 이어서 유키와 아야노에게 홍차를 나눠주는 마리야의 모습을 보면서, 마사치카는 그게 기분 탓이 아니라는 확신을 가졌다.

(역시, 약간~ 피하는 것 같네……. 일전에 최면술 사건 때문일까.)

2주 전의 최면술 사건 후, 아리사에게는 다음 날에 바로 사과를 하고 용서를 받았다. 아리사도 여러모로 할 말이 있는 것 같지만, 자기 언니가 벌인 일이라서 참는 것 같았다. 대신 그때 본 것은 빨리 기억에서 지우란 말을 들었지만, 물론 그렇게 자극적인 일을 간단히 잊을 수 있을 리 없다. 그건 그렇고…….

아리사한테는 다음 날에 용서를 받았지만, 마사치카가 마리야와 얼굴을 마주한 것은 그 일 이후로 오늘이 처음이었다. 그리고, 아무래도 마리야는 그때 일을 신경 쓰는 눈치였다.

(뭐…… 다시 제대로 사과해두는 편이 좋겠는걸.)

이 상태로 여름 방학이 되면 마사치카도 기분이 좋지 않을 테니, 그는 마리야와 이야기를 나눠보기로 마음먹었다.

마사치카가 몰래 결의를 다지고 있을 때, 마리야가 자리에 앉을 때를 기다린 토우야가 천천히 입을 열었다.

"아~. 저기, 다들 여름 방학에 일정이 어떻게 되지? 괜찮다면 학생회 임원 간의 교류를 다질 겸 합숙이라도 할까 하는데 말이지."

"합숙, 인가요……."

부활동에서라면 몰라도 학생회에서 합숙을 한다는 이야기는 들어본 적 없고, 중등부 때도 그런 건 경험하지 못했다. 1학년들이 영문을 모르겠다는 반응을 보이자, 그 분위기를 감지한 토우야가 걱정하지 말라는 듯이 웃으며 덧붙여 말했다.

"합숙이라고 해도, 실제로는 여행 같은 거야. 아까도 말했다시피, 어쩌면 여름 방학 때도 학생회 업무로 너희를 부르게 될지도 모르거든. 그 위로회 같은 거라고나 할까?"

"좋네! 재미있을 것 같아!"

"맞아~. 좋은 생각 같네~."

치사키와 마리야가 관심을 보이자, 1학년들도 긍정적으로 생각해봤다.

"그래요……. 미리 일정을 정한다면 저도 스케줄을 맞출 수 있을 것 같아요. 학생회 동료들과 합숙을 하는 건 처음이니까, 기대되네요."

"유키 님께서 그렇게 말씀하신다면, 저도 이의는 없습니다."

"그럼 저도……."

"뭐, 저도 별다른 일정은 없으니까 괜찮아요. 길어봤자 2박 3일 정도죠? 장소는 어디인가요?"

"일정은 전원의 스케줄에 고려해 정하도록 하자. 그리고 장소는 괜찮다면 우리 별장이 어떨까 싶은데……."

"네? 별장?"

마사치카를 비롯해 이 자리에 있는 다수의 멤버가 그 뜻밖의 단어를 듣고 눈을 껌뻑이자, 토우야는 씨익 웃었다.

"해안가의 관광지에 있지……. 프라이빗 비치도 있어. 게다가 매년 근처에서 축제도 열리지."

"정말요?! 으음, 어라? 회장님의 집이 그런 부자였어요? 실례지만, 그런 인상은 못 받았는데요……."

"아…… 뭐, 부모님은 사장 같은 건 아니지. 하지만 조부께서 수완이 좋은 투자가셨거든……. 그래서 자산은 상당한 편이지."

"아하, 그랬군요……."

"뭐, 어디까지나 선택지 중 하나라고 생각해. 다른 곳에 가고 싶은 사람이 있다면 얼마든지 의견을 내도 돼."

토우야가 그렇게 말하면서 주위를 둘러보니, 치사키가 생각에 잠기며 입을 열었다.

"그러고 보니…… 친척 중에 산을 가진 사람이 있으니까, 바다보다 산이 좋다는 사람이 많으면 변경할 수도 있을 거야."

"산을 가진 건가요! 그것도 대단하네요!"

이어지는 충격 고백을 들은 마사치카가 마음속으로 「역시 이 학교는 무시무시하네!」 하고 외쳤지만…… 그 뒤에 이어진 치사키의 말을 듣고 정색했다.

"뭐, 산에 있는 건물은 별장이랄까…… 합숙소? 아니, 도장? 해변은 없지만 근처에 묘지도 있으니까 담력 시험도 할 수 있을 테고, 축제도 매년 열려. 무투제지만 말이야."

"천국과 지옥의 대비 같네요. 해변은 없지만 묘지가 있다고요? 어, 그러고 보니 그 묘지는…… 설마 그, 무투제?에서 죽은 사람의 묘지인 건 아니겠죠?"

"아하하, 그럴 리가 없잖아."

"그, 그렇죠?"

"일부는 그럴지도 모르지만, 대부분은 수행 도중에—."

"회장님! 저는 회장님네 별장이 좋을 것 같아요!"

"저도 바다가 괜찮지 않을까 싶어요."

"유키 님이 그렇게 말씀하신다면 저도 바다를……."

멋진 미소를 지으며 손을 번쩍 든 마사치카의 뒤를 이어 유키와 아야노도 바다를 희망했고, 아리사와 마리야는 딱히 다른 의견을 내놓지 않으며 토우야를 쳐다봤다. 그들의 수많은 말이 담긴 시선을 받은 토우야도 쓴웃음을 지으며 고개를 끄덕이더니, 치사키를 돌아보며 말했다.

"뭐, 나도 치사키가 말한 도장에 약간 흥미가 있지만…… 학생회의 교류에는 맞지 않을 것 같으니까, 이번에는 관두자."

"그래? 그럼…… 학생회와 상관없이 갈까? 저기, 단둘이서……."

"뭐."

치사키가 약간 부끄러워하며 그렇게 말하자, 토우야의 표정이 굳었다. 하지만 부끄러워하며 힐끔힐끔 쳐다보는 연인을 본 그는 억지로 얼굴 근육을 움직여서 미소를 지었다.

"아…… 그, 래. 응…… 치사키가 가고 싶어 하니까, 나도 가고 싶은, 걸?"

"만세! 거기 가서 스승님도 소개해줄게!"

"스승님……"

그 순진무구한 말을 들은 토우야의 뇌가 자연스레 앞으로 펼쳐질 상황을 상상했다. 「치사키를 단련시킨 스승을 소개받는다」→「내 애제자를 농락한 남자가 얼마나 잘났는지, 직접 확인해주마!」→「사망」.

그런 미래를 쉬이 상상한 토우야의 눈동자가 약간 공허해졌다. 하지만 치사키는 그것을 눈치채지 못한 건지 기뻐하며 말을 이었다.

"맞아. 이참에 무투제에도 참가해볼래?"

“어~.”

「무투제에 출전한다」→「사망」. 악의 없이 자신의 사망 플래그를 차례차례 세우는 연인 탓에, 토우야의 눈동자에서 빛이 사라졌다.

“걱정하지 마! 아마추어 부문도 있어! 그리고…… 토우야의 멋진 모습을 보고 싶거든?”

“윽…….”

하지만 치사키의 그런 귀여운 모습을 본 토우야는…….

“좋아. 할 수 있는 데까지 해보겠어!”

“정말?! 기뻐! 우와~ 진짜 기대되네!”

“하하, 하…….”

토우야는 힘차게 고개를 끄덕이며, 메마른 웃음을 흘렸다. 그런 그를 본 마사치카는 마음속으로 「진정한 남자야……」 하며 감탄했다. 감탄하면서, 합장했다. 일단 여름 방학이 끝난 후에 토우야가 제2형태가 되어 있더라도, 외면하지 말자고 마사치카는 결의했다.

그 후, 한동안 잡담을 이어갔다. 마리야가 끓여준 홍차를 마시면서, 학생회와 학교, 여름 방학에 관해 이런저런 이야기를 나눴다. 그렇게 30분쯤 흘렀을 때, 토우야가 갑자기 스마트폰을 꺼내들고 화면을 확인한 후에 자리에서 일어났다.

“음…… 좀 이른걸. 아, 부모님이 오신 것 같으니 가봐야겠어."

"아, 다녀와~."

"힘내……라고 말하는 건 좀 이상한가?"

치사키의 성원에 쓴웃음으로 답한 토우야는 학생회실을 나섰다. 그리고 잠시 후, 이번에는 마리야가 자리에서 일어나서 찻잔과 찻잔 받침을 정리하기 시작했다.

"그럼 나도 시간이 거의 다 됐으니까, 찻잔을 정리할게~."

"아, 도울게요."

이때다! 라고 생각한 마사치카가 자리에서 일어나며 맞은편과 옆자리에 앉은 아야노와 아리사의 찻잔을 쥐었다. 아야노와 유키를 시선으로 제지한 마사치카는 식기를 모았다. 그리고 포갠 식기를 들고 마리야 쪽으로 향하자, 쟁반을 든 그녀는 약간 허둥대면서도 미소를 머금었다.

"그래? 그럼 부탁해도 될까?"

"네."

마리야가 든 쟁반에 식기를 둔 후, 쟁반을 통째로 넘겨받았다. 그리고, 둘이서 학생회실을 나섰다.

학생회실에는 전기 포트와 조그마한 냉장고가 있지만, 유감스럽게도 싱크대는 없다. 그래서 식기를 씻을 때는 귀찮지만 다른 부의 싱크대를 빌려야만 했다. 보통은 가정실습실로 향하지만, 때에 따라서는 과학실의 싱크대를 빌리기도 한다. 하지만 위생상 그다지 기분이 좋지는 않은 만큼, 그것은 최종수단이다. 다행히 오늘은 가정실습실이 비어 있기에, 그곳을 빌리기로 했다.

단둘이 나란히 서서 식기를 씻으면서, 마사치카는 몰래 마리야를 쳐다보았다. 마리야는 언뜻 보기에는 평소와 다름없어 보이지만, 어딘가 이상해 보였다.

(역시…… 그 일 때문인가 보네.)

마음속으로 작게 한숨을 내쉬면서 시선을 돌린 순간, 마리야와 손이 살짝 부딪쳤다.

"윽!"

마리야는 화들짝 놀란 듯이 손을 치웠고, 그 바람에 찻잔 받침을 놓치고 말았다.

"아, 죄송해요."

"아, 아냐. 괜찮아. 나야말로 미안해. 으음…… 정전기일까?"

한여름의 싱크대에서 정전기는 발생하지 않을 거라고 생각하지만…… 마사치카는 그 점을 지적하는 대신「그런가 봐요」하고 말하며 고개를 끄덕였다. 그리고 마리야를 또 몰래 쳐다보니…… 귀가 살짝 빨개진 그녀가 뭔가를 얼버무리려는 듯이 억지 미소를 머금고 있었다.

"……마샤 씨."

"응? 왜~?"

"……그 찻잔, 아까 씻지 않았나요?"

"어머? 그래?"

그렇게 말한 마리야는 손에 쥔 찻잔을 뚫어지게 쳐다보았다. 그런 그녀에게 마음속으로「아니, 그걸 본다고 어떻게 알아……」하고 태클을 날린 마사치카는 이게 동요해서 그런지 원래 성격 탓인지 몰라 고개를 갸웃거렸다.

하지만, 어찌 됐든 간에 일전의 그 일을 질질 끌고 있는 건 분명하다고 판단한 마사치카는 설거지를 마치고 손을 닦는 타이밍에 마리야에게 말을 걸었다.

"저기, 마샤 씨."

"응?"

"그게…… 다시, 사과드릴게요. 일전의 그 최면……."

"아, 괜찮아. 내가 하자고 했는걸……."

마사치카가 고개를 숙이자, 마리야는 약간 허둥대며 고개를 들라고 말했다. 하지만 그 말에 따라 고개를 든 마사치카와 시선이 마주친 순간, 그녀는 볼을 희미하게 붉히며 고개를 돌렸다.

"아, 저기…… 으음, 일전에는 못 물어봤는데…… 나, 최면술에 걸린 사이, 쿠제한테 무슨 짓…… 안, 했어?"

그리고 부끄러워하듯 마사치카의 얼굴을 힐끔힐끔 쳐다보며 물었다. 항상 연상의 여유를 풍기던 마리야답지 않은 그 태도에, 마사치카는 한 방 먹었다. 무심코 마른침을 삼킨 그는 허둥지둥 생각을 전환했다. 그리고 당시의 일을 떠올렸고…… 되살아난 수치심에 몸이 배배 꼬일 것만 같았지만, 어찌어찌 참으며 솔직하게 말했다.

"으음, 아랴와 저를 동시에 끌어안고…… 머리를 쓰다듬어줬어요."

말로 표현하기만 해도 부끄럽기 그지없는 사실이었기에, 마사치카는 어금니를 꼭 깨물었다. 하지만, 마리야는 천천히 눈을 깜빡이면서 약간 안도한 듯한 표정을 지었다.

"어…… 그게 다야?"

"뭐, 네."

실제로는 마리야의 풍만한 가슴에 얼굴이 반쯤 파묻혔다. 하지만 그것은 어디까지나 『안겼다』의 범주에 들어간다. 엄밀하게 이야기하자면 치마 위로 허벅지도 만졌다…… 아니, 지금 생각해보면 문제가 될 수 있는 부위에 손가락이 닿은 듯한 느낌이 들었다. 하지만 그것은 어디까지나 「마사치카가 마리야에게 한 짓」이지 「마리야가 마사치카에게 한 짓」은 아니다. 그러니, 여기서 일부러 말할 필요는 없다. 신사답지 않아? 무슨 소리인지 모르겠네요.

"그래……. 그럼 다행이야."

그런 마사치카의 교활한 생각을 눈치챌 리 없는 마리야가 안도한 표정으로 가슴을 쓸어내렸다. 그 순수한 표정을 본 마사치카는 죄책감에 사로잡혔다.

"으음, 괜찮은 거예요?"

“응. 그 정도는 괜찮아. 뭐, 어…….”

바로 그때, 뭔가가 생각난 듯한 마리야는 자신의 몸을 팔로 감쌌다.

“으음, 저기…… 봤어?”

“으, 으음…….”

마리야가 자기를 올려다보면서 약간 비난하듯 살짝 화난 표정을 짓자, 마사치카는 반사적으로 시선이 흔들렸다.

봤는지 안 봤는지 딱 잘라 말하자면, 봤다. 마리야가 벗기 시작한 단계에서 시선을 돌렸지만, 치사키가 한 행동이 너무 충격적이라서 무심코 쳐다보고 말았다. 그 결과…… 뭐, 눈에 들어오고 말았다. 치마를 벗고 위에서 두 번째 단추까지 푼 마리야의, 매우 섹시한 모습을 말이다. 그래도 옆에 있는 아리사는 단추를 대부분 풀었기에, 따지자면 그 쪽이 더 인상에 강하게 남아있지만…… 뭐, 마리야 쪽도 흰색이었다는 것은 똑똑히 기억하고 있다.

마사치카는 그 점을 어떻게 해명하면 좋을지 고민했지만, 바로 부정하지 않은 시점에서 이미 전부 들통난 것이나 다름없다. 마리야는 원망하듯 입술을 삐죽 내밀더니, 마사치카를 흘겨보았다.

“쿠제는 색골이구나.”

“아, 으음…… 저기, 죄송해요. 무심코 보고 말았어요.”

마음속으로 「마샤 씨도 이런 일로 화내는 구나……」 하고 놀라면서, 마사치카는 순순히 고개를 숙였다. 실은 마리야라면 「괜찮아~ 별것도 아닌걸~」 하며 웃으며 용서해줄지도 모른단 생각을 했다. 그렇기에, 마리야가 평범한 여자애 같은 반응을 보인 것이 조금 의외였으며, 동시에 학교의 성모(마돈나)를 화나게 했다는 사실에 부도덕적인 기쁨도 약간…….

"……쿠제?"

"아, 어, 네?"

"이제, 제대로 반성한 거지?"

"물론이죠."

마리야는 언짢은 듯이 미간을 좁히며 마사치카를 올려다보았다. 하지만 동안인 마리야가 저런 표정을 지어도 전혀 무섭지 않았다. 오히려…….

(흔치 않은 표정을 보여주셔서 감사합니다~ 정말 사랑스러워요~. 항상 연상 분위기를 뿜는 마샤 씨의 어린애 같은 모습은 솔직히 말해 반전 매력 그 자체라 심쿵해요. 대박이라고요. 저런 표정으로 엄지를 세우며 『맴매』 하고 말해주면 점핑 오체투지를 하며 『감사, 합니닷!!』 하고 외칠 자신 있어요.)

"정말! 역시 반성 안 한 거지?!"

마사치카가 바보 같은 생각만 계속하자, 마리야는 볼을 부풀리며 양손으로 그의 볼을 감쌌다.

그리고, 마사치카의 두 볼을 손가락으로 잡더니, 쭈우욱—

잡아당기기 시작했다.

“머 아는 꺼에요.”

“벌주는 거야!”

마리야는 미간을 좁힌 채 마사치카를 노려보면서 그의 볼을 사방팔방으로 잡아당겼다. 하지만 전혀 아프지 않았다. 아리사의 인정사정없는 따귀에 비하면, 여러모로 귀엽게 느껴졌다. 포상이라고 해도 과언이 아니었다.

이윽고 만족한 듯한 마리야는 마사치카의 볼에서 손가락을 떼더니, 다시 양손으로 그의 볼을 감쌌다. 그리고 마사치카의 얼굴을 자기 쪽으로 돌린 마리야는 그의 코앞에서 진지한 표정을 지으며 타이르듯 말했다.

“잘 들어. 여자애를 부끄럽게 만들면 안 돼. 그리고, 상대방이 화났을 때는 제대로 반성하는 거야.”

말은 저렇게 하지만, 진심으로 화난 것 같지는 않았다. 아니, 이 자세는 자칫 잘못하면 키스하기 5초 전 같아 보였다. 가까이에서 보는 이 누님의 얼굴이 너무 끝내줘서 사춘기 남자애인 마사치카는 냉정함을 유지할 수가 없었지만, 본인은 과연 그걸 자각하고 있는 걸까.

(이 상황에서 반론했다간, 이 자세에서 한동안 설교를 해주지 않을까?)

그런 생각이 머릿속을 스쳤지만 그랬다간 이 상냥한 선배가 진심으로 화낼 것 같았기에, 마사치카는 순순히 고개를 끄덕이기로 했다.

"……네."

"응, 좋아."

마리야는 마사치카의 대답을 듣고 고개를 끄덕이더니, 그의 볼에서 손을 떼며 「참 잘했어요」 하고 말하듯 머리를 쓰다듬어준 후에 싱크대 쪽으로 돌아섰다.

하지만 마리야가 다 씻은 식기를 행주로 닦으려고 손을 뻗었을 때, 마리야의 호주머니에서 위잉~ 하는 희미한 소리가 흘러나왔다.

"아…… 엄마가 왔나 봐."

"아, 가보세요. 남은 건 제가 할게요."

"으음…… 미안하지만, 뒷일을 부탁해도 되겠어?"

"네, 다녀오세요."

미안해하며 가정실습실을 나서는 마리야를 배웅한 후, 마사치카는 식기를 닦기 시작했다. 그리고 다 닦은 식기를 포개서 올려놓은 쟁반을 들고 학생회실로 돌아갔다.

그리고 남은 다섯 명이서 30분 정도 잡담을 나눴을 즈음, 치사키의 어머니가 그녀를 데리러 학생회실에 찾아왔다. 아리사는 마리야의 면담이 끝나는 것과 자신의 면담이 시작되는 타이밍이 겹쳤기에, 치사키가 나간 후에 곧 자리에서 일어났다.

"그럼 다녀올게."

"응, 다녀와~."

"다녀오세요."

"다녀오십시오."

세 사람에게 배웅을 받은 아리사가 학생회실을 나서고 몇 초 후. 유키는 이제까지 짓고 있던 단아한 미소를 지우더니, 마사치카를 돌아보며 낮은 핸섬 보이스로 말했다.

"드디어 단둘이 있게 됐네."

"좋아. 그럼 나도 할아버지를 마중 가볼까."

"기다려~! 왜 무시하는 거야!"

"아니, 너야말로 아야노의 존재를 무시하지 말라고!"

유키는 책상 위로 내던지다시피 몸을 내밀어서 마사치카의 팔을 꽉 움켜잡았다. 숙녀의 귀감이라 불리는 모범생답지 않은 그녀의 뒤통수를, 마사치카는 징그러운 걸 본 듯한 눈길로 내려다봤다.

"왜 그런 눈으로 쳐다보는 거야~! 요즘 여러모로 바빠서, 이렇게 남매의 시간을 보내는 건 오래간만이잖아~!"

"아…… 그건 그래."

유키가 그렇게 말하자, 마사치카는 맞는 말이라고 여기며 납득했다. 그리고 다시 생각해 보니, 열흘 넘게 남매의 시간을 보내지 못한 건 꽤 드문 일이었다.

"뭐, 오빠는 아랴 양과 즐거운 시간을 보내느라 신경 쓰이지 않았으려나~?"

"아…… 그렇진, 않거든?"

유키가 흘겨보듯 쳐다보자, 마사치카는 거북한 마음에 고개를 돌렸다. 그러자 유키는 책상 위에 드러누우며 고개를 돌리더니, 양손을 눈가에 대면서 엉엉 우는 시늉을 했다.

"훌쩍, 훌쩍, 쓸쓸했단 말이야~."

"그래그래. 쓸쓸했구나. 알았으니까 책상에서 내려와. 응?"

마사치카가 달래듯이 그렇게 말하자, 유키는 책상에서 미끄러지듯 내려왔다. 책상 위에 펼쳐져 있던 긴 흑발이 책상 가장자리로 사라지더니, 곧 날개처럼 휘날렸다. 그렇게 흐트러진 머리카락을 등 뒤로 쓸어 넘긴 유키는 의자에 털썩 앉았다. 그리고 다리를 꼬더니, 우쭐대듯 턱을 들며 말했다.

"그러니까, 응석받아줘."

"너, 정신 상태가 어떻게 된 거야……?"

마사치카는 쉴 새 없이 캐릭터가 바뀌는 여동생을 보며 어이없어했지만, 유키는 개의치 않는다는 듯이 눈을 슬며시 치켜뜨며 연극배우 톤으로 말했다.

"뭘 하는 거지? 빨리 하도록."

부하에게 어려운 문제를 떠넘기는 심술궂은 상사 같은 유키의 태도를 본 마사치카는 어쩔 수 없이 어울려주기로 했다. 마치 공적인 자리에서 사죄를 요구받은 은행원이 된 심정이었다. 두 손으로 책상을 짚으며 입술을 깨문 후, 당혹감과 절망감에 뒤흔들리는 목소리로 물었다.

“여기서, 말입니까……?”

“그렇다. 여기서, 지금 바로 내 응석을 받아달라는 거다. 마사치카 군.”

“하지만, 여기선……!”

“여기선? 흠, 하지 못하겠다는 건가?”

“큭……!”

마사치카는 유키의 말을 듣고 두 손을 부들부들 떨며 고개를 푹 숙이더니, 목 깊은 곳에서 쥐어짜 낸 듯한 고뇌에 찬 목소리로 말했다.

“알겠, 습니다……!”

그리고 의자에 천천히 앉은 후, 고개를 들어서 옆자리 의자의 등받이에 손을 얹었다. 그리고, 전심전력을 다한 핸섬 표정 & 보이스로 한 마디 했다.

“자, 이쪽으로 와.”

“푸훕~.”

“좋아, 관둘래.”

“아앙, 농담이야. 오빠는 참 멋져~.”

마사치카가 자리에서 일어난 순간, 유키는 달콤한 목소리로 그렇게 말하며 오빠를 향해 달려왔다. 그리고 마사치카의 옆자리에 앉더니, 오래간만에 오빠에게 마음껏 어리광을 부렸다. 마사치카도 그런 여동생을 향해 쓴웃음을 흘리며 유키의 어리광을 받아줬다. 아야노는 공기 상태를 유지했다.

그렇게 마사치카가 유키의 어리광을 15분쯤 받아줬을 때였다. 마사치카의 스마트폰이 진동하면서, 할아버지의 도착을 알렸다.

"아, 할아버지가 왔나 보네."

"오~, 다녀와."

"응, 다녀올게……. 어라, 아야노는 어디 간 거지?"

마사치카는 어느새 모습을 감춘 소꿉친구를 찾기 위해 학생회실 안을 둘러보았다. 하지만, 아야노의 모습은 보이지 않았다.

"응? 눈치를 발휘해서 공기 모드로 밖에 나가 보초를 서고 있는 거 아닐까?"

"너…… 하아, 눈치 못 챈 나도 무슨 말 할 자격은 없나……."

고개를 좌우로 저으면서 학생회실의 문을 열어보니, 유키의 말대로 아야노가 호위처럼 그곳에 서 있었다. 아니, 실질적으로 주인(유키)의 가면을 지키기 위해 보초를 서고 있었으니, 호위라는 표현이 적절할지도 모른다.

"……저기, 미안해."

"네? 뭐가 말입니까?"

유키에게 「아야노의 존재를 무시하지 마!」 하며 말해놓고 자기도 그녀의 존재를 망각했던 마사치카는 미안하기 그지 없었다. 하지만 아야노는 그런 마사치카의 마음을 전혀 이해하지 못하는 건지, 무표정한 얼굴로 고개를 갸웃거렸다.

마사치카가 위로와 사과의 의미를 담아 아야노의 머리를 가볍게 쓰다듬어주자, 그녀는 간지러워하듯 한쪽 눈을 감았다.

“그럼…… 다녀올게.”

“다녀와~.”

“다녀오십시오.”

말로 형용할 수 없는 심정으로 두 사람에게 작별 인사를 한 마사치카는 짐을 든 후, 할아버지가 기다리고 있는 정문을 향해 걷기 시작했다. 학교 안을 이동해 신발장에서 신발을 갈아 신은 후, 정문을 향해 걸어가려……던 마사치카는 확 유턴하고 싶은 심정에 휩싸였다. 하지만 상대방이 말을 걸어온 바람에 그럴 수도 없게 됐다.

“오오! 마사치카, 왔구나!”

“할아버지…….”

그곳에는 머리가 완전히 벗겨지고 쾌활한 인상을 지닌 노인이 있었다. 마사치카의 친할아버지이자, 어릴 적의 마사치카에게 러시아 문학과 러시아 영화를 마구 보여줬던 장본인인 쿠제 토모히사다. 외할아버지인 스오우 겐세이와 달리, 토모히사는 마사치카와 사이가 매우 양호했다.

바쁜 마사치카의 아버지를 대신해서 학부모 면담에 보호자 역할로 올 정도로 말이다.

등을 꼿꼿이 펴고 서서 하얀 중절모를 살짝 들어 보이며 마중 나온 손자를 향해 미소 짓는 그 모습은 호호 할아버지…… 같은 분위기지만, 문제는 복장이었다.

"왜 흰색 양복을 입고 온 거야?!"

"응? 멋지지 않느냐?"

"그런 걸 입는 건 중증 나르시시스트 아니면 외국 마피아뿐이라고~!!"

"으음…… 아, 그래. 이게 없어서 그런가."

마사치카가 편견에 찬 고함을 지르자, 그 말이 이해가 안 된다는 듯한 표정의 토모히사는 모자를 다시 쓰면서 품속에 넣어둔 선글라스를 꺼내 장착했다.

"자, 멋지지?"

"마피아 싱크로율이 상승했다고! 은퇴한 마피아 보스 같거든?! 코트를 걸치거나 정체불명의 머플러 같은 것만 목에 하면 완벽하겠네!"

"스카프 말이냐? 가져왔단다."

"왜 가져온 건데!"

토모히사가 이번에는 반대편 호주머니에서 곱게 접어둔 천을 꺼냈다. 그것을 다시 집어넣게 한 마사치카는 남들의 주목을 더 받기 전에 토모히사를 학교 안으로 끌고 갔다.

"하아, 왜 이렇게 부끄러운 행동을 하는 거냐고……!"
"멋을 좀 부려본 거다만……."
"어차피 영화에 영향을 받은 거지? 용케 그런 걸 가지고 있네."
"오늘을 위해 얼마 안 되는 연금으로 산 거란다."
"할머니한테 혼쭐이 나버려."
마사치카는 분노와 수치심을 억누른 듯한 목소리로 태클을 날리면서, 서둘러 건물 안으로 향했다. 솔직히 말해, 이 할아버지와 함께 있는 모습을 남에게 보여주고 싶지 않았다.
신발장에서 실내화로 갈아 신은 마사치카는 할아버지에게 손님용 슬리퍼를 내준 후, 즉시 교실로 향했다.
"저기, 마사치카. 아직 시간이 있으니 학교 안을 둘러보고 싶다만……."
"단호히 거절하겠어."
"왜 그러느냐. 이 할아비와 함께 있는 게 그렇게 부끄러운 거냐?"
"부끄러워."
"으음…… 그럼 나 혼자서……."
"거동수상자라 잡혀갈 게 뻔하니까 관둬."
일흔한 살인데도 차분함과는 담쌓은 듯한 할아버지를 달래면서, 어찌어찌 교실 밖에 설치된 의자에 앉혔다. 그런 두 사람은 자연스레 마사치카의 아버지에 대해 이야기를 나눴다.

"흠…… 그건 그렇고, 쿄타로는 여전히 바쁜가 보구나."

"뭐, 올해부터 영국 대사관에서 근무하거든……. 여러모로 바쁘지 않겠어?"

외교관인 마사치카의 아버지, 쿄타로는 작년까지 외무성 본청에서 근무했지만 올해부터 재외 공관에서 근무하게 됐다. 원래 집을 비우는 일이 잦았던 아버지는 해외에서 근무하게 되면서 집에 돌아오는 일 자체가 거의 없어졌다. 학부모 면담조차도 토모히사에게 부탁할 정도다. 그 말을 들은 토모히사는 미간을 살짝 좁혔다.

"그래……. 그래도 학부모 면담에는 와봐야 하지 않겠느냐?"

"어쩔 수 없어. 이동에만 한나절은 걸리는걸."

"그래? 마사치카는 상냥하구나."

"그런 소리 말라고."

토모히사가 머리를 쓰다듬어주려고 하자, 마사치카는 부끄러워하며 그 손을 밀어냈다. 그 모습만 보면 세간에서 흔히 볼 수 있는 할아버지와 손자 사이 같아 보이지만…… 교실 문이 드르륵하며 열린 순간, 그런 분위기는 싹 사라지고 말았다.

"실례했습니다."

"감사해요, 선생님."

교실에서 나온 사람은, 아리사와 그녀의 어머니로 보이는 여성이었다. 그 두 사람…… 정확히는 아리사를 본 순간, 토모히사는 눈을 치켜떴다.

(아차! 이런저런 일이 너무 많았던 바람에 미리 충고해주는 걸 깜빡했어!)

마사치카는 미리 토모히사에게 말을 해줄 걸 그랬다고 생각하며 후회했지만, 이미 때는 늦었다.

"아, 쿠제—."

"동유럽의 기적!!"

"진짜로 작작 좀 하라고, 할아버지!"

토모히사가 자리에서 벌떡 일어나서 신에게 감사하듯 두 팔을 벌리자, 마사치카는 필사적으로 할아버지를 자리에 앉히려 했다.

그리고, 얼이 나간 표정으로 뒷걸음질 치는 아리사에게 허둥지둥 변명했다.

"저기, 미안해, 아랴. 우리 할아버지인데, 러시아에 대한 동경심이 강한 분이거든……."

"어, 아, 그렇구나……."

"아가씨, 이름이 어떻게 되니?"

"제발 그만 좀 하라고!"

완전히 헌팅을 하는 듯한 표정 & 대사로 아리사에게 다가가려 하는 토모히사를 말린 마사치카는 일단 고개를 푹 숙이며 사과했다.

"미안해. 정말 미안해. 그냥 무시해버려도 돼."

"차, 참 기운이 넘치시는…… 할아버지네."

아리사의 배려에 찬 목소리가, 마사치카의 가슴 깊숙이 꽂혔다. 가족이 더 추태를 부리기 전에 상대방을 돌려보내야겠다고 생각한 마사치카는 왼손으로 토모히사의 목덜미를 움켜잡은 후, 「이만 돌아가주시죠」라고 말하듯 오른손을 상대방에게 내밀었다. 하지만, 아리사의 어머니로 보이는 인물이 앞으로 나서며 마사치카에게 말을 건넸다.

"저기, 실례지만 당신이…… 쿠제 군?"

"어, 아, 네. 처음 뵙겠습니다. 쿠제 마사치카라고 해요. 아리사 양의 어머님이신가요?"

연상의 여성이 말을 걸어오자, 마사치카는 토모히사한테서 손을 떼면서 어릴 적부터 주입식으로 교육받은 예의범절에 따라 인사를 건넸다.

방금까지 야단법석을 떨던 게 믿기지 않는 그 예의 바른 인사에 눈앞의 여성은 감탄한 것처럼 입가에 손을 댔고, 아리사도 놀란 것처럼 눈을 치켜떴다.

"어머, 참 예의가 바르군요……. 만나서 반가워요. 아리사의 엄마인 쿠죠 아케미라고 해요. 쿠제 군의 이야기는 딸한테서 자주 들었어요."

"그건…… 하하. 나쁜 이야기가 아니었다면 좋겠네요."

"후후후, 참 즐겁게 이야기를 해준답니다."

"……그런가요."

내용을 떠나서, 즐겁게 이야기한 것은 사실 같았다. 그것만으로도 마사치카는 대략적인 상황을 예측할 수 있었다.

그리고, 눈앞의 여성을 관찰했다. 풍성하게 웨이브 진 머리카락을 어깨 근처까지 길렀고, 옛날에는 인기가 참 많았으리라는 것을 쉬이 상상할 수 있는 단정하고 상냥한 외모를 지녔다. 그리고 아리사와 마리야의 어머니라는 것이 납득이 되는, 모성과 매력으로 가득 찬 몸매 또한 갖췄다. 얼굴 자체는…… 마리야를 닮은 것 같았다.

(마샤 씨의 얼굴에서 외국인 느낌을 빼면 딱 이런 느낌이…… 되려나? 아니, 얼굴이 아니라 분위기가 비슷한 거야.)

푸근한 분위기가 감도는 그 모습은, 성모라는 말에 걸맞은 모성과 포용력으로 가득 차 있었다. 이 사람이 연예인이라면, 중고령층에게 절대적인 인기를 구가할 듯한 성숙한 미녀였다.

하지만 그 눈동자에는 지성이 깃들어 있으며, 그녀가 그저 상냥하기만 한 여성이 아니라는 것이 느껴졌다.

(뭐야? 나를 시험하는 걸까? 아무튼 조심해서 대답하는 편이 좋겠네…….)

미소를 머금으며 상대방을 관찰한 마사치카는 약 2초 만에 거기까지 생각한 후, 방심하지 않으며 아케미를 주시했다. 그런 마사치카의 경계심을 간파한 것처럼, 아케미는 더욱 진한 미소를 머금었다. 마사치카 또한 들켰다는 사실을 눈치채고 경계 레벨을 높였다. 그런 긴장감 속에서 아케미가 천천히 입을 열자, 마사치카는 미소를 머금은 채 긴장—.

"저기 쿠제 군은 사교댄스를 잘 추나요?"

완전히 예상 밖의 질문이었기에, 잠깐 얼어붙었다. 마사치카는 몇 번 눈을 깜빡거린 후, 얼이 나간 채 되물었다.

"사교댄스…… 말인가요?"

"네."

아케미가 당연하다는 듯한 태도로 긍정하자, 마사치카는 혼란에 빠졌다.

(사교댄스…… 어, 뭐야? 암시 같은 건가? 어떤 의도가 담긴 질문이지? 큭, 모르겠어!)

그냥 솔직하게 「남들만큼은 출 줄 아는데요……」 하고 대답할까. 하지만 그런 무난한 대답을 해도 괜찮을까. 마사치카가 고민에 빠져서 대답을 못 하자, 아리사는 질렸다는 투로 아케미에게 말을 건넸다.

"엄마, 방금 그 질문은 뭐야? 쿠제가 곤란해하잖아."

"응?"

"뜬금없이 웬 사교댄스?"

"응~? 사교댄스 잘 출 듯한 어깨라서 말이야."

볼에 손을 댄 아케미는 허공을 슬며시 올려다보며 그렇게 말했다. 다른 의도는 담기지 않은, 그저 푼수 같은 발언이었다. 역시 그녀는 마리야의 어머니였다.

경계심에 사로잡혔던 마사치카가 온몸에서 힘이 쭉 빠지는 느낌을 받은 가운데, 아리사에게 슬며시 다가간 토모히사는 놀라울 만큼 자연스러운 움직임으로 아리사의 손을 양손으로 감싸 쥐었다.

"아가씨, 내 손자며느리가 되지 않겠나?"

"어, 어?"

"이봐!"

자기 할아버지가 프러포즈라도 하는 듯한 자세로 당치도 않은 소리를 늘어놓자, 마사치카는 예의 같은 건 내던져버리며 고함을 질렀다.

"어떤가? 우리 마사치카와 결혼할 생각—."

"제발 그만해!!"

뒤편에서 손을 뻗어서 토모히사의 입을 억지로 다물게 한 마사치카는 그를 억지로 아리사한테서 떼어냈다.

"저기, 그럼 이만 면담하러 가볼게!"

"아, 응."

"그래요. 그럼 다음에 또 봐요."

억지로 이야기를 끝낸 마사치카는 아리사와 아케미에게 작별 인사를 했다. 두 사람이 인사를 하고 돌아가자, 마사치카는 그제야 토모히사를 놔줬다.

"어떠냐, 마사치카. 그녀를 아내로 삼고 싶지 않느냐?"

"제발 그만 좀 하라고!"

"어때, 아랴. 쿠제 군의 아내가 될 거니?"

"엄마, 좀 조용히 해."

여전히 이런 소리를 늘어놓는 할아버지를 마사치카가 도끼눈으로 노려봤을 때, 조금 떨어진 곳에서 모녀의 대화가 들려왔다. 마사치카는 그걸 듣고 마음속으로 「너나 나나 고생이 많네……」 하고 생각하며 아리사를 동정했다.

그리고 마음을 다잡으며 교실을 쳐다보니…… 질린 듯한 미소를 짓고 있는 담임의 모습이 눈에 들어오자, 마사치카는 「다 들린 건가……」 하고 생각하며 하늘을 우러러보았다.

◇

"그럼, 이만 가보겠습니다……."

"실례했소."

그 후, 어찌어찌 학부모 면담을 마친 마사치카와 토모히사는 교실을 나섰다. 좀 빨리 끝나서 그런지 교실 밖에는 다음 면담자가 와 있지 않았고, 마사치카와 토모히사는 그대로 계단을 내려갔다.

"그건 그렇고, 아까 본 아리사 양 말이다만……."

"아니, 그 이야기 좀 그만해."

마사치카는 토모히사의 추궁을 피하면서, 학부모 면담이 무사히 끝났다는 사실에 안도했다. ……그리고, 결과적으로 그것은 미스였다. 마사치카는 좀 더 주의했어야만 했다. 하지만 마사치카는 토모히사에게 휘둘리느라 그 점을 까맣게 잊었고…… 결과적으로, 현관 앞 복도에서 딱 마주치고 말았다.

"윽!"

그 모습을 본 순간, 마사치카는 온몸의 피가 싹 빠져나가는 느낌을 받았다. 상대방도 마사치카를 보자마자 눈을 치켜뜨더니, 고개를 돌렸다.

"아, 유미 양. 오래간만이구나."

"오래간만이에요……. 아버님."

잠시 머뭇거린 건, 이혼을 했으면서 아버님이라고 불러도 될지 망설여서일까. 대외적으로는 남남인 서로의 관계를 신경 쓴 걸까. 아니면 양쪽 다인 걸까.

아무튼, 토모히사는 딱히 개의치 않으며 미소를 짓더니, 유미에게 친근하게 말을 건넸다.

"건강해보여서 다행이구나. 유키도 잘 지내지?"

"네, 할아버님. 할아버님은…… 참 파격적인 복장을 하고 계시군요."

"응? 그래도 멋지지 않느냐?"

“후훗, 네.”

“그렇지? 하지만 마사치카의 마음에는 그다지 들지 않는 것 같구나.”

손녀의 말을 듣고 기분이 좋아진 건지 웃음을 터뜨린 토모히사는 유키와 유미를 번갈아 쳐다보며 말했다.

“그건 그렇고, 어머니와는 사이좋게 지내고 있느냐?”

“네, 물론이에요. 그렇죠? 어머님.”

“그, 래…….”

딸이 순수함과 기품이 묻어나는 미소를 지으며 쳐다보자, 유미는 머뭇머뭇 미소를 흘렸다. 마사치카는 그 모습을 얼음장 같은 눈길로 응시했다.

(거짓말 마. 억지로 미소 짓기는. 진짜로 사이가 좋다면, 유키는 본성을 드러낼 거라고.)

딸의 본성도 끌어내지 못하면서, 뭐가 엄마야. 유키는 왜 이런 사람을 위해…….

“큭……!”

이를 악문 마사치카는 스멀스멀 폐부에서 솟구치는 혐오감을 필사적으로 억눌렀다. 하지만 이 여성을 본 것만으로도 기억 밑바닥에 봉인해둔 과거의 안 좋은 기억이 되살아났고, 구역질이 날 듯한 질퍽한 감정이 탁류가 되어 뱃속 깊은 곳에서 솟구쳤다. 진정하려고 숨을 들이마실 때마다 사지 끝에서 차가운 느낌이 감돌았고, 반대로 피부의 표면에는 땀방울이 맺힐 정도의 열기가 어렸다.

하지만 눈을 돌리면 진다는 것처럼, 마사치카는 유미에게서 시선을 떼지 않았다. 하지만 유미는 마사치카를 절대 쳐다보지 않았다. 오래간만에 만난 아들에게 아무 말도, 시선도, 보내지 않았다.

(……그래. 이럴 줄 알았어.)

그 순간, 마사치카의 내면에 감돌던 불길도, 피부의 표면에 어려 있던 열기도, 순식간에 사라졌다. 그의 몸을 감싼 것은 실망일까, 체념일까…… 어느 쪽이든 간에, 마사치카와는 상관없었다. 이제는, 아무래도 상관없는 일이었다.

"할아버지, 슬슬 가자. 남들의 눈길을 끌지도 모르잖아."

마사치카가 감정이 깃들지 않은 목소리로 그렇게 말하자, 토모히사는 주위를 신경 쓰는 시늉을 하며 가볍게 고개를 끄덕였다.

"아, 그래…… 두 사람 다 다음에 또 보자꾸나."

"네. 여름 방학에 또 놀러 갈게요."

"……응, ……실례할게요."

유미는 한순간 입을 열었지만, 결국 아무 말도 하지 않았다. 유미는 고개를 살짝 숙이더니, 유키와 함께 계단 쪽으로 걸어갔다. 그 뒷모습을 쳐다보지도 않으며, 마사치카는 신발을 갈아 신었다. 토모히사도 괜한 소리를 하지 않으며 슬리퍼에서 신발로 갈아 신었다.

"으음~ 밖에 나오니 덥구나."

건물 밖으로 나온 토모히사가 눈부신 햇살 탓에 인상을 찡그리자, 마사치카는 어처구니없다는 표정을 지었다.

"그 옷차림 때문이야."

"그렇다고 폴로셔츠 차림으로 올 수도 없지 않느냐."

"차라리 그게 나았을지도 모른다고……."

"너무하구나. 유키는 멋지다고 말했거든?"

"아니, 그건 할아버지 체면을 생각해서 한 말이거든?"

마사치카가 헛웃음을 흘리며 그렇게 말하자, 토모히사는 불만 섞인 표정을 지으며 하늘을 올려다보았다.

"그건 그렇고, 유키는 점점 유미 양을 닮아가는구나……. 아직 키는 작지만 말이다."

"……응."

마사치카가 갑자기 건성으로 대답하자, 토모히사는 쓴웃음을 머금으며 물었다.

"뭐냐. 아직도 유미 양을 미워하는 거니?"

"……."

토모히사가 대놓고 묻자, 마사치카는 침묵으로 답했다. 손자가 알기 쉬운 반응을 보이자, 토모히사는 턱을 매만지며 입을 열었다.

"참 불가사의하구나. 마사치카는 유미 양을 참 많이 닮았다고 생각하는데 말이지."

"내가? 흥."

마사치카는 웃기지도 않는 농담이라는 듯이 실소를 터뜨렸지만, 토모히사는 개의치 않으며 고개를 끄덕였다.

"닮았단다. 너는 겉보기엔 쿄타로의 젊은 시절과 똑같지만, 내면은 유미 양을 닮았지. 유키는 겉모습이 유미 양을 쏙 빼닮았지만, 내면은 쿄타로를 닮았단다."

"……."

"뭐, 너나 유키나 눈만은 부모님 중 어느 쪽도 닮지 않았다만…… 그 눈은 어디서 유전된 것이려나?"

"글쎄."

마사치카와 유키가 남매인 것을 가리키는, 쏙 빼닮은 눈언저리에 손을 가져간 마사치카는 어깨를 으쓱했다.

마사치카의 태도에 변함이 없자, 토모히사도 어깨를 으쓱하며 이야기를 돌리려 했다.

"하아~ 그건 그렇고 참 덥구먼……. 그래. 빙수라도 먹으러 가지 않겠느냐?"

"빙수…… 그런 걸 파는 데는 잘 없잖아."

"그래? 검색해보면 나올 것 같다만……."

토모히사가 스마트폰을 꺼내서 검색하려고 하자, 마사치카는「여러 의미에서 참 젊네」하고 감탄과 어이없음이 반씩 섞인 반응을 보이면서 지친 듯한 목소리로 말했다.

"먹으러 안 갈 거야……. 그냥 돌아갈래."

"뭐냐. 벌써 지친 거냐? 그러고 보니 낯빛도 안 좋은 것 같다만……."

걱정스러운 듯이 들여다보는 토모히사한테서 떨어진 마사치카는 고개를 앞쪽으로 돌렸다.

"햇빛이 세서 그렇게 보이는 것뿐일걸? 안 그래도 빨리 돌아가서 샤워하고 싶어."

"그런 거냐. 참 매정한 손자구나."

"할아버지가 좀 멀쩡한 옷차림을 하고 왔다면 더 어울려 줬을지도 몰라."

토모히사가 어디서 꺼낸 건지 모를 부채로 부채질을 하자, 마사치카는 그를 흘겨봤다. 그런 마사치카는 언뜻 보기엔 평소와 다름없는 것 같지만…… 왠지, 울다 지친 어린애 같아 보였다.

제 6 화 여러 의미에서 열이 올랐습니다

딱히…… 극적인 어떤 일이 벌어진 것은 아니다.

어머니에게 학대를 받았거나, 어머니가 다른 남자와 불륜을 저질렀다 등의 일은 딱히 없었다.

아니, 지금 생각해보면…… 어머니는 참 온화하고 상냥한 사람이었다고 생각한다. 아버지와는 이런저런 일이 있었지만, 그래도 어머니는 우리 남매에게 상냥했다. 과외에서 좋은 결과를 내면 칭찬해줬고, 때로는 과자도 구워줬다. 남들이 보기에도, 충분히 상냥한 어머니였을 것이다.

나도, 동생도, 그런 어머니를 참 좋아했다.

……계기는, 정말 사소한 일이었다. 남들이 들으면 「어? 겨우 그런 일로?」 하며 김샌 반응을 보일 듯한…… 지금 생각해보면, 정말 별일 아니었다. 그저…… 어느 날 갑자기, 엄마가 내 눈을 바라보지 않게 됐다.

항상 내 눈을 똑바로 바라보며 「열심히 했구나」, 「대견해」 하며 머리를 쓰다듬어주던 어머니가…… 내 눈을, 쳐다보지 않게 됐다. 항상 머금던 온화한 미소도, 어딘가 어색해 보였기에…… 나는, 어머니가 무리하고 있다는 사실을 깨달았다.

분명, 이 정도로는 만족할 수 없는 것이다. 노력이 부족한 것이다. 더, 더 좋은 결과를 내야 한다. 그래야만 어머니는 진심으로 기뻐해 줄 것이다.

저기, 어머니. 나를 봐줘. 나, 얼마 전에 꽃꽂이 선생님에게 칭찬받았어. 가라테도 벌써 검은 띠야. 학업도 중학생 범위를 공부해. 그리고 어머니가 좋아하는 피아노도—.

"이제, 그만해!!"

……그런, 눈을. 보고 싶었던 게 아냐. 나는, 그저—.

◇

"으, 윽……."

눈을 뜨자, 온몸을 감싼 기묘한 열기와 나른함 탓에 신음을 흘렸다.

"아아……."

침대 위에서 몸을 꿈틀거리자, 그 미세한 움직임에 머리와 몸이 울리는 느낌을 받은 마사치카는 축 늘어졌다. 실은 어젯밤부터 약간 불길한 예감을 받긴 했지만…… 아무래도, 완전히 감기에 걸린 것 같았다.

그러고 보니 목도 아팠고, 무엇보다 몸이 무거웠다. 분명 열도 꽤 날 것이다.

이 타이밍에 머리맡의 자명종 시계가 울리자, 마사치카는 무거운 팔을 들어서 알람을 껐다.

겸사겸사 옆에 놓인 스마트폰을 쥔 후, 오른편으로 몸을 돌렸다. 몸에 깔린 오른 팔뚝과 어깨가 아팠지만, 팔을 드는 고통에 비하면 차라리 나았다.

"이거, 망했네……."

스마트폰을 켠 마사치카는 학교에 결석 연락을 하기로 했다. 하지만 연락처를 몰랐다. 어딘가에 메모를 해뒀던 것 같지만, 생각이 나지 않았다. 인터넷으로 학교 전화번호를 검색해볼까…… 하고 생각했지만, 귀찮아졌다.

"타케시…… 아니, 히카루가 낫겠어."

두 절친 중 한 명에게 담임 선생님한테 말을 전해달라 부탁하자고 생각한 마사치카는 신용도 면을 고려해 히카루에게 연락을 하기로 했다. 머릿속에서 타케시의 환영이 「어째서?!」 하고 항의했지만, 알 바 아니다. 신경 쓸 여유도 없다.

『……여보세요. 마사치카?』

"응……. 저기, 감기에 걸린 것 같아."

『뭐? 괜찮아?』

"뭐…… 일단 오늘은 학교를 쉬어야겠어. 선생님한테 말 좀 전해줄래?"

『응, 알았어. ……방과 후에 문병 갈까? 지금 집에 혼자

있지?』

"아냐. 지인에게 부탁하면 돼. ……말만이라도 고마워."

『그래……. 그럼 빨리 낫기를 빌게.』

"그래~."

히카루와 통화를 마친 마사치카는 기력을 쥐어짜 내서 유키에게 메시지를 보냈다.

『아무래도 감기 걸린 것 같아.』

『아야노에게 약 좀 가져다 달라고 부탁해줄래?』

어찌어찌 메시지를 입력해서 보낸 후, 마사치카는 그대로 스마트폰을 놓고 다시 드러누웠다.

"하아……."

하다못해 물이라도 마시고 싶지만, 침대에서 내려가는 것도 버거웠다. 다행히 아직 잠기운이 남아있는 것 같으니, 이대로 다시 잠들기로 했다.

(그건 그렇고, 기분 나쁜 꿈을 꾼 것 같은 느낌이 들어…….)

어제, 오래간만에 어머니를 만난 탓일까. 평소에는 가능한 한 떠올리려고 하지 않는 옛날 일을 꿈에서 본 듯한 느낌이 들었다.

(그러고 보니 요즘에는 옛날 일을 자주 떠올리는 것 같아…….)

스오우 마사치카였던 시절의 기억은 지금의 마사치카에게 있어 봉인하고 싶은 기억이다. 싫은 일, 슬픈 일, 괴로운 일. 그것들을 떠올리면 마음속이 술렁거리며 기분이 나빠진다.

(아니, 거꾸로…… 떠올리지 않은, 탓일까.)

옛날 일을 세세한 부분까지 떠올린 적은 없다. 떠오를 것 같을 때마다 스스로 스톱을 걸었다. 괴롭기만 했던 것은 아닐 텐데도 말이다.

하지만, 결국은 떠올리게 된다. 모친과의 결별을, 그 아이와의 작별을……. 그것들을 연상하지 않도록, 옛날 일은 전부 기억 밑바닥에 봉인해뒀다.

그러다 보니 어느새『옛날 일』=『싫은 일』이라는 이미지만이 남았고, 떠올리지 않도록 필사적으로 고개를 돌리다 보니 그런 이미지가 강해졌다.

(분노와 증오는 시간이 지날수록 서서히 옅어진다……라고 흔히들 말하지만, 꼭 그렇지도 않은 것 같은걸.)

지금의 마사치카는 당시의 기억이 옅어졌지만, 슬프고 괴로운 인상만은 견고하게 남아있었다. 구체적으로 뭐가 그렇게 슬프고 괴로웠는지는, 이제 명확히 기억하지도 못하는데 말이다.

이러는 지금도, 옛날 일을 떠올리려 하면 강렬한 거부반응이 일어난다.

눈을 돌리고 싶어져서, 기억의 뚜껑을 잡고 열 수가 없다.

(……하아. 뭐, 됐어.)

생각을 하는 것조차 귀찮아진 마사치카는 억지로 머릿속을 비우려 했다.

안 그래도 몸이 안 좋은데, 기분이 더 나빠지는 생각을 할 필요는 없다.

어제는 우연히 만났을 뿐이며, 앞으로 어머니와 마주할 예정도 없거니와 그럴 작정도 없다.

그 과거는, 이제 떠올릴 가치조차도 없다. 스오우 마사치카였던 시절의 기억은, 쿠제 마사치카에게는 필요 없다. 자기 자신에게 그렇게 말하며…… 마사치카는, 다시 잠에 빠져들었다.

◇

딩동.

"어……?"

인터폰 소리에, 마사치카는 정신을 차렸다. 머릿속이 멍한 상태에서 유키 혹은 아야노가 왔을 거라 생각했지만, 곧 이상하다는 사실을 깨달았다.

유키는 이 집의 열쇠를 가지고 있다. 온 사람이 유키나 아야노라면 인터폰을 누르지 않고 바로 들어왔을 것이다. 게다가…… 잘못 들은 것이 아니라면, 방금 들린 소리는 현관 벨이 아니라 맨션 입구의 호출음이다.

만약 방문을 알릴 목적으로 인터폰을 눌렀더라도, 현관에서 그럴 이유는 없다.

"뭐, 배달이라도 온 건가……?"

아직도 나른한 몸으로 침대에서 나오려 했지만, 몸을 약간 움직인 것만으로 기력이 바닥났다. 그냥 없는 척을 하자는 생각이 머릿속을 스쳤지만, 그 순간에 또 인터폰 소리가 들렸다.

"네…… 지금 가요~."

잠시 일어나는 편이 좋을 것 같다는 생각이 든 마사치카는 기합을 넣으며 침대에서 나왔다. 걸음을 옮길 때마다 머리에 가해지는 충격 탓에 인상을 찡그리면서, 방의 문을 열고 인터폰 쪽으로 향했다.

그리고, 인터폰 화면에 표시된 인물을 보더니…… 눈을 의심했다.

"……어엇?!"

잘못 볼 리가 없는 은색 머리카락. 푸른 눈동자. 비현실적일 만큼 아름다운 외모. 사복 차림의 아리사가 맨션 입구에 서 있는 모습이 화면에 비치고 있었다.

"……어, 어라? 어떻게 된 거야?"

마사치카는 아리사에게 집 주소를 알려준 적이 없다. 아리사를 집에 초대한 적 또한 단 한 번도 없다.

의문이 줄을 이었지만 이대로 멍하니 있어봤자 아무 소

용이 없기에, 마사치카는 일단 응답 버튼을 눌렀다.

“……아랴?”

『아, 쿠제. 괜찮아?』

“으음…… 혹시, 유키한테 무슨 말 들었어?”

『응……. 유키 양이, 네가 감기에 걸렸으니 약을 가져다 줬으면 한다고…….』

“그, 그랬구나……. 일단 문 열게.”

『아, 응.』

문을 여는 버튼을 누른 후, 아리사가 맨션 안으로 들어오는 모습을 봤다. 그리고 마사치카는 자기 방으로 돌아가서, 침대 위에 내버려 둔 스마트폰을 손에 쥐었다.

그리고 스마트폰을 켠 후…… 화면에 표시된 유키의 메시지를 본 순간, 스마트폰을 침대에 던져버렸다.

『이봐, 왜 그러는 거지? 은발 미소녀의 간병 이벤트잖아? 기뻐하라고.』

거기에는 씨익 웃는 이모티콘과 함께, 그런 메시지가 표시되어 있었다.

“하다못해…… 미리 알려달라고오오~~ 으윽.”

유키를 향한 불만을 힘없이 외친 마사치카는 털썩 침대에 엎드렸다. 마음 같아서는 그대로 축 늘어지고 싶지만, 아리사가 오기 전에 손이라도 씻어야겠다는 생각에 기력을 쥐어짜 내서 화장실로 향했다.

그리고 볼일을 본 후에 손을 씻고 입을 헹궜을 즈음에 현관의 벨이 울렸기에, 손으로 벽을 짚으면서 현관으로 향했다.

마사치카는 잠옷 차림에 머리도 엉망인 상태였다. 남들 앞에 설 모습이 아니지만, 이 상황에서는 체념할 수밖에 없다. 될 대로 되어라~ 같은 상태였다.

"문 열게~."

슬리퍼를 대충 신고 현관문을 열기 직전, 마스크를 써야 하지 않을까 하는 생각에 사로잡혔다.

(아니, 하지만…… 마스크를 어디 뒀더라?)

망설인 것은 한순간에 지나지 않았다. 아리사를 기다리게 할 수는 없다고 판단한 마사치카는 잠겨 있던 문을 조심조심 열었다. 바로 그 순간, 뜨거운 열기와 시끄러운 매미 소리가 한꺼번에 밀려 들어왔다.

"아랴……? 저기, 일부러 와줘서 고마워……."

반쯤 열린 문을 방패 삼듯, 얼굴만 살짝 내밀었다. 솔직히 이 자세를 유지하는 것도 지금의 마사치카에게는 중노동이었지만, 참아야 한다. 하지만 상태가 안 좋다는 것이 얼굴에 드러난 건지, 아리사는 약간 놀란 듯 시선을 움직였다.

"으음, 그건…… 괜찮은데 말이야. 저기, 생각보다 몸이 안 좋아 보이네."

"……아, 방금『바보도 감기에 걸리는구나』하고 생각했지?"
"그런 생각 안 했거든?"
마사치카가 이 상황에서 농담을 하려고 하자, 아리사는 작게 한숨을 내쉰 후에 손에 든 쇼핑백을 쳐다봤다.
"잠시, 실례해도 될까?"
"어? 아니, 그냥 약만 주면 되는데……."
"……유키 양에게, 너를 간호해달라는 부탁을 받았어."
아리사가 입술을 살짝 내밀면서 마지못해 이러는 거란 투로 그렇게 말하자, 마사치카는 마음속으로 무심코 유키에게 불평을 늘어놨다.
(동생아…… 오타쿠 뇌인 건 괜찮다만, 남에게 폐를 끼치지는 말라고…….)
【거짓말이야.】
(아, 미안해. 누명이었구나.)
이쪽을 힐끔힐끔 쳐다보는 아리사가 머리카락을 만지작거리면서 그렇게 중얼거리자, 마사치카는 마음속으로 유키에게 사과했다. 아리사가 부끄러운 나머지 그렇게 둘러댔을 뿐인 것 같았다.
"아, 약을 먹고 자면 아마 나을 테니까……."
"뭐라도 좀 먹는 편이 좋지 않겠어? 직접 요리할 기운 있어?"
"아, 응……. 하지만 감기가 옮기면 미안할 테니까……."

Я соврала.

“안심해. 마스크 가져왔어.”

그렇게 말한 아리사는 쇼핑백에서 마스크를 꺼내 장착했다. 이럴 때도 완벽 미소녀에게는 빈틈이 없었다. 그 용의주도함은…… 마사치카의 기분을 매우 미묘하게 만들었다.

(아니, 올바른 행동이거든? 올바르긴 한데…….)

이 실망감은 뭘까. 자기가 엄청 더러운 병원균이 된 기분이랄까, 두근두근 간병 이벤트가 순수한 의료행위로 변해버린 느낌이 든달까…….

(어차피 같은 반 미소녀가 마스크도 안 쓰고 정성 들여 간호해주는 이벤트 같은 건 환상이다! 란, 걸까…….)

역시 2차원과 현실은 다르다는 것을 실감한 마사치카는 눈빛이 공허해졌다.

“그리고…… 이것저것 챙겨왔으니까, 이대로 쫓겨나도 곤란하거든?”

그렇게 말한 아리사는 물건이 잔뜩 들어있는 쇼핑백을 들어 보였다. 아무래도, 약뿐만 아니라 식재료도 챙겨온 것 같았다. 확실히 이 불볕더위에 무거운 짐을 들고 온 사람에게 「필요 없으니까 돌아가」라고 하는 건 너무했다. 설령 자기가 부탁한 일이 아닐지라도 말이다.

“아, 응……. 그럼 신세 좀 질게…….”

이미 기력과 체력이 한계에 도달한 마사치카는 체념하며 아리사를 집에 들였다.

"실례할게."

현관 안으로 들어온 아리사가 문을 닫자, 마사치카는 갑자기 안절부절못하기 시작했다.

밖에서 들려오던 매미 소리가 잦아들자, 집 안에는 갑자기 정적이 감돌았다. 그와 동시에 자기 집에 여자애와 단둘이 있는 지금 상황이 강렬하게 의식하게 되면서, 현관문을 닫는다는 평범한 행위조차도 문란한 짓처럼 느껴졌다.

"쿠제."

"으, 응."

"일단, 마스크 해."

"아, 그래."

방금까지 마음이 들떠 있던 마사치카는 아리사가 마스크를 내밀자 진지한 표정을 지었다. 뭐랄까……「마스크해, 이 더러운 자식아」같은 말을 들은 듯한 느낌이 들었다. 아리사는 절대 그런 생각을 하지 않겠지만 말이다. 아무튼, 마스크는 러브 코미디 이벤트의 적이라고 마사치카는 생각했다.

(뭐, 마스크를 쓰면 키스도 못하잖아……. 애초에 얼굴 절반을 가리는 건 러브 코미디에 있어 치명적…… 아니, 최근에는 가면으로 얼굴 전부를 가린 히로인 캐릭터도 있잖아. 하지만 그런 애는 만화나 애니 특유의 이펙트로 가면을 쓴 상태에서도 표정을 드러나게 해주니 귀엽게 느껴

지는 거지, 실제로 존재한다면 섬뜩할 거라고. 오히려 얼굴을 가릴 거면 마스크보다 천으로 눈을 감싸서 가리는 쪽이 개인적으로는 취향이지만, 아랴가 실제로 그런다면 범죄 느낌이 물씬 풍기겠지. 그야말로 얇은 책 특유의 전개 직행에 괘씸할 정도로 끝내주……기는 무슨. 나 대체 무슨 생각을 하는 거야.)

마스크를 쓰는 마사치카의 오타쿠 뇌는 열 폭주 상태에 처했다. 넋이 나간 듯한 눈길로 휘청거리는 그 모습을 본 아리사는 걱정스러운 표정을 지었다.

"쿠제? 괜찮아?"

"그래. 범죄 느낌이 감도는 부도덕적인 느낌. 그것이 눈가리개 히로인의 매력을 한층 더 끌어올려 주는 건가."

"……괜찮지 않나 보네."

"……나도 그렇게 생각해."

아리사의 불쌍한 사람을 쳐다보는 듯한 눈길에 거북해진 마사치카는 이상한 소리를 더 늘어놓기 전에 거실로 그녀를 안내했다.

"여기가 세면장, 여기가 화장실, 그리고 저기는…… 뭐, 들어가지는 마. 저쪽이 내 방, 그리고 여기가 거실이야. 짐은 이 근처에 두면 돼. 으음, 목이 마르면 냉장고 안에 물과 보리차가 있어. 컵은 적당히 아무거나 쓰면 돼……. 혹시 질문 있어?"

“그래……. 생각나면 물어볼 테니까, 일단 빨리 눕는 편이 좋을 것 같네.”

“그렇게 할게…….”

이렇게 서 있는 것도 힘들었기에, 마사치카는 아리사의 말에 따라 자기 방으로 향했다. 침대 위에 쓰러져서 성가신 스마트폰을 베갯머리에 두려고 손을 뻗었을 때…… 스마트폰이 진동하면서 화면에 유키한테서 온 메시지가 표시됐다.

『눈가리개 아랴 양을 망상하지 말라고~.』

“너는 에스퍼냐.”

생각을 읽혔다고 해도 과언이 아닌 타이밍과 내용이었기에, 마사치카는 무심코 소리 내서 그렇게 말했다. 바로 그때, 또 스마트폰이 진동하면서 메시지가 표시됐다.

『에스퍼 아냐. 사랑의 힘이거든?』

“자기 입으로 말하면서 부끄럽지 않은 거냐.”

『스마트폰을 향해 태클을 날려대는 건 부끄럽지 않은 거냐~.』

“누구 탓인데! 그것보다, 너는 진짜로 남의 생각을 읽는 거지?!”

무심코 목청껏 태클을 날린 바람에 목이 갈라지는 듯한 고통이 느껴지자, 마사치카는 콜록콜록하고 기침을 토했다.

『목 아프지? 무리하지 말라고.』

"……."

『그것보다 「에스퍼냐」라는 태클은 낡지 않았어? 요즘 에스퍼 같은 단어는 안 쓰거든?』

태클을 날릴 힘도 바닥난 마사치카는 거칠게 스마트폰을 베갯머리에 던졌다.

그 순간, 스마트폰 화면에 『아얏! by 스마트폰』이라는 메시지가 표시됐지만 못 본 척했다. 딱히 쌍둥이도 아닌데, 이 여동생은 오빠의 생각을 완벽하게 읽었다.

(아무튼, 나중에 감시 카메라와 도청기가 없는지 확인해 봐야겠어…….)

마음속으로 그런 결의를 한 마사치카는 침대 위에 벌러덩 드러누웠다.

"쿠제? 들어가도 돼?"

"응? ……그래."

방 안을 대충 훑어보면서 눈에 띄면 안 될 게 없는지 확인한 후, 마사치카는 대답했다.

(괜찮아. 소년 만화에서 흔히 나올 법한 침대 아래 음란 서적이나, 순정 만화에서 흔히 나올 법한 의미심장한 사진 액자 같은 건 없어.)

이 집의 벽장을 뒤지면 마사치카가 스오우가에서 살았다는 것을 짐작하게 하는 뭔가를 찾을 수 있을지도 모른다. 하지만, 일반적으로 눈에 들어오는 장소에는 그런 물건이 하나도 존재하지 않는다. 마사치카가 그런 것들이 눈에 들어오지 않도록 한 것이다.

"실례할게."

머뭇거리며 방 안으로 들어온 아리사는 처음 보는 물통을 쥐고 있었다. 그녀는 시선을 어디 두면 될지 모르는 듯한 태도로 머뭇머뭇 그 물통을 내밀었다.

"이건 꿀을 넣은 홍차야. 괜찮다면 마셔봐."

"아, 고마워……. 미안한데 저 책상의 서랍이랄까 선반? 그걸 당기면 사이드 테이블이 되니까……."

마사치카의 말에 따라, 아리사는 공부용 책상의 바퀴 달린 선반을 당겨서 침대 옆으로 이동시킨 후에 물통을 그 위에 뒀다.

"그럼, 저기…… 뭐라도 좀 먹을래? 식욕이 있다면 말이야."

"아, 응. 그리고, 그렇게 긴장할 필요 없어."

"딱히 긴장한 건 아닌데…… 그저, 익숙하지 않을 뿐이야."

그 말대로 아리사는 익숙하지 않은 듯이 주위를 두리번거리면서, 불쑥【남자애의 체취가 느껴져……】하고 중얼거렸다.

(작은 목소리로 그런 말 하지 마세요! 자기가 말해놓고 부끄러워하지도 말라고요!)

아리사가 더 안절부절못하면서 머리카락을 만지작거리자, 마사치카도 안절부절못하게 됐다. 갑자기 러브 코미디 느낌이 감도는 가운데, 아리사는 부끄러운 듯한 어조로 말했다.

"으음, 저기…… 그럼, 죽과 보르시 중에 어느 쪽이 좋아?"

"그 선택지는 대체 뭐야?"

극단적인 선택지를 접한 마사치카는 무심코 진지한 표정으로 태클을 날렸다. 그러자, 아리사는 약간 울컥한 듯한 태도로 말을 늘어놨다.

"보르시는 몸에 좋거든? 채소가 부드러워질 때까지 익히니까 체력이 떨어져도 먹기 쉽고, 마늘과 양파가 면역력을 높여주는 데다, 비트는 위장에 좋아서 소화에—."

"알았다, 알았어. 시골에 계신 할머니 같은 소리 좀 하지 마……."

"……."

젊은 처녀에게는 좀 실례되는 발언이지만, 아리사는 말문이 막힌 것처럼 입을 다물었다. 어쩌면 러시아인 할머니한테 이런 말을 들었던 걸지도 모른다.

"아무튼, 어느 걸로 할래?"

"글쎄……. 뭐, 기왕이면 보르시를……."

"그래. 좋아……. 그럼 네 시간만 기다려—."

"스톱. 아무튼, 스톱~."

아리사가 농담을 한 거라고 생각한 마사치카는 반사적으로 스톱을 외쳤다. 하지만 그녀는 딱히 농담을 한 게 아니라는 듯이 미간을 찌푸렸다.

“하지만 보르시는 재료가 많이 들어가고…… 압력솥을 쓰면 단시간에 만들 수 있긴 하지만, 그건 사도인데…….”

“네 집착이 이해 안 되거든? 그럼 죽이면 됐어. 아, 됐다는 말은 좀 실례려나. 아무튼, 너무 폐를 끼치는 것도 미안할 것 같아…….”

말을 하는 것도 점점 힘들어진 마사치카는 목소리가 잦아들더니, 그대로 침대에 몸을 맡겼다.

“알았어. 그럼 죽을 만들어올 테니까…… 부엌 좀 빌릴게.”

“응…….”

마사치카는 될 대로 되라는 투로 대답한 후, 방에서 나가는 아리사의 등을 쳐다봤다. 아리사는 문을 열면서 스마트폰을 꺼내더니, 미간을 찌푸리며 뭔가를 입력했다. 그 손가락의 움직임을 본 순간…… 마사치카의 눈빛이 공허해졌다.

“……이봐, 죽 만드는 법을 검색하는 거냐~.”

아리사가 나간 방에서, 마사치카의 힘없는 태클이 메아리쳤다.

(물이나 육수에 쌀을 넣고 끓인 후, 소금으로 간만 하면 되잖아……? 실수할 요소 자체가 없다고…….)

마사치카는 마음속으로 그렇게 생각했지만…….

“그래……. 설탕이 아니라 소금으로 간을 하는구나. 하긴, 카샤가 아니까 말이야."

실수할 요소가 있었다. 참고로 카샤는 쌀 대신 오트밀과 메밀 열매, 육수 대신 우유, 소금 대신 설탕을 넣어서 만드는 러시아식 죽이었다.

검색해본 게 정답이었다. 자칫 잘못했으면 「윽! 소금과 설탕을 헷갈린 거냐!」, 「응? 헷갈리지 않았는데?」, 「뭐?」, 「응?」 같은 진귀한 대화가 펼쳐질 뻔했다.

"으음, 즉석밥을 쓸 때는…… 이걸 이대로 냄비에 넣어도 될까? ……아, 전자레인지에 데워야겠네."

스마트폰을 한 손에 든 아리사가 사 온 즉석밥을 전자레인지에 넣었다.

"물을 넉넉히 넣으라고 되어 있는데, 구체적으로 몇 리터인 거야……."

애매모호한 표기를 본 아리사는 불만을 입에 담더니, 여러 개의 레시피를 참고하며 냄비에 물을 담았다.

"아, 밥이 데워졌…… 아얏! 뜨거워!"

즉석밥 용기의 열기에 먼저 놀라고, 뚜껑을 뜯은 순간에 뿜어져 나온 증기의 열기에 또 놀랐다. 어찌어찌 용기 가장자리를 들고 냄비 위로 가져갔지만, 빨리 열기에서 벗어나려고 다급히 용기를 기울인 바람에, 덩어리진 밥이 그대로 물에 빠지면서 사방으로 물을 튀겼다. 게다가 냄비 바로 앞에 있던 몸에도 물이 튀고 말았다.

"……."

사방으로 물이 튄 조리대, 그리고 대충 얼버무릴 수 없을 만큼 젖은 옷……. 얼어붙은 채 그 모습을 내려다보고 있던 아리사는…… 갑자기 천천히 들더니, 손수건으로 옷과 조리대를 닦았다.

"괜찮아……. 앞치마를 걸치면 세이프야."

그리고 쇼핑백 안에서 앞치마를 꺼내더니, 그것을 걸친 후에 아무 일도 없었다는 듯이 요리를 이어갔다. 뭐가 세이프인지 태클을 날리고 싶지만, 아마 아리사의 존엄성 같은 면에서는 세이프인 것이리라. 들키지만 않으면 문제없다는 의미다.

"……물이 얼마나 줄었을까."

냄비 안에 있는 물의 양 때문에 잠시 고민하면서도 어찌어찌 물의 양을 조절한 그녀는 불을 켰다.

"……."

냄비에 뚜껑을 덮고, 익을 때까지 기다렸다. 기다렸다. 기다렸다…….

"……이 정도면 됐을까? 뭐 빠뜨린 건……."

할 일이 없어지자, 아리사는 딱히 이유도 없이 불안해졌다. 뚜껑을 열고 내용물을 젓기도 했고, 빠뜨린 게 없나 싶어 레시피를 조사해보기도 했다…….

"걸쭉하게 만든다는 게, 어느 정도를 말하는 걸까…….

수분을 완전히 없애라, 같은 식으로 알기 쉽게 적어놓으란 말이야."

그런 말을 늘어놓으면서도, 어찌어찌 죽을 완성했다.

"이 정도면, 됐겠지……?"

간은 먹을 사람이 하게 하기로 하고, 접시에 담은 죽에 다진 파(다지는데 5분 걸렸다)를 뿌렸다. 그리고 수저와 소금이 담긴 종지를 챙긴 후, 아리사는 마사치카의 방으로 향했다.

(왜 여기가 약간 패인 걸까……?)

문손잡이 아래쪽의 약간 패인 부분을 본 아리사는 마음속으로 고개를 갸웃거린 후, 마사치카에게 말을 걸며 방 안으로 들어갔다.

"쿠제? 죽을 가져왔어."

"아…… 고마워."

마사치카는 침대에 축 늘어져 있었다. 그의 목소리는 약간 흔들리고 있었으며, 아리사를 향한 시선 또한 흐릿해 보였다. 마사치카답지 않은 그 연약한 모습을 본 아리사는…….

(머리를 쓰다듬어주고 싶어…….)

모성이 샘솟았다. 그리고 머릿속에 떠오른 그 생각을 바로 쫓아냈다.

자근자근 다진 후에 작게 뭉쳐서 머릿속 공간의 저편으

로 내던졌다. 그러는 사이, 천천히 오른손을 들어 올린 마사치카는 엄지를 치켜들었다.

"앞치마 차림, 감사하옵니다."

"……생각보다 여유가 있는 것 같네."

마스크가 볼과 입가를 가리고 있다는 사실에 감사한 아리사는 도끼눈을 뜨며 그렇게 말한 후, 다시 걸음을 옮겼다. ……마스크에 가려지지 않은 귓불이 빨개졌다는 사실은 자각하지 못했다. 마사치카는 눈치챘지만 말이다.

"……먹을 수 있겠어?"

"뭐…… 응."

후들거리며 몸을 일으킨 마사치카가 침대 가장자리에 걸터앉았다. 그의 앞에 죽을 두자, 마사치카는 어찌어찌 마스크를 벗으며 수저를 쥐었다.

"……후~ 후~ 하고 안 불어주는 거야?"

"해줄까?"

"……농담이야."

마사치카는 힘없이 웃으며 그런 농담을 늘어놓더니 「잘 먹겠습니다」 하고 말한 후에 죽을 입으로 가져갔다. 의자에 앉아 그 모습을 지켜보는 아리사의 앞에서, 마사치카는 죽을 한 입 먹은 후에 입을 열었다.

"……맛있어."

"그래?"

죽이 맛있고 자시고가 어디 있느냐는 의문이 들었지만, 맛없다는 말을 안 들은 것만으로도 다행이라고 여기기로 했다.

아리사는 마사치카가 죽을 먹는 모습을 한동안 지켜봤지만, 남이 식사하는 모습을 뚫어지게 쳐다보는 것도 좀 그렇다는 생각이 들어 주위를 둘러보았다.

"……."

마사치카의 방을 보고 아리사가 처음 느낀 것은, 생각보다 깨끗하다……고나 할까, 물건이 적다는 점이었다. 오타쿠를 자처하는 마사치카라면 커다란 책장에 만화책과 라이트노벨이 잔뜩 꽂혀 있고, 책상에는 피규어가 줄지어 놓여 있을 거라 생각했지만…… 딱히 그런 건 보이지 않았다.

만화책은 있지만, 책상 위에 몇 권 쌓여 있을 뿐이었다.

"……오타쿠 굿즈라면, 다른 방에 있어."

"으, 응, 그렇구나."

마사치카가 자기 생각을 읽은 것처럼 그렇게 말하자, 거북해진 아리사는 고개를 앞쪽으로 돌렸다. 그리고 화제를 돌리기 위해 문뜩 신경이 쓰인 점을 입에 담았다.

"저기…… 부모님은 어디 계셔?"

"아버지는 일하러 가셨어. 어머니는 안 계셔."

"뭐……?"

"아, 딱히 숨기려던 건 아닌데…… 나는 편부 가정이야."

"아, 그렇……구나……."

마사치카가 대수롭지 않게 한 말에, 아리사는 무심코 동요했다. 하지만, 마사치카는 아무래도 상관없다는 듯이, 나른한 어조로 말을 이었다.

"딱히 사별한 건 아니거든? 그냥 이혼한 거야. 요즘은 드문 일도 아니잖아."

"그, 럴까……."

감기 때문에 몸이 나른한 탓이기도 할 것이다. 하지만 귀찮다는 투로 자기 어머니에 대해 이야기하는 마사치카를 본 아리사는 왠지 쓸쓸한 느낌이 들었다.

그리고, 어제 학부모 면담에 할아버지가 온 이유도 이제야 이해한 아리사는 둔감한 자기 자신을 약간 경멸했다. 그와 동시에, 자기가 마사치카에 대해 잘 알지 못한다는 사실을 깨닫고 놀랐다.

(그러고 보니…… 나, 얼마 전까지 쿠제의 생일도 몰랐어…….)

그는 1년 넘게 자신의 옆자리였는데, 그런 것도 알지 못했다. 그리고, 알려줄 때까지 눈치채지 못했다는 사실에, 아리사는 자기 자신을 더욱 경멸했다.

숨기려던 게 아니라고 말하는 것을 보면…… 소꿉친구인 유키와 아야노는 그런 정보를 당연히 알고 있을 것이다.

이 쓸쓸한 집에서, 아리사가 모르는 사이에, 유키와 아야노가 마사치카의 생일을 축하해준 걸지도 모른다고 생각하니, 아리사의 마음속에서 응어리 같은 무언가가 퍼져나갔다. 하지만 오늘 유키가 가르쳐주지 않았다면, 아리사는 마사치카의 집안 사정을 여전히 몰랐을 것이다. 그렇게 생각하면, 유키에게 조금은 감사……해야 할지도 모른다. 석연치 않지만 말이다.

(다음에 쿠제와 이런저런 이야기를 나눠봐야겠어.)

아리사가 몰래 그런 결의를 다졌을 때, 마사치카는 죽을 다 먹었다.

"잘 먹었어……. 맛있었어. 아, 홍차도 말이야."

"먹을 만했던 것 같아 다행이야……. 홍차는 마샤가 타준 거니까, 고마워했다고 전해줄게."

"부탁해."

"그럼…… 이제 약 먹어야겠네. 아, 그 전에 옷을 갈아입는 편이 좋을까?"

마사치카의 땀으로 범벅이 된 잠옷을 본 아리사가 그렇게 말하자, 그는 장난스러운 웃음을 흘렸다.

"이봐, 땀 닦아주고 옷 갈아입히는 이벤트는 당사자가 여자여야 서비스 신이 된다고."

"바보 같은 소리 하지 말고, 빨리 옷 갈아입어. 그 사이에 약과 물을 가져올게."

"……넵."

"따듯한 물과 수건을 가져다줄까?"

"아, 괜찮아. 이 잠옷으로 땀을 닦으면 되거든."

"그래……. 아, 체온계는 어디 있어?"

"아, 그거라면—."

마사치카에게 체온계가 있는 장소를 들은 후, 아리사는 빈 식기류를 가지고 방을 나섰다. 그리고 그것을 설거지한 후, 식기 건조대에 두려다…….

"아……."

그곳에 놓인, 이틀 전에 자기가 선물한 머그잔을 발견했다.

(쓰고…… 있구나.)

그 사실에, 왠지 가슴속이 훈훈해지는 느낌을 받았다. 무심코 그 머그잔을 손에 쥔 아리사는 싱글벙글 웃어댔고…… 10초 후에야 퍼뜩 정신을 든 그녀는 허둥지둥 그것을 원래 자리에 뒀다. 그리고 주위를 둘러보며 본 사람이 없다는 것을 확인한 후, 별 의미 없는 헛기침을 토했다.

그렇게 마음을 진정시킨 아리사는 물과 약 등을 들고 마사치카의 방으로 돌아갔다.

"들어가도 돼?"

"……그래."

방에 들어가 보니, 새 잠옷으로 갈아입은 마사치카가 침대에 걸터앉아서 기다리고 있었다. 벗은 잠옷이 보이지 않는데, 어쩌면 막 벗은 잠옷을 남이 보는 게 부끄러워서, 어딘가에 숨겨둔 걸지도 모른다.

"자, 약과 이마에 붙이는 해열 패치…… 그리고 체온계야."

"고마워."

마사치카는 체온계를 겨드랑이에 낀 후, 약과 물을 복용했다. 그리고 잠시 기다리자, 체온계에서 소리가 났다. 그러자 마사치카는 체온계를 빼려다…… 갑자기 히죽 웃었다.

"몇 도일 것 같아?"

"그런 건 됐어."

"으…… 뭐, 좋아. 그럼 38.4도!"

"……."

"크윽! 아깝다! 38.6도였어! 윽, 콜록."

"바보 같은 짓 그만하고 누워."

"콜록, 으…… 알았어."

아리사가 앞 머리카락을 쓸어 올리고 해열 패치를 찰싹 소리 나게 붙여주자, 마사치카는 그대로 침대에 털썩 쓰러졌다.

침대 위에서 자세를 고친 후에 마스크를 다시 쓴 마사치카는 온몸의 힘을 뺐다.

"……정말 고마워. 돈은 나중에 줄 테니까, 영수증 두고 가."

"이 정도는 괜찮아."

"아니, 돈 문제는 깔끔하게 해결해야 하는 법이거든."

"그래. 알았어."

“그럼 나는 또 잘 테니까…… 이만 돌아가 봐. 으음, 열쇠는…….”

“그렇게 신경 쓸 필요 없어. 거실에서 공부하고 있을게.”

“아니, 그렇게까지 할 필요는…….”

“환자는 괜한 걱정하지 말고 누워서 쉬어.”

“넵…….”

방의 불이 꺼지자, 마사치카는 체념한 듯이 눈을 감았다. 그러자, 그대로 방에서 나갈 줄 알았던 아리사의 발소리가 다시 가까워지는 게 느껴졌다.

(아, 체온계와 컵을 챙기러 온 거구나…….)

그런 마사치카의 예상과 다르게 옆에서 의자가 삐걱거리는 소리가 들려오더니, 남이 자신의 가슴을 상냥히 두드리는 감촉이 느껴졌다.

“……아랴 양?”

“왜?”

아리사가 마치 어린이를 재우는 듯한 행동을 취하자, 마사치카는 무심코 눈을 뜨며「아니, 솔직히 이건 좀 부끄러워……」하고 말하려 했지만…… 그녀의 눈길을 보자마자 그 말이 쏙 들어갔다.

“그게…… 여러모로 고마워.”

“괜찮아……. 항상 도움만 받는걸…….”

“도움을 받고 있는 건 나거든?”

교과서를 깜빡했을 때라던가, 하고 덧붙여 말한 마사치카는 다시 눈을 감았다. 가슴을 상냥히 두드려주는 감촉 덕분인지, 순식간에 잠기운이 몰려오는 것이 느껴졌다.

"그렇지 않아……. 선거전에서 도움을 받는 것에 비하면, 아무것도 아닌걸……. 그리고, 그것 말고도 여러모로……."

"신경 쓰지 마……. 내가 하고 싶어서, 하는 거야."

몰려오는 졸음 탓에 머릿속이 멍해진 가운데, 마사치카는 아리사의 말을 끊듯 그렇게 말했다.

이것으로 이야기는 끝이다. 이만 자자…… 마사치카는 그렇게 생각했지만, 예상과 다르게 아리사가 무슨 말을 했다.

"하고 싶어서? 그게, 무슨……."

"응? 뭐가……."

"왜, 나를 도와주는 거야?"

"그야, 내가, 너를……."

"……쿠제?"

"……."

아리사가 무슨 말을 했다. 대답해야만 한다……는 마음이, 노도와도 같은 졸음에 휩쓸려 떠내려갔다. 그리하여 마사치카가 완전히 의식의 끈을 놓……기 직전, 귓가에서 아리사의 목소리가 들려왔다.

"잘 자…… 마사치카."

◇

"으으……."

마사치카가 다시 눈을 떴을 때, 밖은 완전히 어두워져 있었다.

"아……."

약 기운 덕분인지, 낮과 비교해 몸이 좋아진 것 같았다. 아직 감각이 둔하고 머릿속이 멍한 느낌이 들지만, 그건 잠을 너무 많이 잔 탓이리라.

시계를 보니, 벌써 오후 여덟 시가 지났다. 다섯 시간 넘게 잠을 잔 것 같았다. 오전에 잔 것까지 합치면, 명백한 수면 과다다.

(아랴는…… 역시, 돌아갔겠지?)

마사치카는 그렇게 생각하면서도 방을 나서기 전에 습관적으로 스마트폰을 쥐었고, 켜진 화면에 표시된 것을 보고 눈썹을 찌푸렸다.

거기에는 유키한테서 온 『주문은 메이드입니까?』, 『불씨를 투하해뒀다GO☆』라는 메시지 두 개가 표시되어 있었다.

마사치카가 불길한 예감을 받으면서 방문을 열어봤고…… 그대로 고개를 돌리며 현실도피를 했다.

왜냐하면, 거실에는 두 미소녀가 조용히…… 그야말로 조용히, 눈싸움을 벌이고 있었던 것이다.

(그래. 이게 냉전이구나. 일본과 러시아 사이에서 냉전이 벌어질 줄은 몰랐어.)

마사치카는 현실도피를 하듯 바보 같은 생각에 빠져 있었지만, 문이 열리는 소리에 반응한 두 사람이 동시에 말을 걸어온 탓에 강제적으로 현실에 돌아오고 말았다.

“쿠제, 일어나도 괜찮겠어?”

“마사치카 님, 몸은 어떠십니까?”

한 사람은 아리사, 그리고 다른 한 사람은…… 학교에서는 풀고 있는 머리카락을 단정하게 정리해 이마를 드러내고, 메이드복을 입은 완전 장비(?) 아야노였다. 참고로 아야노의 메이드복은 프릴이 잔뜩 달린 아키하바라~ 스타일이지만, 이것은 어디까지나 유키의 취향이지 스오우가의 하녀복은 아니다.

스오우가의 하녀복은 더 간소하며, 헤드드레스도 쓰지 않는다. 이것은 유키가「젊은 애에게는 더 귀여운 옷을 입혀야 한다고 생각해요!」하며 할아버지와 담판을 해서『손님이 오지 않았을 때만』이라는 조건으로 착용을 인정시킨, 그야말로 유키가 온 힘을 다해 쟁취한 메이드복이다.

(확실히 귀엽기는 한데…… 이 자리에는 어울리지 않아.)

오래간만에 아야노의 메이드복 차림을 본 마사치카는 여러 의미에서 시선이 공허해졌다. 그러는 사이, 아리사의 맞은편에 앉아있던 아야노가 소리 없이 자리에서 재빨리 일어나더니, 달인 같은 움직임으로 마사치카의 품속으로 파고들었다.

"부축해드리겠습니다."

어느새 아야노는 마사치카의 오른편에 찰싹 달라붙어서 섰다. 마사치카의 허리에는 아야노의 왼팔이, 가슴에는 아야노의 오른손이 닿아 있었다.

"아, 이럴 것까지는 없어."

"무리하지 마시길."

마사치카는 즉시 떨어지려 했지만, 아야노는 그의 허리에 두른 팔에 힘을 주며 오른편에서 몸을 더욱 밀착시켰다.

"진정해, 아야노. 메이드의 어깨에 팔을 둘러도 되는 건, 노예물에 나오는 갱단 보스뿐이거든?"

"너야말로 진정해. 그리고 키미시마 양도 쿠제한테서 떨어져."

"아뇨, 이것도 메이드의 소임입니다."

"너는 쿠제의 메이드가 아니라, 유키 양의 메이드잖아?"

아리사의 지적을 들은 아야노가 딱딱하게 굳자…… 마사치카는 그 틈을 이용해 그녀에게서 떨어지려 했다. 하지만…….

"……유키 님께서, 마사치카 님을 돌보라고 명하셨습니다. 그러니, 이것 또한 메이드의 소임입니다."

「놓치지 않겠습니다!」라는 듯이, 아야노가 또 몸을 밀착시켰다. 그러자 아리사가 눈을 치켜떴다.

"그러니 이제부터는 제가 마사치카 님을 돌보겠습니다. 시간도 늦었으니, 아리사 님은 이만 돌아가 보십시오. 스오우가의 차로 바래다 드리겠습니다."

(이봐, 말투! 타의는 없겠지만, 도발하는 것처럼 들리거든?!)

아야노는 순수하게 「늦은 시간이니, 제가 이어받을게요」라는 의미로 한 말일 것이다. 하지만 일부러 마사치카와 몸을 밀착시키면서 담담히 그런 소리를 하면 「그에게는 내가 있으니, 너 같은 건 필요 없어. 차 준비시켜놨으니까 빨리 꺼져줄래?」란 의도가 담겨 있다고 오해하더라도 이상할 게 없었다.

실제로 아리사는 아야노의 말을 듣고 눈을 치켜뜨더니, 무시무시한 눈길로 그녀를 노려보았다. 하지만 아야노는 전혀 동요하지 않으며 무표정한 얼굴로 아리사와 눈싸움을 벌였다.

(어라? 타의가 없는 어…… 맞지?)

타의가 없다면 왜 노려보는 건지 모르겠다는 듯이 고개를 갸웃거려야 정상 아닐까? 어라? 이거 혹시 수라장? 수라장인 건가?

마사치카의 내면에서 의문이 샘솟더니, 그와 동시에 유키한테서 왔던 『불씨를 투하해뒀다GO☆』라는 메시지가 생각났다. 투하된 건 불씨인데 이렇게 오싹한 건, 어디까지나 감기 탓인 걸까.

“그리고, 아리사 님은 내일 준비로 바쁘시지 않습니까?”

“…….”

아야노가 그렇게 말하자, 아리사의 눈썹이 꿈틀거렸다. 하지만…… 마사치카는 무슨 말인지 알아듣지 못했다.

“내일? 무슨 일 있어?”

“딱히 없어. 등교를 해야 할 뿐이야.”

아리사가 말을 끊으려는 듯이 바로 답하자, 마사치카는 조금 신경이 쓰였지만…….

“……쿠제는, 누구한테 간병을 받고 싶어?”

아리사의 이어지는 말에, 그런 조그마한 의문은 사라지고 말았다.

(왜 그런 걸 묻는 건데?!)

뭐라고 답하든 분란만을 부르는 궁극의 질문이었기에, 마사치카는 마음속으로 비명을 질렀다.

(굳이 따지자면 아야노가 이런 쪽으로는 익숙할 테고, 아랴를 계속 잡아두는 것도 좀 그러니까 아야노라고 답하고 싶거든? 하지만 그런 대답을 듣고 싶어서 물어본 게 아닐 거야…….)

논리가 아니다. 이럴 때의 여성은 논리가 아니라 본심을 듣고 싶어 하는 법이다. 그것을, 마사치카는 잘 안다.

(본심, 본심이라…….)

다시 열이 나는 건지 머릿속이 좀 멍한 상태에서, 마사치카는 자기 자신의 마음에 물어보았다. 자기가 무엇을 원하는지를. 누가, 간병해주기를 바라는지를…… 그 답은, 자연스럽게 입에서 흘러나왔다.

"이 몸은 하렘 플레이를 희망하노라."

쓰레기다. 쓰레기 같은 놈이다. 아리사의 눈빛에서 순식간에 빛이 사라졌다.

"아, 아니, 방금 한 말은……."

"……."

"알겠습니다. 유키 님도 부르면 되겠습니까?"

"인마, 알긴 뭘 안다는 거야."

"그럼 아리사 님, 왼편에서 마사치카 님을 부축해 주십시오."

"안 해도 돼, 안 해도 된다고."

"부끄러워할 필요 없습니다. 남성이 많은 여성을 거느리고 싶어 한다는 것은 잘 알고 있습니다."

"한 치의 악의도 없이, 나를 궁지에 몰지 말아주시겠사옵니까?!"

아리사와는 반대 의미에서 맑디맑은 눈동자로 아야노가 올려다보자, 마사치카는 비명에 가까운 고함을 질렀다. 그 직후, 아리사의 깊은 한숨 소리를 들은 마사치카는 움찔하며 온몸을 떨었다.

"……그렇게 고함을 지르는 걸 보면, 이제 괜찮나 보네."
"아, 아랴 양?"
"돌아갈게. 아, 부엌에 보르시가 있으니까 저녁 삼아 먹어."
"보, 보르시? 아, 이 냄새는 그거 냄새구나."
어디서 맡아본 적 있는 듯한 향기를 느낀 마사치카가 그렇게 말했다. 긍정하듯 아무 말 없이 고개를 끄덕인 아리사는 짐을 정리한 후에 거실을 나서려 했다.
"아, 아야노? 진짜로 걷기 힘드니까, 좀 떨어져 줄래?"
"……알겠습니다."
아야노에게 떨어져달라고 한 후, 마사치카는 아리사의 뒤를 쫓았다. 그리고 현관에서 아리사를 따라잡은 후, 시선을 약간 숙이며 사과했다.
"저기, 미안해. 모처럼 와줬는데 이런 식으로…… 하지만, 덕분에 살았어. 고마워."
마사치카가 고맙다고 말하자, 아리사의 표정이 누그러졌다.
"괜찮아. ……나도, 하고 싶어서 한 거야."
"……응? 나『도』?"
"……신경 쓰지 마."
고개를 갸웃거리는 마사치카에게서 눈을 뗀 아리사는 그의 뒤편에 선 아야노를 쳐다봤다.
"그럼 쿠제를 잘 부탁해."
"네, 맡겨 주십시오."

인사를 하는 아야노를 향해 가볍게 고개를 끄덕인 아리사는 다시 마사치카를 쳐다봤다.

"어?"

그런 아리사의 눈동자에는 마치 각오를 다진 것처럼 강한 의지가 어려 있었기에, 마사치카는 고개를 갸웃거렸다.

"아랴?"

"그럼 가볼게, 쿠제. 다음에 봐."

"아, 응……. 잘 가."

하지만 아리사는 마사치카의 말에 어린 의문에 답하지 않았다. 그녀는 그대로 뒤돌아서더니, 현관문을 열고 밖으로 나갔다.

마사치카는 영문을 모르겠다는 심정으로 그 모습을 지켜봤지만, 앞으로 나선 아야노가 현관의 문을 잠그는 소리가 그의 생각을 중단시켰다.

"괜찮으십니까? 역시 부축해드릴까요?"

"아냐, 괜찮아."

멍하니 서 있는 마사치카를 본 아야노가 다시 다가서려 하자, 그는 뒷걸음질을 쳤다.

"그것보다 아까 다리에 뭔가가 닿던데…… 호주머니에 뭘 넣어둔 거야?"

그리고 허벅지 바깥쪽을 쓰다듬으면서 그런 말로 이야기를 돌렸다. 그러자 아야노는 움직임을 멈추더니, 천천히 고개를 갸웃거린 후에 퍼뜩 뭔가가 생각난 것처럼 눈을 깜빡였다.

"아, 그건……."

그리고 무슨 생각인지 메이드복의 치마를 움켜쥐더니, 주저 없이 치켜올렸다.

"잠깐만, 뭐 하는 거야—?!"

화들짝 놀란 마사치카의 눈앞에서 하얀 니삭스에 감싸인 아야노의 무릎이 훤히 드러났고, 또한 그 위의 허벅, 지……?

"그게 뭐야?"

아야노의 허벅지에 감긴 것을 본 마사치카는 정색했다.

하지만, 그것도 무리는 아니었다. 아야노의 허벅지에는 검은색 밴드 두 개가 감겨 있었으며, 거기에는 은색 펜 같은 것이 꽂혀 있었던 것이다.

"무기입니다."

"그게 무슨 소리야?!"

마사치카가 비명에 가까운 고함을 지르자, 아야노는 치마를 털듯 오른손을 움직였다.

그러자 치마가 멋지게 휘날렸고, 보일 듯 보이지 않는 매혹의 절대 영역이 펼쳐졌다.

남자라면 누구라도 눈길을 빼앗길 광경 앞에서, 마사치카가 무심코 눈을 치켜뜬 순간…… 아야노가 오른손을 내밀었다.

“무기입니다.”

“아니, 그러니까 대체 무슨 소리냐고.”

아야노의 손가락 사이에는 끝부분이 뾰족하고 몸통이 철제로 보이는 샤프 세 자루가 끼워져 있었다. 확실히 저걸 목에 확 꽂는다면, 충분한 살상력을 발휘할 것 같지만…… 왜 이런 걸 치마 안에 숨겨둔 걸까.

“유키 님께서는…… 이래서 『좋다』고 하셨습니다.”

“아니, 그건 이해해.”

“메이드복은 전투복이니, 항상 임전 태세를 취해야 한다고…….”

“그렇구나. 그 녀석은 대체 뭐와 싸우려는 걸까.”

체념의 경지에 이른 마사치카는 태클을 관두며 거실로 돌아왔다.

“식욕은 있으십니까? 아리사 님께서 보르시를 준비해주셨습니다만…….”

“아, 그럼 그걸 맛볼까…….”

“알겠습니다. 그럼 잠시 기다려주십시오.”

마사치카가 의자에 앉아서 체온을 재며 기다리자, 맛있는 냄새가 어디선가 풍겨왔다.

“오래 기다리셨습니다. 아직 열이 있으십니까?”

“응…… 37.4도야. 그래도 꽤 좋아지긴 했네.”

“다행입니다……. 드시죠. 다시 데웠습니다.”

"고마워."

수저를 들고 접시를 들여다보니, 이것이야말로 보르시란 느낌의 진홍색 수프가 담겨 있었다. 환자를 배려한 건지, 고기는 빼고 채소만으로 만든 것 같았다.

"그럼…… 잘 먹겠습니다."

일단 수프만 입에 넣어보니, 강렬한 산미가 혀를 자극했다. 하지만 그 뒤를 이어 채소의 단맛이 퍼져나가더니, 감기 탓에 둔해진 미각이 급속도로 되돌아오는 느낌이 들었다.

"맛있어……."

순식간에 식욕이 되살아난 마사치카는 건더기를 수저로 떴다. 채소는 하나같이 푹 삶아져 있었으며, 씹기도 전에 입 안에서 녹아내렸다. 양배추와 양파는 달고, 비트에서도 흙내가 거의 느껴지지 않았다.

(어릴 적에 할아버지 집에서 먹었을 때는 흙내가 좀 거슬렸어……. 할아버지는 이 흙내가 매력이라며 웃었지만, 나는 이게 더 입에 맞아.)

정신없이 먹다 보니, 어느새 접시에 담긴 보르시를 깨끗하게 비웠다.

"냄비에 조금 남아있습니다만…… 어쩌시겠습니까?"

"……그럼, 다 먹을게."

그리고 남아있던 보르시도 전부 비웠다. 자기가 이렇게 잘 먹을 줄은 몰랐던 마사치카는 약간 놀랐다.

"잘 먹었습니다. ……아랴에게 고마워해야겠는걸."

그러고 보니, 아랴는 보르시를 만드는데 네 시간 정도 걸린다고 말했다. 자기를 위해 간호해준 그녀에게, 마사치카는 감사할 수밖에 없었다.

"휴우……."

식사를 마친 마사치카는 또 머릿속이 멍해졌다. 허기가 가신 덕분인지, 아니면 또 열이 올라온 건지…….

"마사치카 님, 약 드십시오."

"아, 고마워."

마사치카는 아야노가 준 약을 먹은 후, 침대로 향하기 위해 몸을 일으켰다. 부축해주려 하는 아야노를 말린 후, 천천히 자기 방으로 돌아가서 침대에 누웠다.

"으, 하아……."

"마사치카 님, 목욕은 어떻게 하시겠습니까?"

"으음~, 오늘은 안 할래……."

"그럼 하다못해 제가 몸만이라도 닦아드리겠습니다."

"역시 샤워라도 하는 게 좋겠네."

아야노가 의욕에 찬 눈길로 쳐다보며 주먹을 말아 쥐자, 마사치카는 방금 한 말을 취소했다. 왠지, 이 상태의 아야노에게 몸을 맡기는 건 매우 위험할 것 같은 느낌이 들었다.

"그럼, 등을 씻겨—."

"됐어. 괜찮아."

"걱정하지 마시길. 눈가리개를 쓰겠습니다."

"여기서 눈가리개 플래그를 회수하는 거야? 아니, 눈가리개하고 몸 씻겨준다는 말 들으니 불길한 예감만 들거든?"

"그럼…… 눈가리개를 안 하겠습니다."

"음란한 예감만 들거든?"

"안심하십시오. 저는 종자로서, 결코 마사치카 님을 성적인 눈길로 보지 않겠다고 약속드리겠습니다."

"뜬금없는 선언이네. 대체 무슨 속셈이야?"

"만약 이 약속을 깰 경우, 제 몸을 마음대로 하셔도……."

"진짜 부담스럽거든?"

그 후에도 이런저런 방법으로 마사치카의 시중을 들려 하는 아야노를 필사적으로 제지한 마사치카는 잠자리에 들 무렵에 지칠 대로 지쳐버렸다.

"그럼 마사치카 님…… 안녕히 주무십시오."

"그래…… 잘 자."

마사치카는 어딘가 아쉬워하는 듯한 아야노의 분위기를 눈치채지 못한 척하며, 손을 흔들었다.

"역시, 동침을……."

"감기 옮으니까 안 해도 돼."

"하다못해 자장가라도……."

"진짜로 됐다고."

정말 괜찮은 거야? 정말? 하고 말하고 싶은 듯한 아야노가 좀처럼 방문을 닫지 않았다. 약간 열림 문틈으로 방 안을 쳐다보는 메이드를 본 마사치카는 가볍게 한숨을 내쉬면서 날카로운 시선을 머금었다.

"아야노."

"읏! 네, 왜 그러십니까?"

역시 자장가가 듣고 싶은 거구나. 그렇지? 하고 말하는 것처럼 눈을 반짝이고 있는 아야노에게, 마사치카는 단호한 어조로 말했다.

"명령이야. 너도 유키의 방에 가서 자."

"읏! 알겠습니다. 안녕히 주무십시오."

마사치카가 「명령」이란 단어를 입에 담은 순간, 아야노는 흠칫하며 고개를 숙인 후에 문을 닫았다.

"……처음부터, 이럴 걸 그랬어……."

마사치카는 쓴웃음을 머금더니, 잠에 빠져들기 전에 스마트폰을 손에 쥐었다. 그러자, 유키한테서 온 『여자끼리의 싸움 제1회전: 아야노 vs 아랴 양 아야노의 승리』라는 메시지가 눈에 들어왔다.

"아니, 2회전이 있는 거냐……."

마사치카는 태클을 날리면서 스마트폰을 내려놓은 후, 몸을 뒤척였다.

실컷 잤으니 잠이 오지 않을 거라고 생각했는데, 의외로 곧 졸음이 몰려왔다. 마사치카는 그 졸음에 저항하지 않으며, 천천히 잠에 빠져들었다.

……그렇다. 잠들고 말았다. 아리사의 태도에서 느껴진 위화감을 방치해둔 채, 유키의 메시지에 담긴 의미를 깊이 생각해보지도 않으며…….

마사치카가 그 사실을 눈치챘을 때는, 이미 전부 끝나버렸고…… 손쓰기에는, 늦고 말았다.

제 7 화 5M인 것 같습니다

다음 날, 마사치카는 열한 시가 지나서야 잠에서 깨어났다.

"맙소사……. 너무 잤잖아. 용케도 이 시간까지 퍼질러 잤네."

아무리 평소부터 만성적인 수면 부족으로 수면 부채에 의한 재정 파탄이 일어났다고 해도, 한나절 가까이 자는 건 이상했다. 어제 점심에 잔 것까지 포함하면, 거의 온종일 잠만 잔 게 된다. 너무 잤더니 몸이 나른하고 무거웠다. 머리와 몸의 나른함이 감기 탓인지 과도한 수면 탓인지 알 수가 없었다.

"그것보다, 학교를 무단으로 빼먹은 게 되겠네……."

결석하겠다는 연락도 하지 않고 퍼질러 잤다는 사실에, 마사치카는 초조함에 사로잡히며 식은땀을 흘렸다. 하지만 그 직후에 들린 노크 소리에, 그는 강제적으로 생각을 중단했다.

"마사치카 님, 일어나셨습니까?"

"아, 응……."

익숙한 목소리를 접하고 당혹스러워하며 그렇게 대답하

자, 메이드복을 입은 아야노가 안으로 들어왔다.

복부 앞에 손을 모으더니, 한눈에 반해버릴 만큼 아름다운 자세로 헤드드레스를 쓴 머리를 숙였다.

“좋은 아침입니다. 마사치카 님.”

“응, 좋은 아침…… 너도 학교를 쉰 거야?”

“네. 마사치카 님의 간병이 시험 점수 확인보다 훨씬 중요하니까요. 마사치카 님께서 결석하신다는 것 또한, 토모히사 님을 통해 학교에 연락해뒀으니 안심하십시오.”

“할아버지를 통해…… 그래.”

안도하는 마사치카의 온몸을 훑어본 아야노는 체온계를 내밀었다.

“체온 재십시오, 마사치카 님.”

“아, 고마워.”

“몸은 어떠십니까?”

“꽤 좋아졌다……고 생각하지만, 이제는 너무 잠을 자서 몸이 나른하네……. 그리고, 아직도 목이 아파. 뭐, 자는 동안 물을 마시지 않아서일 거야.”

“……그렇습니까.”

몸 상태에 관한 이야기를 주고받고 있을 때, 체온계가 울렸기에 체온을 확인했다.

“36.7도. 뭐, 체온은 정상이네.”

“다행입니다. 식사를 준비할까 합니다만, 죽과 우동 중에 어느 쪽으로 하시겠습니까?"

"그럼 우동을 부탁해."

"알겠습니다."

아야노의 배려에 감사한 마사치카는 샤워로 땀을 씻어낸 후, 실내복으로 갈아입은 후에 거실로 향했다.

아야노가 제대로 육수를 내서 만든 우동은 맛있어서, 거의 1.5인분 가까이 먹었다. 그 무렵에는 몸의 나른함도 꽤 잦아들었다.

"휴우…… 잘 먹었습니다."

"감사합니다. 식욕은 완전히 돌아오신 것 같군요."

"그래, 거의 회복됐어. 목의 통증도 꽤 가셨네."

"다행입니다. 그래도 혹시 모르니 오늘은 푹 쉬십시오."

"응. 어차피 학교도 끝났을 시간이잖아……."

시계를 보니, 12시 35분이었다. 평소 같으면 점심시간이겠지만, 오전 수업을 실시 중인 지금은 방과 후다. 내일은 학생회 멤버가 방학식을 준비하기로 되어 있지만, 오늘은 학생회 업무도 딱히 없다.

"마사치카 님, 약 드십시오."

"응, 고마워……?"

머릿속으로 예정을 확인하던 마사치카는 아야노가 내민 약과 물을 본 순간, 뭔가 마음에 걸리는 듯한 느낌을 받았다.

(응? 뭐야? 뭐가 마음에 걸리는 거지?)

뭔가 중요한 사실이 존재하는데, 그것을 눈치채지 못하는 듯한 미세한 위화감이 느껴졌다. 하지만, 마사치카의 본능이 그 위화감을 무시해선 안 된다고 경고를 보내고 있었다.

(……알약, 인가?)

아야노의 손바닥에 놓인 약을 응시한 마사치카는 위화감의 정체를 눈치챘다. 어제는 열 때문에 멍해서 눈치채지 못했지만, 이 알약은 눈에 익었다.

"마사치카 님, 왜 그러십니까?"

고개를 갸웃거리는 아야노의 얼굴은 평소와 마찬가지로 무표정했다. 하지만, 왠지 조금 긴장한 것처럼 보였고…… 마사치카는, 그런 그녀의 눈을 응시하며 조용히 말했다.

"아야노. 이 약의 포장 케이스를 보여줘."

"……."

눈에 띄게 동요하지는, 않았다. 하지만, 즉시 대답하지도 않았다. 아야노가 보인 무언의 망설임이, 마사치카가 마음속에 품은 의문을 증폭시켰다.

"아야노."

"……알겠습니다."

마사치카에게 이름을 불린 아야노는 체념한 것처럼 눈을 감은 후, 약 케이스를 가져왔다. 그 상품명과 뒤편의 성분 표시를 본 마사치카는 확신하며 고개를 들었다.

"아야노…… 이 약, 체질적으로 내가 졸게 되는 녀석이지?"

"……그렇, 습니다."

아야노가 긍정하자, 마사치카는 납득했다. 졸릴 만도 했다. 그저 수면 부족이었던 것이 아니라, 감기약의 부작용으로 잠들고 만 것이다.

의문이 풀렸다. 아리사가 사온 약이, 마사치카의 체질에 맞지 않았을 뿐이다. 하지만, 신경 쓰이는 건…… 아야노는 어째서, 알면서도 이 약을 자신에게 먹인 것일까. 그 이전에, 이 약을 **누가 고른 것일까**, 다.

"아야노, 너는 내가 이 약을 먹으면 졸음을 느낀다는 걸 알고 있었지? 왜 미리 충고를 해주지 않았던 거야?"

"……."

마사치카가 추궁하자, 아야노는 대답하지 못하더니…… 물 흐르는 듯한 움직임으로, 그 자리에서 무릎을 꿇었다.

"죄송합니다."

"……."

"주인인 마사치카 님께 체질에 맞지 않는 약을 드리는 건, 용서받을 수 없는 행위입니다. 그 어떤 벌이라도 달게 받겠습니다."

카펫 위에서 무릎을 꿇은 아야노에게, 마사치카는 차분한 어조로 물었다.

"아야노…… 아랴에게 이 약을 사라고 말해준 사람은,

유키야?"

"……."

돌아온 것은, 침묵의 긍정이었다. 주인(유키)을 배신할 수 없고, 주인(마사치카)에게 거짓말을 할 수도 없기에 침묵을 선택한 것이다.

"유키는 뭘 꾸미고 있는 거지? 오늘 내가 학교에 못 가게 하려고 이 일을 꾸민 거라면, 그 목적은 뭐지?"

"……."

마사치카가 질문을 던졌지만, 아야노는 그저 침묵을 일관했다. 주인을 위해 죄를 전부 짊어질 각오를 마친 그 모습을 본 마사치카는 작게 한숨을 내쉬더니, 어조를 약간 누그러뜨리면서 상냥히 말을 건넸다.

"아야노."

"네."

"전부 솔직하게 이야기해준다면, 오늘 내 시중은 너에게 전면적으로 맡기겠어. 나는 군소리하지 않으며, 너한테 간호를 받을게."

"윽?! 저, 저는…… 그런 유혹에 지지 않습니다."

"아니, 유혹하려고 한 말이 아니거든?"

그 제안을 들은 순간, 고개를 조아린 아야노의 등이 부르르 떨렸다. 그 반응을 본 마사치카는 볼을 긁적이면서, 될 대로 되라는 심정으로 말했다.

"그럼~ 이건 어때? 전부 솔직하게 말해주면, 『이, 쓰레기가 감히 주인을 팔아?』 하고 말하며 매도해주겠어."

"어?!"

"이봐, 너. 방금 흔들렸지?"

"읏! 아뇨, 그렇지 않습니다."

"거짓말하지 마. 올해 들어 가장 강렬한 반응을 보였거든? 오래간만에 네 그런 목소리를 들었네."

놀람과 기대에 찬 눈길로 올려다본 아야노가 곧 허둥지둥 다시 고개를 조아리자, 마사치카는 도끼눈으로 그녀를 쳐다봤다.

바로 그때, 아야노가 고개를 슬며시 들며 머뭇머뭇 입을 열었다.

"저기, 마사치카 님……."

"……왜?"

"혹시나 해서 묻는 겁니다만…… 그 매도는, 혹시 제 머리를 밟으면서, 해주시는 겁니까?"

"……밟히고 싶어?"

"아니, 위치나 관계적으로 그게 적절하지 않을까 싶습니다. 눈앞에 마사치카 님의 맨발이 있으니, 어쩌면 그렇게 되지 않을까 싶어 확인하려고 한 것일 뿐……."

"말 돌리지 마. 솔직하게 질문에 답해. 밟히고 싶은 거야?"

"……."

“입 다무는 거냐.”

평소와 다르게 청산유수처럼 변명을 늘어놓은 아야노가 결국 침묵이란 형태로 긍정을 표시하자, 마사치카는 공허한 눈길로 창밖을 쳐다봤다. 으음~ 날씨 참 좋네. 밖이 참 눈부셔~.

반은 농담, 반은 아야노의 마조히스트 의혹 검증 삼아서 해본 말인데…… 예상 이상의 반응이었다. 아무래도, 이 소꿉친구는 진성 마조히스트였던 것 같았다. 무뚝뚝 무음 무표정 마조히스트 메이드. 이야, 전부 합쳐서 5M이네!

“하아…….”

마사치카는 머리가 아픈지 이마를 누르며 한숨을 내쉬더니, 몸을 일으키며 자기 방으로 향했다.

“학교에 가겠어. 이 정도 일로 너를 꾸짖을 생각은 없으니까, 빨리 일어나.”

“아뇨, 그럴 수는 없습니다. 죄에는 벌이 뒤따라야 마땅합니다.”

“그럼 내가 학교에 간 사이에 이 집을 철저하게 청소해 둬. 그걸 너한테 내리는 벌로 삼겠어.”

“……네, 알겠습니다.”

그제야 몸을 일으킨 아야노는 걱정스러운 눈길로 마사치카를 쳐다봤다.

“정말, 학교에 가실 겁니까? 쉬시는 편이…….”

“이미 열도 내렸으니까 문제없어.”
“하다못해, 차량을 준비할까요?”
“차를 불러서 타고 가는 것보다, 걸어가는 편이 빠를 거잖아.”
“하지만, 몸도 안 좋은 상태에서 이 불볕더위는…… 게다가, 저기…….”
“뭐야?”
마사치카가 묻자, 머뭇거리며 시선을 돌리던 아야노는 결국 입을 뗐다.
“어차피…… 이미, 늦었을 거라고 생각합니다.”
“……뭐?”

◇

아야노의 불길한 말에 초조함을 느낀 마사치카는 서둘러 준비를 마친 후, 아야노의 제지를 뿌리치며 학교로 향했다.
뜨거운 햇살이 쏟아지는 가운데, 멀쩡하지 않은 몸을 억지로 놀리며 뛰어갔다. 그렇게 학교에 도착해보니, 오후 한 시가 약간 지났다.
지금 정문에서 나오는 이들은 학생 식당에서 점심 식사를 마친 학생들일까. 오전 수업만 하는데도 늦게 하교하는 학생들을 보며 의아한 눈길을 머금은 마사치카는 그들과

역행하듯 학교 안으로 뛰어들어갔다.

"아랴, 유키…… 어디 있지?"

거친 숨을 내쉬며 신발을 갈아 신은 마사치카는 어디로 향할지 고민한 후, 일단 교실 → 학생회실 순서로 돌아보기로 했다.

마사치카는 목에 들러붙는 끈적한 무언가를 삼키며, 서둘러 교실로 향했다.

바로 그때, 정면에서 걸어오던 남학생 3인조가 흥분한 어조로 나누는 이야기가 들려왔다.

"이야~ 역시 온실 속의 공주님은 장난 아니네. 알고는 있었지만, 역시 토크 실력의 차원이 달라."

"아랴 공주도 꽤 노력하는 것 같았지만 말이야~. 그래도 격이 달랐어."

"일전의 토론회에서는 쿠죠 양도 대단하다고 생각했지만…… 애드리브 같은 건 별로인가 보네. 토론회에서는 대본을 줄줄 읽기만 한 거 아닐까?"

"아~ 그럴지도 몰라~."

"맞아."

마사치카의 존재를 눈치채지 못한 채 이야기를 나누는 3인조의 옆을 지나친 그는 또 초조함에 사로잡혔다.

(뭐? 토크 실력? 설마 토론회? 아냐, 하루 이틀 만에 토론회를 여는 건 무리일 텐데…….)

답을 찾아내기엔, 정보가 부족했다. 하지만 상세한 건 모르지만, 유키가 꾸민 계략에 걸려든 아리사가 농락당하고 말았다는 것은 이해했다.

(젠장, 방심했어! 방학식 때까지는 아무 일도 없을 거라고 생각했는데…… 설마, 이 타이밍에 수작을 부릴 줄이야!)

방심했다는 사실에 분통을 터뜨린 마사치카는 이를 악물며 자신의 교실을 쳐다봤다. 그리고…… 아무도 없는 교실에서, 자기 자리에 멍하니 앉아있는 아리사를 발견했다.

"아랴……."

교실 문을 열자, 멍하니 책상을 내려다보고 있던 아리사가 마사치카를 돌아보며 눈을 치켜떴다.

"쿠제……?! 어째서……!"

"……아야노한테서, 유키가 수작을 부렸단 이야기를 들었거든."

"그랬구나……. 몸은 괜찮아?"

"열은 내렸으니 문제없어. 그것보다…… 무슨 일이 있었던 거야?"

마사치카가 자기 자리에 앉으며 아리사와 시선을 마주하자, 그녀는 입술을 깨물며 고개를 숙였다.

"……미안해."

"아랴?"

"나, 실패했어. 모처럼 네가 협력해줬는데, 나는……!"

"진정해. 진정하고, 무슨 일이 있었는지 이야기해봐."

무릎 위에 얹은 두 손을 떨며, 아리사는 후회에 찬 목소리를 쥐어짜 냈다. 마사치카가 그런 아리사를 상냥히 달래주자, 그녀는 무슨 일이 있었는지 천천히 이야기했다.

◇

그것은 어제 조례 전의 일이다. 1학년 B반의 교실에 찾아온 유키의 요청으로, 아리사는 학생회실에서 그녀와 이야기를 나눴다.

"아랴 양. 갑작스럽겠지만, 오늘 마사치카 씨의 집에 찾아가서 약을 전해주지 않겠어요?"

유키가 느닷없이 그런 제안을 하자, 아리사는 당황했다. 하지만 유키는 딱히 개의치 않으며, 곤란하다는 듯이 볼에 손을 댔다.

"사실 마사치카 씨는 지금 감기로 꼼짝도 못 하고 있어요."

"어, 그래?"

"네. 원래라면 제가 병문안을 가고 싶지만, 공교롭게도 일이 있어서……. 그러니 선거전 파트너인 아랴 양에게 부탁드릴까 해요."

"그래…… 응, 좋아."

유키에게 마사치카의 일을 부탁받으니 기분이 개운치가

않았지만, 이대로 거절해서 「그럼 역시 제가……」 같은 말이 나온다면 더 기분이 나쁠 것 같았기에, 아리사는 받아들였다. 그러자 유키는 예상했다는 듯이 호주머니에서 메모 한 장을 꺼냈다.

"다행이에요. 그럼 마사치카 씨가 항상 먹는 감기약과 그의 집 주소를 여기에 적어놨으니, 잘 부탁해요."

"응."

자신이 모르는 마사치카의 정보를 유키가 안다는 사실에 기분이 개운치 않았지만, 아리사는 그 메모를 건네받았다.

"그럼 방과 후에 가볼게."

아리사는 그렇게 말하며 교실로 돌아가려 했지만, 유키가 그녀를 불러세웠다.

"아, 잠시만 기다려주세요. 실은 볼일이 하나 더 있답니다."

"응? 뭔데?"

"아랴 양. 괜찮다면 내일 점심시간의 교내 방송에, 게스트로 나와주지 않겠어요?"

"뭐?"

아리사가 당황하자, 유키는 깍지 끼듯 양손의 손가락을 모으며 미소 지었다.

"제가 학생회 홍보로서, 격주로 점심 교내 방송에서 학생회 활동 보고를 한다는 건 알고 있죠? 내일은 2주 전에 열린 토론회에 대해 다룰 생각이랍니다. 그러니 당사자인 아랴 양이 게스트로 출연해줬으면 하는데 말이죠……."

"어, 내일……?"

"네. 아랴 양으로서도 토론회에서의 승리를 더욱 많은 학생의 인상에 남길 기회가 아닐까요? 스포츠에서도 승리자 인터뷰 같은 걸 하잖아요?"

"으음……."

아리사는 망설였다. 이 건을 자기가 언급해도 괜찮을지 망설여진 것이다.

토론회에서 비롯된 사야카에 대한 악평은, 마사치카와 노노아의 노력으로 잦아들었다. 일부에서는 바람잡이를 심었던 노노아에 대한 비판적인 의견이 나오고 있지만, 노노아 본인이 그것을 전혀 신경 쓰지 않으니 아리사가 할 수 있는 건 없었다.

(모처럼 쿠제와 미야마에 양이 사태를 수습해줬는데…… 내가 언급해도 괜찮은 걸까?)

원래부터 승리 선언을 할 생각이 없지만, 그것이 무효 시합이었다고 말해도 괜찮은 걸까. 그것이야말로 마사치카가 말했던 「승리자가 패배자를 불쌍히 여겨, 손을 내미는 행위」가 되지 않을까.

(그래……. 역시 괜한 소리는 하지 않는 편이 나을 거야.)

인간관계에 있어서는 마사치카와 노노아가 자기보다 몇 수는 위다. 그 두 사람이 만들어낸 지금 상황을, 자신의 짧은 생각으로 뒤흔드는 건 좋지 않다.

그렇게 판단한 아리사는 유키에게 자기 생각을 말했다.

"……미안하지만, 나는 토론회에서 이겼다고 생각하지 않아. 딱히 승리자 인터뷰를 할 생각은 없고, 이제 와서 그 일을 다시 파헤치고 싶지도 않아."

"어머, 그런가요?"

"응."

아리사가 고개를 끄덕이자, 유키는 뜻밖이라는 듯이 고개를 갸웃거리며 빙긋 웃었다.

"그럼 토론회 이야기는 하지 않는다는 조건으로, 게스트 출연을 하는 건 어떤가요?"

"뭐?"

"1학기 마지막 활동 보고인 만큼, 조금은 특별한 이벤트를 해도 괜찮지 않을까 싶답니다. 어때요? 괜찮지 않나요?"

"으, 응…… 그래. 그런 거라면……."

"와아, 고마워요!"

얼굴 앞에서 손뼉을 치듯 손을 모으며 유키가 조르자, 아리사는 무심코 고개를 끄덕였다. 유키는 순수한 미소를 머금으며 기쁨의 환성을 뱉은 후, 갑자기 목소리 톤을 낮추며 말을 이었다.

"그건 그렇고…… 보아하니, 아랴 양과 마사치카 씨는 진짜로 토론회에서의 승리는 내팽개칠 생각인가 보군요."

"윽! 용케, 눈치챘네……."

"물론이죠. 노노아 양이 토론회에서 반칙을 했다는 소문이 요즘 돌고 있잖아요? 그걸 방치해두는 것만 봐도 짐작은 된답니다. 토론회에서 승리했다는 사실에 집착한다면, 마사치카 씨가 더 교묘하게 정보 조작을 했을 테니까요."

"……."

완전히 간파당했다는 사실을 안 아리사는 적지 않게 동요했다. 그 틈을 노리듯, 유키는 갑자기 미소의 종류를 바꿨다.

"후훗, 정말…… **아리사 양**은 여유가 넘치는 군요? 스스로 토론회에서의 승리를 내팽개치다니…… 진짜로 저한테 이길 생각이긴 한 건가요?"

"뭐, 어……?"

유키가 두른 분위기가 변하자, 완벽한 숙녀의 얼굴 깊숙한 곳에서 전혀 다른 얼굴이 모습을 드러냈다. 유키가 이제까지 보인 적 없는 무시무시한 미소를 머금자, 아리사는 눈을 치켜떴다.

"게다가, 조심성 없이 제 영역에 성큼성큼 발을 들이다니…… 너무 빈틈이 많은 것 아닌가요? 조심성이 너무 없어서, 후훗, 무심코 충고를 해주고 말았군요."

우스워죽겠다는 듯이 웃음을 흘린 유키는 초승달 모양으로 뜬 눈으로 아리사를 응시했다.

그 소름 돋는 미소를 보며 몸서리를 치면서도, 아리사는 두뇌를 회전시켰다.

그리고, 눈치챘다. 게스트 출연이라는 말에 속아서는 안 된다. 이것은…… 교내 방송을 이용한, 토크 배틀인 것이다.

"드디어 눈치챘나요? 후훗, 친구의 제안이라 방심하면 안 된답니다. 이건 선거전 대립 후보의 제안이기도 하니까요……. 마사치카 씨가 병결을 한 이 타이밍에 이런 제안을 받은 시점에서, 더 경계해야 했어요."

"설마…… 노린 거야?"

"네. 믿음직한 참모가 없는 이 기회에, 아리사 양을 최대한 짓밟아 놓을까 해서 말이죠."

유키는 여전히 미소를 머금은 채, 악랄하기 그지없는 말을 아무렇지 않게 입 밖으로 토했다. 아리사는 친구의 그런 모습에 적지 않게 충격을 받으면서도, 어찌어찌 경쟁심을 북돋웠다.

"즉…… 나 혼자라면, 자기 영역에서 입맛대로 요리할 수 있다, 는 거야?"

"그렇죠. 일부러 이런 충고를 해줄 필요도 없겠지만…… 아리사 양 혼자만이 상대라면, 이런 기습을 할 필요도 없으니까요. 게다가……."

유키는 말을 잠시 멈추더니, 조소에 찬 눈길로 아리사를 올려다보았다.

"정정당당히 도전을 받아놓고 깨끗하게 패한다면, 변명할 수 없을 거잖아요?"

"윽! ……내가 그렇게 만만해 보이는 거야?"

"어머나, 지금도 저한테 완전히 농락당하고 있으면서, 그런 소리를 해봤자…… 의미 없지 않으려나요?"

"윽!!"

유키의 그 조롱하는 듯한 말을 들은 순간, 아리사는 완전히 생각을 고쳐먹었다. 지금 눈앞에 있는 건, 학생회에서 함께 활동하는 친구가 아니다. 선거전에서 쓰러뜨려야만 하는, 적인 것이다.

아리사가 생각을 바꿨다는 것을 느낀 건지, 유키는 노골적으로 입가를 히죽거리며 말했다.

"아, 물론 마사치카 씨에게 의지해도 괜찮답니다. 오늘 약을 전해주러 가는 김에, 지혜를 빌리는 게 어떨까요?"

……도발이라는 것은 안다. 하지만 이런 말을 듣고도 마사치카에게 의지하는 것을, 아리사의 자존심이 용납하지 않았다.

"필요 없어. 병에 걸려 누워 있는 쿠제에게 부담을 줄 짓은 안 할 거야."

"어머, 그런가요? 괜히 무리할 필요는 없지 않으려나요?"

그 말, 그리고 그 눈에는 「너 혼자서는 아무것도 못하니까, 빨리 마사치카한테 매달려」라는 의지가 담겨 있었다.

그리고 그것은 아리사가 발끈하게 만들기에 충분했다.

"후, 후후. 유키 양이야말로…… 쿠제에게 도움을 안 받아도 괜찮겠어?"

아리사는 「쿠제에게 의지하고 있는 건 우리 둘 다 마찬가지잖아?」라는 말을 돌려서 했지만, 유키는 동요하지 않았다.

"네, 물론이죠. 아리사 양이야말로 『고고한 공주님』에 걸맞은 활약을 기대하겠어요."

"윽! 절대, 지지 않겠어……!"

아리사는 투지를 드러내며 노려봤지만, 유키는 여유 넘치는 미소를 흘렸다.

"후훗, 내일이 기대되는군요."

이리하여, 갑작스레 『1학년 2대 미희』의 직접 대결이 성사됐다. 그리고 그 후, 아리사는 유키와의 대결을 위해 준비를 진행했다.

사전에 투서함의 내용물을 확인했고, 어떤 의견이 거론될지 예상했다. 그리고 마사치카를 간병하면서 유키의 과거 활동 보고를 최대한 떠올렸고, 어떤 식으로 진행될지도 세심하게 시뮬레이션했다.

그리고…… 오늘 방과 후. 하루 동안 최대한 대책을 세운 아리사는 방송실로 향했다.

"실례할게요."

노크를 하고 방송실에 들어가 보니, 유키가 먼저 와있었다.

"어서 와요, **아랴 양**. 빨리 왔군요."

"……응. 오늘은 잘 부탁해."

"저야말로, 잘 부탁드려요."

호칭이 원래대로 되돌아갔다는 사실에 눈을 살짝 치켜뜨면서도, 아리사는 투지를 유지하며 유키의 옆자리에 앉았다.

하지만…… 바로 그때, 아리사에게 있어서 완전히 뜻밖의 일이 벌어졌다.

"아직 방송 시작까지 시간이 있으니…… 아랴 양."

"왜?"

"죄송해요."

유키가 갑자기 아리사를 향해 깊이 고개를 숙였다. 유키가 뜻밖의 행동을 취하자, 아리사는 눈을 치켜떴다.

"뭘…… 사과하는 거야?"

"어제, 제가 아랴 양에게 취한 태도를 사과드리는 거예요."

유키는 깊이 고개를 숙인 채, 후회가 묻어나는 목소리로 이야기했다.

"저로서도, 소중한 친구인 아랴 양과 이런 기습적인 방법으로 대결을 벌이는 게 가슴 아팠어요……. 그런 제 망설임을 끊기 위해, 과도하게 공격적인 태도를 보이고 말았죠. 어제 집에서 제가 취한 태도를 돌이켜보며, 반성했답니다."

"……."

“뻔뻔한 이야기라는 건 알아요……. 하지만, 저는 아랴 양과의 우정을 잃고 싶지 않아요. 부디…… 용서해주시지 않겠어요?”

“이, 이제 됐으니까…… 고개 들어.”

아리사가 거북한 마음에 그렇게 말하자, 유키는 천천히 고개를 들며 아리사를 쳐다봤다.

“그건…… 용서해주겠다는 건가요?”

“으, 응……. 이제, 됐어. 그만큼 진지하다는 거잖아?”

“감사해요! 아아, 정말 다행이에요.”

솔직히 말해, 아리사의 내면에도 「이제 와서 무슨 소리야」라는 마음이 없지는 않았다. 하지만 고개를 들며 진심으로 안도한 것처럼 웃고 있는 유키를 보자…… 더는, 아무 말도 할 수가 없었다. 마음속의 응어리가 씻겨나간 것처럼 가슴을 쓸어내리는 유키를 보며, 아리사 또한 자연스레 옅은 미소를 머금고 말았다.

“정말 죄송해요……. 변명처럼 들릴지도 모르지만…… 저한테는, 회장 선거에서 꼭 이겨야만 하는 이유가 있어요.”

가슴 앞으로 가져간 손을 꼭 말아 쥔 유키는 심각한 표정으로 그렇게 말했다. 그 이유가 짐작된 아리사는 가벼운 동정심을 느끼며 반사적으로 물어보았다.

“이유라면…… 가족에게 학생회장이 되라는 말을 듣고 있는 거지?”

그것은 학생회에 가입한 직후에 유키가 했던 말이다. 그때는 「가정마다 나름대로 사정이 있는 법이잖아. 가족에게 그런 압박을 받는다니, 고생이 많겠네」 하고 생각하며 넘어갔지만…….

"네, 그것도 있지만……."

유키는 어떻게 말하면 좋을지 망설이는 듯한 시선을 잠시 머금은 후, 아리사의 눈을 똑바로 응시하며 말했다.

"저한테는, 오빠가 있었어요."

"뭐?"

이제까지 외동이라고 들었던 유키가 그런 뜻밖의 고백을 입에 담자, 아리사는 허를 찔렸다. 눈을 치켜뜬 아리사에게서 시선을 뗀 유키는 먼 곳을 쳐다보는 듯한 눈길을 머금으며 담담히 이야기했다.

"오빠는 저 같은 애보다 훨씬 우수해서…… 부모님과 할아버님도 오빠에게 크게 기대했죠. 오빠라면 스오우가의 어엿한 후계자가 될 거라고 다들 믿어 의심치 않았어요……. 저는 그런 오빠를 참 존경했고요."

그 상냥한 눈길은 소중한 과거로 향하고 있는 것일까. 온화한 표정으로 오빠 이야기를 하던 유키의 얼굴에서, 갑자기 표정이 사라졌다.

"하지만, 사라지고 말았어요."

"뭐—."

유키의 돌변한 분위기와, 그 말은, 아리사를 경악하게 만들었다. 사라졌다, 는 건…… 즉…….

"그러니, 질 수 없어요."

유키는 말문이 막힌 아리사의 눈을 응시하며, 말을 이었다. 그 말은, 좋든 싫든 아리사의 마음에 깊숙이 박혔다.

"이제 없는 오빠를 대신해…… 저는, 가족의 기대에 부응해야만 해요. 그것이…… 남겨진 저의 사명이니까요."

"……."

강한 사명감과 확고한 의지가 느껴지는 목소리로 그렇게 선언한 후, 유키는 갑자기 표정을 누그러뜨렸다.

"……사람한테는 누구나 사정이 있으니, 이런 소리를 해봤자 소용없겠지만요. 이런 이야기를 늘어놔서 죄송해요."

괜한 소리를 했다는 듯이 허탈한 웃음을 흘린 유키는 또 고개를 숙였다.

"아, 아냐…… 괜찮아."

동요한 탓에 눈동자가 흔들리는 아리사가 그렇게 답하자, 덧없는 미소를 머금으며 고개를 든 유키가 화제를 전환하려는 듯이 밝은 목소리로 말했다.

"아! 시간이 됐군요. 아랴 양, 준비는 됐나요?"

"……응."

준비는 고사하고, 아리사의 머릿속은 그런 걸 신경 쓸 여유가 없었다. 자기가 이제부터 뭘 하는지조차도 망각한 채, 아리사는 반쯤 무의식적으로 마이크를 향해 몸을 돌렸다. 바로 그때, 유키가 이렇게 말했다.

"그러고 보니…… 아랴 양은 어떤가요?"

"뭐?"

동요할 대로 동요한 아리사의 마음에 결정타를 날리는, 그 말을…….

"아랴 양은, 왜 학생회장이 되려는 거죠?"

그, 질문에. 아리사는, 머릿속이 새하얗게 변했다.

예전에 마사치카에게 똑같은 질문을 받았을 때, 아리사는 주저 없이 답했다. 되고 싶으니까 되려는 거라고 말이다. 하지만 유키의 사정을 듣고 나니, 그런 자신의 동기가 매우 보잘것없다는 생각이 들었다…….

"아, 벌써 시간이 이렇게 됐군요. 그럼 아랴 양, 시작하죠."

"아, 으, 응."

반사적으로 그렇게 답한 후에야, 아리사는 머리 한편으로 뭘 하는 건지 생각했고…… 곧 떠올렸다. 하지만 그때는 이미 마이크의 전원이 켜지면서, 방송이 시작됐다.

"여러분, 안녕하세요. 격주 방송인, 학생회 활동 보고 시간이에요. 오늘도 저, 학생회 홍보인 스오우 유키가 이 2주간의 학생회 활동을 보고하겠어요. 자, 오늘은 1학기 마지막 방송인 만큼 멋진 게스트를 초대했답니다. 그럼 인사해주시겠어요?"

유키의 막힘없는 이야기에 귀를 기울이다 보니, 어느새 자기 차례가 됐다. 옆자리에 있는 유키가 시선을 보내오자, 아리사는 허둥지둥 마이크에 입을 댔지만…… 준비해 왔던 인사말은 이미 머릿속에서 깨끗하게 사라졌다.

"아, 쿠죠 아리사예요. 하, 학생회 회계…… 으음, 오늘 잘 부탁드려요?"

그 결과, 입에서 나온 것은 어색하기 그지없는 인사말이었다. 그 말을 한 후, 수치심 탓에 등이 확 달아올랐다.

"어머나, 아랴 양이 좀 긴장한 것 같군요. 괜찮아요! 오늘은 듣는 사람이 적을 테니까요! 제가 할 말은 아니겠지만 말이죠."

그 타이밍에 유키가 지원사격을 해주자, 아리사는 등뿐만 아니라 볼까지 달아오르는 게 느껴졌다.

(정신 차려! 유키 양에게 이겨야 하잖아! 도움을 받으면 어떻게 해!)

그렇게 필사적으로 자신을 꾸짖었지만…… 이미, 몇 분 전까지 품고 있었던 투지는, 깨끗하게 사라지고 말았다.

(이겨야 한다니…… 왜? 애초에, 나는 왜…….)

왜, 학생회장이 되고 싶은 걸까. 있을 것이다. 유키에게 지지 않을, 자신만의 이유가…….

(아냐! 그게 아니라, 지금은 이 방송에 집중…… 으음, 으음…….)

이 방송이 얼마나 중요한지는 알고 있다. 하지만, 지금은 유키의 질문이 머릿속에서 계속 맴돌고 있었다.

왜 학생회장이 되려는 것인가. 그 질문에 가슴을 펴고 당당히 답하지 못한다면, 자신은 결코 유키에게 이길 수 없다. 그런 강박관념 같은 것이, 아리사를 궁지로 몰고 있었다.

"—이라고나 할까요~. 아랴 양은 어떻게 생각해요?"

"어? 그, 그래. 으음……."

하지만 그러는 사이에도 방송은 이어졌고, 초조하면 할수록 머릿속이 헝클어지면서 말문이 막히더니—.

◇

"그 후로는…… 정말, 엉망진창이었어. 생각을 정리하지도 못했고, 정신을 추스를 틈도 없이 농락당했는데…… 제대로 말 한마디 못 한 끝에, 결국 유키 양에게 도움을 받는 지경에 이르렀어……."

고뇌와 자조가 섞인 목소리로 그렇게 말한 아리사는 진주처럼 새하얀 이를 악물었다. 마사치카는 그 모습을 묵묵히 지켜보면서, 마음속으로 중얼거렸다.

(악랄하네…….)

그것이, 아리사의 이야기를 듣고 마사치카가 가장 먼저

떠올린 감상이었다. 유키가 아리사에게 한 정신 공격이 너무 악랄해서, 마사치카조차도 표정이 굳을 지경이었다.

승부를 제안할 때는 악역처럼 행동해 아리사의 반항심과 투지를 자극했다. 그리고 승부 직전, 이번에는 동정심을 유발하는 태도를 보여서 아리사의 투지를 송두리째 꺾어 버렸다.

게다가 자신에 대한 투지를 교내 방송에 도전하는 열의로 삼도록 유도해놓고, 「저는 가족의 기대를 짊어지고 있어요. 당신은 어떤가요?」 같은 잔인한 질문까지 날릴 만큼 철저했다. 아리사가 성실하고 순진한 탓에, 유키의 술수에 완전히 걸려들고 말았다.

불행 중 다행인 것은 아리사가 너무 순진한 나머지, 유키가 판 함정에 빠졌다는 것을 눈치채지 못했다는 점일까.

안 그래도 아리사는 친구가 적다. 그런 아리사가 유키의 오늘 언동이…… 유키로서는 본심이었겠지만…… 철저한 계산으로 벌인 짓이라는 것을 알게 되면, 그녀는 사람을 못 믿게 될지도 모른다.

(아니…… 아랴가 눈치채지 못할 거라는 점까지, 유키는 계산한 건가……?)

방송에서 도와주며 아리사와의 우정을 유지하고, 동시에 그녀를 흔든다. 내 동생이지만, 무시무시할 정도로 용의주도했다.

"분해……."

쥐어짜 낸 듯한 목소리를 듣고 고개를 돌려보니, 인상을 한껏 찡그린 아리사가 주먹을 부들부들 떨며 이를 악무는 광경이 눈에 들어왔다.

"그렇게 간단히 동요해서…… 승부에 응해놓고, 결국 아무것도 못하—."

"자~ 스톱. 생각이 나쁜 방향으로 향하고 있어~."

마사치카가 손뼉을 치며 그렇게 말하자, 아리사는 숙이고 있던 고개를 살짝 들어서 그를 쳐다봤다.

"……나쁜 방향?"

"유키의 술수에 말려들었다는 소리야. 유키가 진행하는 교내 방송에 나가서, 생각대로 말하지 못했을 뿐이잖아? 언제부터 그게 승부였던 건데?"

"그건……."

"유키가 그렇게 말했으니까. 혹은 그렇게 생각하도록 유도됐으니까, 아냐?"

마사치카가 그렇게 말하자, 눈을 몇 번 껌뻑인 아리사는 앞으로 숙이고 있던 몸을 천천히 들었다. 아리사가 마음을 진정시킨 것을 확인한 후, 마사치카는 담담히 이야기했다.

"상대방을 이기고 싶단 마음은 중요해. 하지만, 거기에 사로잡혔다간 시야가 좁아져서 중요한 걸 눈치 못 채니까, 조심하는 편이 좋아."

"중요한 것……?"

"그래. 이번 같은 경우에는…… 목적이 뭐였냐는 거야."

아리사가 영문을 모르겠다는 듯이 쳐다보자, 마사치카는 어깨를 으쓱하며 말을 이어갔다.

"애초에 너는 성격상 정면 승부와는 적성이 맞지 않아……. 상대가 누구든 간에 항상 전력을 다하면서, 자기가 납득할 수 있을 때까지 최선을 다해. 그러다 보면 자연적으로 결과로 이어질 거다, 같은 타입이지?"

"뭐……. 굳이 따지자면 그런 편일 거야."

"그런 인간에게는, 경쟁 상대를 의식하는 것 자체가 잡념이야. 물론 경쟁 상대가 존재해서 더 의욕이 나는 경우도 있지만, 너는 의욕을 스스로 유지하는 타입이거든……. 괜히 상대방을 의식해봤자, 정신적으로 흐트러져서 원래 힘을 발휘 못 하게 될 뿐이야."

"……."

"뭐, 무리도 아니긴 해……. 너, 머리끝까지 피가 솟구쳐서 냉정함을 잃은 게 이번이 처음이지?"

"머리끝까지 피가 솟구친다…… 응. 듣고 보니 그런 것 같아……."

납득이 되는 구석이 있는 건지, 아리사는 생각에 잠겼다. 바로 그때, 마사치카는 결론을 내리는 듯한 어조로 딱 잘라 말했다.

"잘 들어. 생각을 전환해. 유키가 노리는 건 오늘 교내 방송에서 너한테 우위에 서는 게 아냐. 이 일을 질질 끌게 해서, 방학식 인사에서 네가 전력을 다하지 못하게 만드는 거야."

"윽!"

"안 그래? 오늘은 오전 수업만 해서, 점심 교내 방송을 듣는 학생이 적어. 교내 방송으로 우위를 점하고 싶다면, 더 효과적인 타이밍이 있었을 거야."

"그건…… 쿠제가 없는 타이밍을 노리려고……."

"물론 그런 생각도 있을 거야. 하지만 내가 감기에 걸려 학교를 쉬지 않았더라도, 너는 유키한테 『일대일로 대결해요』라는 제안을 받는다면 승낙했을 거지?"

"……."

"잘 들어. 아까도 말했다시피 생각을 전환해. 그 녀석의 페이스에 어울려줄 필요 없어. 이런 건 방학식 인사에 비하면 전초전 축에도 못 드는 사소한 일이야. 너는 오늘, 교내 방송에 게스트 출연해서 뜻대로 말하지 못했어. 그게 다야. 네가 유키와 대결했다고는 그 어떤 학생도 생각하지 않고, 애초에 대부분의 학생은 방송 자체를 안 들어. 모레 열리는 방학식의 결과에 따라, 오늘 일 같은 건 아무도 신경 쓰지 않게 될 거야."

마사치카는 아리사의 눈을 똑바로 바라보며 차근차근 설

명했다. 하지만 방금 한 말이 사실이라고 단정 지을 수는 없다는 건, 마사치카 본인도 잘 알고 있었다. 오늘 교내 방송으로, 유키와 아리사 사이의 파워 밸런스가 변화하지 않았을 거라 보는 건 어려웠다.

이제까지 공적인 자리에서 맞붙은 적이 없는 두 사람이, 처음으로 격돌한다. 자연스레 주목도가 상승할 그 무대는, 방학식이 될 거라고 마사치카는 생각했다.

하지만 유키의 이번 기습으로, 그 예상은 뒤집혔다. 토론회에서의 활약으로 「아랴 공주도 꽤 하잖아」라는 분위기가 생겨나고 있을 때, 이번 일이 터진 것이다. 아리사의 평가를 유지한 채 방학식에 임할 생각이었던 마사치카로서는 솔직히 말해 「한 방 먹었다」는 심정이었다.

하지만, 그래도 지금은 아리사가 생각을 전환하게 만드는 것이 중요했다. 아리사는 자기의 실력을 발휘할 수 있느냐 없느냐가 멘탈에 따라 크게 좌우된다는 것을 의도치 않게 알게 된 만큼, 그녀의 케어가 급선무라고 판단한 것이다.

"그게…… 진짜 목적이라는 거야? 방학식이 메인 게임이고, 교내 방송은 그 전초전……?"

"그런 거야. 네 페이스를 흐트러뜨리고 싶었던 거겠지만…… 아마, 완전히 그 녀석의 뜻대로 된 거는 아닐걸?"

"뭐?"

아리사가 눈을 깜빡이자, 마사치카는 씨익 웃으며 말을 이었다.

"그 녀석은 아마 네가 풀이 죽기를 바라지 않았을까? 교내 방송에서 제대로 이야기를 못 한 바람에, 풀이 죽은 채 방학식에 임하기를 바랐겠지만…… 너는 분통을 터뜨리고 있잖아. 그렇다면, 괜찮아. 그 분한 마음을 원동력 삼으면 될 뿐이거든."

그러니, 이제 신경 쓰지 마라. 마사치카는 그런 마음을 담아서, 아리사의 눈을 응시했다. 그 의지가 아리사에게 전해진 걸까. 아리사는 눈을 감고 심호흡을 한 번 하더니, 표정을 추스르며 마사치카를 쳐다보았다.

"……알았어. 고마워."

"응…… 아, 맞다. 분통을 터뜨리는 건 괜찮지만, 괜히 경쟁심을 불태우지는 마. 그랬다간 또 그 녀석의 페이스에 휘둘리게 될 거야."

"맞아……. 즉, 이번 일은 일단 잊고 내 나름대로 전력을 다하면 된다는 거지?"

"뭐, 그런 거야."

"알았어……. 어떻게든, 마음을 다잡아볼게. ……그리고, 일을 이렇게 만들어서 미안해."

아리사는 그렇게 말하면서 고개를 숙였다. 아리사가 고개를 숙인다고 하는 매우 드문 일이 벌어지자, 마사치카는 몹시 당황했다.

"아니, 뭐, 저기…… 이렇게 중요한 때에 감기에 걸린 나한테도 잘못이 있으니까…… 나도 미안해."

"그건 어쩔 수 없잖아……. 감기에 걸렸는걸."

"하지만 내가 빈틈을 보이지 않았다면, 일이 이렇게 되지는…… 그리고, 유키가 이렇게까지 할 거라고 예상 못 한 나한테도 책임이 있어. 『토론회도 아니고, 방학식 인사 정도로 일을 벌이지는 않을 거다』 같은 태평한 생각을 한 나 자신이 원망스러워……."

"예상 못 한 건 나도 마찬가지야. 애초에 내가 괜히 고집을 부리지 말고 쿠제와 상의했다면, 일이 이렇게 되지는 않았을 거잖아."

"그러니까 그건 내가 감기에 걸린 바람에…… 아~ 그냥 우리 둘 다 잘못한 걸로 치고 넘어가자."

마사치카가 머리를 긁적이며 그렇게 말하자, 아리사는 납득이 안 된다는 표정을 지으면서도 고개를 끄덕였다. 거북한 분위기에 감돌자, 마사치카는 헛기침을 하며 말을 이었다.

"그래도 생각하기에 따라서는 레스토랑에서 이야기했던 『네가 노력하는 모습을 보여준다』를 실행할 좋은 기회……라고 할 수 있으려나. 역경 속에서 주인공은 빛나는 법이니까…… 게다가, 이런 심리전에서는 유키가 한 수 위라는 점을 알게 된 것도 수확이야. 상대의 실력을 아는 것도 중요하거든."

"……맞아. 솔직히 말해, 유키 양이 이런 권모술수를 쓸 줄은 몰랐어. 앞으로 그런 점도 경계하게 됐다고 생각하면…… 좋은 경험일지도 모르겠네."

아리사는 되뇌듯이 그렇게 말했다. 그런 아리사에게, 마사치카는 약간 걱정스러운 어조로 물었다.

"……경멸해?"

"뭐?"

"이런 기습 같은 행동을 하는 유키를…… 경멸하게 됐나 싶어서 말이야."

마사치카가 그렇게 묻자, 아리사는 천천히 눈을 깜빡인 후에 고개를 저었다.

"딱히 경멸하진 않아……. 기습이라고 해도, 유키 양은 정정당당히 나에게 도전했는걸. 그런데 졌다는 이유로 유키 양을 비난하는 건, 적반하장이잖아?"

"……응, 그래……. 그럼 다행이야."

아리사와 유키의 우정이 망가지지 않았다는 것을 안 마사치카는 가슴을 쓸어내렸다. 그와 동시에, 신경 쓰이는 건…….

(그래……. 유키가 정신적으로 아랴를 흔들려고 했다는 걸, 역시 눈치채지 못했구나.)

아무래도 아리사는 유키의 「망설임을 떨쳐내기 위해 과

도하게 공격적인 태도 운운」이라는 변명을 믿는 것 같으며, 그것이 그녀의 페이스를 흐트러뜨리기 위해 용의주도하게 계산된 연기라는 것을 눈치채지 못한 것 같았다. 그저 유키가 토크 배틀을 제안했고, 그녀의 언동에 자신의 페이스가 흐트러졌을 뿐이라고 생각하는 것 같았다.

(그게 아니거든? 전부~ 계산된 행동이거든? 하지만 대체 어디까지 전해도 될지…….)

솔직하게 전부 전해준다면, 아리사와 유키의 우정이 망가질지도 모른다. 그렇다고 유키의 방식을 설명해주지 않는다면, 그것을 경계할 수가 없다. 마사치카가 어쩌면 좋을지 생각하고 있을 때, 아리사가 고개를 갸웃거렸다.

"쿠제? 왜 그래?"

"그게…… 으음, 아무것도 아냐."

아리사의 순수한 얼굴을 본 마사치카는 입 다물기로 결심했다. 애초에 그런 심리전은 자신의 특기 분야다. 아리사가 어려워하는 부분은, 자신이 보완해주면 된다.

"아무것도 아니라니…… 그럼, 왜 웃는 거야?"

"뭐?"

아리사가 지적을 하자, 마사치카는 눈을 깜빡거렸다. 그리고 자기 얼굴을 만져보더니, 자기가 웃고 있다는 사실을 깨달았다.

"진짜네……. 왜일까."

"왜냐니……."

당혹스러워하는 아리사 앞에서 이유를 생각해본 마사치카는…… 곧, 눈치챘다.

(그래, 나는…… 가슴이 뛰는 거구나. 유키와 아야노에게…… 한 방 먹고 말이야.)

예전에 유키는 「남매 대결은 왕도라 의욕이 샘솟는다」 같은 말을 했는데, 아무래도 마사치카도 마찬가지인 것 같았다.

"그래…… 크큭. 한 방 제대로 먹었다 싶어서 말이지."

자각한 순간, 마사치카의 흉악하다고 해도 과언이 아닐 만큼 거무튀튀한 미소를 머금었다.

"어째서일까. 나 자신도 놀랄 만큼, 가슴이 뛰어."

유키도…… 아야노도, 어제는 평소와 다름없어 보였다. 하지만 실은 그런 태도의 이면에 칼날을 숨겨둔 채, 호시탐탐 기회를 엿보고 있었던 것이다. 그리고 마사치카에게 그 칼날을 들키지 않은 채, 뼈아픈 일격을 먹였다.

그 사실이, 마사치카는 뜻밖일 정도로 유쾌했다. 불손한 표현일지도 모르지만, 자식의 성장을 기뻐하는 부모의 심정에 가까울지도 모른다.

평소의 의욕 없는 태도는 사라지고, 마사치카가 금방이라도 혀로 입술을 핥을 것 같은 섬뜩한 미소를 머금자, 아리사는 깜짝 놀라더니…… 손으로 입가를 가리며 시선을 돌렸다.

【그런 표정도…… 멋져.】

손으로 입을 가린 채 작게 중얼거린 그 러시아어를, 진짜로 듣지 못한 마사치카는 눈을 깜빡였다.

"방금 뭐라고 한 거야?"

"별거 아냐……. 『악당 같은 표정도 짓네』라고 말했어."

"……그렇게 악당 같았어?"

"……응."

아리사는 고개를 끄덕였지만, 손에 가려지지 않은 볼은 희미하게 홍조를 띠고 있었다. 아리사의 말과 표정이 언밸런스를 이루자, 마사치카는 약간 당황했다.

(어? 뭐지? 설마…… 나쁜 남자가 취향인 걸까? 품행이 바른 여자일수록 나쁜 남자한테 끌린다는 그건가?)

한순간 음흉한 인상의 나쁜 남자에게 속는 아리사를 상상한 마사치카는 울컥했다. 일반적으로는 좋은 의미로 쓰이지 않는 『음흉』이라는 단어가, 여성 취향의 작품에서는 좋은 의미로 쓰인다는 것을 마사치카는 아는 것이다.

"아랴……."

"왜?"

"야쿠자 부두목 같은 게 멋져 보이는 건 2차원뿐이야. 현실의 야쿠자는 절대 얽히면 안 되는 존재거든?"

"……너는 때때로 정말 뜬금없는 소리를 늘어놓네. ……대체 무슨 소리야?"

"아니, 네가 얼굴을 붉힌 것 같아서…… 혹시 나쁜 남자가 취향인가 했거든."

"나, 그런 사람은 좋아하지 않아. 그리고 얼굴 안 붉혔거든? 그냥…… 음흉한 표정이 쿠제한테 안 어울려서 좀 우스운 것뿐이야."

"너무한 거 아냐?"

그 말을 듣고 보니, 입가를 가리고 웃음을 참는 것처럼 보이기도 하는데…….

(하지만 러시아어로 중얼거린 걸 보면, 부끄러운 소리를 한 게 분명하다고.)

그게 본심인지 아닌지를 떠나서 말이다. 혹은 멋쩍어서 부끄러운 소리를 한 것일지도 모른다.

(뭐, 됐어. 아랴가 나쁜 남자한테 속을 리가, 없으니까…….)

바로 그때, 아까 자기 집에서 봤던 광경이 하늘의 계시처럼 마사치카의 뇌리에 떠올랐다. 마사치카가 매도해주겠다고 말하자, 아야노가 눈을 반짝이는 모습 말이다.

(설마…… 아랴, 너도 그쪽이냐?!)

악당 같은 표정에 반응한 건…… 설마, 그래서였냐?!

무심코 그런 생각이 마사치카의 머릿속을 스쳤지만, 그는 그 가능성을 스스로 부정했다.

(아냐…… 아랴는 틀림없는 사디스트잖아. 툭하면 나를 쓰레기를 보듯 쳐다보는걸.)

그런 무례하기 그지없는 이유로 납득한 마사치카의 머릿속에서, 오타쿠의 정석적인 사고회로가 작동됐다.

(하지만 사디스트 여자애일수록, 좋아하는 사람 앞에서는 마조히스트라는 건 흔한 패턴― 으극!!)

거기까지 생각한 순간, 마사치카는 자기 머리를 자기 손으로 때렸다.

(우와, 방금 자의식 과잉 그 자체인 징그러운 생각을 했어. 응, 좋아. 이 생각은 이제 하지 말자.)

그렇게 생각을 바꾼 마사치카는 표정을 고치며 아리사를 쳐다봤―.

【너니까 멋져 보이는 거야.】

"으극!!"

"쿠제?!"

갑자기 자기 이마를 때리는(정확하게는 주먹으로 자기 머리를 후려친) 마사치카를 본 아리사는 눈을 치켜떴다.

"왜, 왜 그래? 괜찮아?"

"……응? 뭐가 말이야?"

"아니, 그게…… 하아, 정말. 이마가 벌게졌잖아."

어제 간병 덕분에 거부감이 없어진 건지, 걱정스러운 표정을 지은 아리사가 마사치카에게 다가가서 그의 이마에 손가락을 댔다. 그 가까운 거리와 이마에서 느껴지는 감촉에, 마사치카는 상체를 뒤편으로 젖히며 입을 열었다.

"너, 너야말로 괜찮은 거야? 아직 표정이 어둡거든?"

반쯤 이야기를 돌릴 생각으로 한 말이지만…… 아리사는 그 지적을 듣고 움직임을 멈췄다.

"……."

"왜 그래? 아직 마음에 걸리는 게 있어?"

아리사가 의자에 다시 앉자, 마사치카는 물어보았다. 그러자 아리사는 잠시 침묵에 잠긴 후, 불쑥 말했다.

"……대답하지 못했어."

"뭘?"

"유키 양이…… 왜 학생회장이 되고 싶은 건지 물었을 때…… 나는, 대답하지 못했어."

고개를 숙인 아리사는 치마 위에 올려놓은 손을 말아 쥐며 괴로운 어조로 말했다.

"유키 양은…… 가족을 위해, 마음을 굳게 먹고 선거전에 임하고 있어……. 하지만…… 내가 학생회장이 되고 싶은 건, 어디까지나 나를 위해서야……. 이런 이유로는 안 된다고 생각했어. 그렇게 생각했더니, 아무 말도 할 수가 없지 뭐야……!"

가슴속의 고통을 견디듯, 아리사는 가슴에 댄 손을 꼭 말아 쥐었다.

"유키 양 앞에서…… 흔들리고 만 자신이 부끄러워. 유키 양의 질문에, 당당히 답하지 못한 게…… 분해……!"

그렇게 답한 아리사는 입술을 깨물며 고개를 숙였다. 그 모습을 본 마사치카는…… 말문이 막혔다. 이유 때문에 괴로워한 적이…… 자신에게도 있었던 것이다.

유키에게 미안한 마음에, 선거전에 나섰던 자신.

그리고, 남들을 짓밟고 부회장이 된 자신. 그 사실에 계속 괴로워해 왔기에…… 아리사의 마음을, 아플 정도로 이해할 수 있었다.

(하지만…….)

하지만, 그 고통을 웃어 넘겨준 선배가 있다. 상냥히, 긍정해준 선배가 있었던 것이다.

"아랴……."

이번에는…… 자기 차례다. 그 상냥한 선배들이 자신의 등을 밀어준 것처럼, 이번에는 자기가 아리사의 등을 밀어줄 차례다. 버팀목이 되어주겠다고 맹세한 그날의 약속을, 지켜야만 한다.

"고개를 들어. 나를 보라고!"

마사치카가 그렇게 외치자, 흠칫하며 아리사가 고개를 들었다. 고통스러운 듯이 입술을 깨문 아리사의 눈을, 마사치카는 똑바로 응시했다.

"유키에 비하면, 변변찮은 이유라는 거야? 그게 어땠는데? 잊었어? 나는 유키의 사정과 네 사정을 전부 알면서도, 너를 선택했다고."

마사치카가 그렇게 말하자, 아리사는 눈을 치켜떴다. 아리사가 의표를 찔린 듯한 반응을 보이자, 마사치카는 그녀를 똑바로 쳐다보며 말을 이었다.

“전에도 말했지? 『너는 있는 그대로도 응원해주고 싶어지는 인간이다』라고 말이야. 나는 알아. 너의 청렴함을. 누구보다 한결같고, 항상 최선을 다하며…… 올곧게 살아가는 너를. 너는 더 보답받아도 돼. 더 많은 사람에게 응원을 받아도, 사랑받아도 되는 인간이야.”

말을 하면서 서서히 등이 달아오르는 것이 느껴졌지만, 지금은 무시했다. 진심에서 우러난 말이 아니면, 아리사의 마음에 전해지지 않을 거라고 생각한 것이다. 무엇보다 지금만큼은, 진심으로 그녀와 마주해야 한다고 생각했다.

“그러니까…… 앞을 봐. 가슴을 펴고, 있는 그대로의 너로서 당당하게 행동하면 돼. 걱정하지 마. 너란 인간의 매력은…… 유키한테도 절대 지지 않아. 내가 보장할게.”

거기까지 말한 마사치카는 등에 땀이 난 것을 느꼈다. 온몸을 배배 꼬면서 책상에 박치기를 날리고 싶은 심정이지만, 필사적으로 참으며 아리사의 눈을 응시했다.

그러자 아리사는 치켜뜬 눈을 천천히 깜빡인 후…… 입가에 손을 가져가며 웃음을 흘렸다.

“후, 후훗. 마치 사랑 고백 같네.”

“시끄러워! 그런 소리 말라고! 다시는 말 안 할 거야!”

스스로도 느끼고 있던 점을 지적당한 마사치카는 견디다 못한 나머지 고함을 질렀다.

"으으~ 더워! 다시 열이 나네. 역시 감기 걸린 상태에서 익숙하지 않은 짓을 하는 건 좀 아니라니깐~!"

"후훗, 맞아. 열이 있으니…… 어쩔 수 없을 거야."

마사치카가 고개를 돌린 채 교복 앞섶을 벌리며 손부채질을 하자, 아리사는 웃으며 그에게 슬며시 다가갔다. 그리고 고개를 돌린 마사치카의 볼에 손을 대고 자기 쪽으로 돌더니…… 눈을 치켜뜬 그의 이마에 자신의 이마를 댔다.

"……정말이네. 약간, 열이 있어."

"윽—?!"

코끝이 닿을 만큼 가까운 거리에, 눈을 감고 있는 아리사의 얼굴이 있었다. 마치 키스하기 직전 같은 그 비현실적인 광경에, 마사치카는 눈을 치켜뜨며 경악했다.

호흡마저 주저하게 될 듯한, 무시무시하게 긴 몇 초가 흘렀다. 이윽고 아리사가 얼굴을 떼더니, 마사치카를 향해 온화한 미소를 지었다.

"고마워. 네 덕분에…… 망설임을 떨쳐냈어."

"……그래. 다행이네."

아리사의 얼굴을 똑바로 바라볼 수가 없는지, 마사치카는 고개를 돌린 채 짤막하게 답했다. 그런 마사치카를 향해 또 웃음을 흘린 아리사는 어딘가 개운한 목소리로 말했다.

“맞아. 타인과 비교해봤자…… 소용없어. 나는, 어디까지나 나에 불과한걸.”

“응……. 유키는 유키, 너는 너야.”

“그래.”

아무래도 원래대로 되돌아온 듯한 파트너를 본 마사치카는 안도의 한숨을 내쉬—.

“설령 유키 양이, 세상을 떠난 오빠의 유지를 짊어지고 있더라도…… 나는, 움츠러들 필요가 없는 거야.”

……응? 흘려들으면 안 될 듯한 단어가 귓속으로 들어오자, 마사치카는 굳어버렸다. 세상을 떠난 오빠의 유지…… 세상을 떠난 오빠의 유지?!

(이봐!! 동생아아아!! 네 오빠(나), 죽은 걸로 되어 있는 거냐아앗—!!)

혀를 쏙 내밀고 있는 여동생의 모습이 머릿속에 떠오른 마사치카는 그렇게 외쳤다. 온몸에서는 아까와 다른 종류의 땀이 흘러나왔다.

(어어어, 어쩌지?! 왠지, 유키가 지나치게 무거운 과거 설정을 짊어진 게 됐는데…… 그 녀석의 소꿉친구로서, 정정해주는 편이 좋을까? 하지만 그랬다간, 아랴와 유키의 우정에 금이 갈 가능성이…… 아니, 그래도 이건 좀…….)

뜻밖의 난제가 튀어나오자, 마사치카는 마음속으로 머리를 움켜쥐었고…… 몇 초 동안 고민한 후, 머뭇거리며 아리사에게 말을 걸었다.
"저, 저기, 아랴—."
하지만 이 타이밍에 교실 문이 열리자, 마사치카와 아리사는 동시에 문 쪽을 돌아보았다.
"헬로~."
"실례할게요."
느긋한 목소리로 그렇게 말하며 문을 열고 노노아가 교실 안으로 성큼성큼 들어왔다. 그 뒤를 이어, 고개 숙여 인사를 한 후에 들어온 이는 사야카였다. 뜻밖의 인물이 교실로 찾아오자, 마사치카와 아리사는 눈을 휘둥그렇게 떴다.
"오~ 역시 교실에 있었네~. 어라, 쿠젯찌? 오늘 학교 쉬지 않았어??"
"아, 방금 왔어……."
"아, 그렇구나? 뭐~ 마침 잘 됐네."
하지만 노노아는 그런 두 사람의 반응을 개의치 않으며 그렇게 말하더니, 마사치카의 앞자리인 히카루의 자리에 털썩 앉았다. ……다리를 쩍 벌리면서 말이다.
"노노아…… 조신하게 행동해요."
"에이~ 괜찮잖아. 다른 사람이 없는걸."
노노아는 사야카의 주의를 들은 척도 하지 않더니, 평소와 마찬가지로 의욕이 없는 것처럼 눈을 반쯤 뜨며 의자 등받이에 팔을 올려놓으며 턱을 괬다. 마사치카의 앞에서,

다리를 아무렇지 않게 벌린 채…….

(……이런 면이 있으니까, 얘는 아이돌처럼 여겨지지 않는 거야.)

마사치카가 보기에, 노노아의 외모와 지명도를 생각하면 『학년의 미희』에 포함되어도 전혀 이상할 게 없다.

하지만 그렇지 않은 건, 노노아가 아리사나 유키에 비해 친근한 존재라고 여겨지기 때문이다. 아리사와 유키가 언덕 위의 꽃처럼 올려다봐야 하는 존재라면, 노노아는 지상에 활짝 핀 꽃이리라.

(……식충식물이지만 말이야.)

마음속으로 그렇게 덧붙인 마사치카는 경계심을 약간 품으면서 용건을 물었다.

"그런데, 무슨 일로 찾아온 거야?"

"응~? 용건이 있는 건 내가 아니라 사얏찌거든~?"

"타니야마가?"

마사치카가 노노아의 뒤편에 서 있는 사야카를 쳐다보자, 눈썹이 한순간 움찔한 그녀는 한숨을 토했다. 그 후, 진지한 표정을 지으며 단정하게 섰다.

"늦었지만…… 쿠제 씨, 쿠죠 양. 두 분께는 폐를 끼쳤어요. 두 분께 범한 무례한 태도를 포함해, 사과드리고 싶어요. 정말 죄송해요."

그리고, 두 사람을 향해 고개를 깊이 숙였다. 그 모습을 본 노노아도 의자에 앉은 채 고개를 살짝 숙였다.
"나도 미안해. 사얏찌가 폭주하고 있다는 걸 알면서도 말리지 못한 나에게도 잘못은 있어. 이제 와서 하는 말이지만, 용서해주지 않을래? 공짜로 해달라고는 안 할게."
합장을 하듯 얼굴 앞에 두 손을 모은 노노아가 한쪽 눈을 찡긋 감으며 부탁했다. 사야카는 선 채로 계속 고개를 숙이고 있었다. 그런 두 사람을 본 마사치카는 아리사를 돌아보았다.
"나는 이 두 사람에게 딱히 감정이 없어. 용서해줄지 말지는 아랴가 결정해."
"나도…… 그 폭언을 사과해준다면, 그걸로 충분해. 미야마에 양에게는 사과받을 이유도 없는걸."
"이야~ 토론회에 바람잡이를 심은 건, 사과해야 할 일이라고 생각하거든~?"
노노아가 손을 모은 채 고개를 갸웃거리자, 마사치카는 손을 내저었다.
"그런 건 전략이야. 그리고, 왜 진 사람이 이긴 사람한테 사과하는 거야."
"아하하…… 뭐, 그것도 그렇지만~."
"……그 승리를 내팽개친 건, 당신들이잖아요?"
고개를 든 사야카가 마사치카를 똑바로 바라봤다. 그 시선을 보고, 노노아에게 사야카를 향한 악평을 막아달라고 부탁했다는 사실이 들통났다는 것을 눈치챈 마사치카는 어깨를 으쓱했다.

"아랴가 신경이 쓰인다고 해서 그런 것뿐이야. 그리고 실제로 움직인 건 미야마에니까, 우리는 그런 말을 들을 이유가 없어."

그것은 사야카를 배려한 것에 대한 감사를 받아들이지 않는 대신, 노노아가 악평을 듣게 된 것에 대한 규탄도 받아들이지 않겠다는 뜻이다. 하고 싶은 말이 있으면 전부 파트너(노노아)에게 말하라는 의사 표시다.

사야카는 그 뜻을 전부 이해했으면서도, 아리사를 쳐다보며 입을 열었다.

"하지만, 당신들이 저를 배려한 건 사실이에요. 오늘의 활동 보고에서…… 토론회의 일이 전혀 언급되지 않은 것도, 그래서 아닌가요?"

사야카가 시선을 보내자, 아리사는 그녀를 똑바로 응시했다.

"……솔직히 말해, 그대로 투표가 이루어지더라도 누가 이겼을지는 아무도 몰라. 명확하게 승리를 거둔 게 아니라서, 승리 선언을 할 마음이 안 생겼을 뿐이야."

아리사가 그렇게 말하자, 사야카는 진의를 알아내려는 듯이 그녀의 눈을 응시했다. 하지만 시선을 살짝 내리더니, 입가에 옅은 미소를 머금으며 고개를 끄덕였다.

"……그런, 가요. 긍지가 강하군요."

그렇게 말한 사야카는 뒤돌아서더니, 교실 앞쪽의 문으로 향했다. 그리고 문에 손을 대더니, 잠시 움직임을 멈췄다.

"……하지만, 저에게도 긍지가 있어요."

그 말과 뒷모습을 접한 마사치카는 사야카가 뭘 하려는 건지 눈치챘다.

"잠깐만, 타니야마. 뭘 하려는 거야?"

마사치카가 그렇게 묻자, 사야카는 그를 슬며시 쳐다보며 대답했다.

"……저는, 자신의 명예를 지키기 위해 사실을 곡해할 생각은 없어요."

"그래서, 승리 선언이 아니라 패배 선언이라도 하려는 거야? 교내 방송…… 아니, 방학식에서 말이야."

마사치카가 그렇게 말하자, 사야카는 말문이 막힌 것처럼 고개를 돌렸다. 정확하게 짚었다는 사실을 눈치챈 마사치카는 자리에서 일어났다.

"미안하지만 학생회 임원으로서, 네가 방학식에서 멋대로 굴게 둘 수는 없어……. 만약 아랴의 성의에 답하고 싶다면, 다른 방법으로 해주지 않을래?"

"……다른 방법?"

사야카가 뒤돌아보자, 마사치카는 자신의 요구를 전했다. 그 내용은 사야카만이 아니라 아리사도 눈을 치켜뜨게

했고, 노노아의 눈썹도 희미하게 흔들렸다.
"……진심인가요?"
"그래. 아랴도 괜찮지?"
"으, 응……."
"미야마에도, 방금 『공짜로 해달라고는 안 하겠다』고 말했지?"
"아~ 그러긴 했는데……."
아리사가 당황한 듯이 고개를 끄덕였고, 노노아는 헛웃음을 흘렸다. 그런 두 사람을 본 사야카는 마사치카를 향해 돌아섰다. 마사치카와 아리사를 복잡한 눈길로 쳐다본 그녀는 다양한 감정을 억누른 목소리로 말했다.
"……저는, 당신들을 응원하지 않아요."
"응, 알아."
"……지금도, 당신은 스오우 양과 페어를 이뤄야 한다고 생각해요."
"그렇구나. 하지만 내가 아랴를 선택한 이유를…… 너도 조금은 깨닫지 않았어?"
마사치카가 그렇게 묻자, 사야카는 아리사의 얼굴을 응시했다. 아리사 또한, 사야카를 조용히 응시했다. 몇 초 동안 시선을 교환한 후, 사야카는 조용히 눈을 감았다.
"……좋아요."
그리고, 작게 고개를 끄덕였다. 그 모습을 본 노노아는 의자 등받이를 잡고 몸을 뒤편으로 쑥 젖혔다.

"맙소사…… 뭐, 그럼 나도 좋아."

몸을 되돌린 노노아가 가벼운 어조로 말하며 고개를 끄덕이자, 마사치카는 힘차게 고개를 끄덕였다.

"고마워. 그럼 잘 부탁해."

그리고 놀란 것처럼 눈을 치켜뜬 아리사를 향해 말했다.

"아랴, 이건 네 힘이야. 이걸로…… 그 녀석들에게 이길 수 있어."

"어…… 이긴다고? 잠깐만, 무승부를 노린다고……."

갑작스러운 전개 탓에 혼란에 빠진 아리사를 향해, 마사치카는 흉흉한 미소를 지었다.

"무승부는 관뒀어. 상대방이 먼저 덤볐으니까…… 인정사정없이 짓밟아줄 거야."

그 선언을 들은 아리사는 숨을 삼켰고, 사야카는 아무 말 없이 안경을 고쳐 썼으며, 노노아는 재미있다는 듯이 웃음을 흘렸다.

제 8 화 인사

다음 날 방과 후, 학생회 멤버는 방학식을 위한 각종 준비 및 각계각처와의 협의를 진행했다. 방학식의 진행표를 손에 들고, 두 명 혹은 세 명씩 짝을 이뤄 학교 곳곳을 돌아다녔다.

그리고 자신들이 맡은 일을 마친 마사치카와 아리사는 체육관 무대 위에서 내일에 대비해 리허설을 했다.

"끝까지 들어주셔서 감사합니다."

아리사가 마이크 없이 이야기를 끝까지 마치자, 무대 아래편에서 듣고 있던 마사치카가 박수를 보냈다.

"오케이. 내일도 이렇게만 하면 문제없을 거야."

마사치카가 그렇게 말하며 무대로 이어지는 계단을 올라가자, 아리사는 약간 불안한 표정을 지었다.

"그래…… 내일도……."

"불안해? 토론회 때는 문제없었잖아."

"그건…… 내면에 집중하고 있어서 말할 수 있었던 거야. 그리고 내일은 그때보다 사람이 더 많을 거잖아?"

"그래. 내일은 전교생이 다 모이거든. 이 체육관이 가득 찰걸?"

거짓말을 해봤자 소용없다고 생각한 마사치카는 어깨를 으쓱하며 솔직하게 이야기한 후, 느긋한 어조로 덧붙여 말했다.

"하지만, 하는 건 같잖아? 인원이 많더라도, 자기가 어떻게 이야기하느냐에만 집중하면—."

"그래선, 안 된다고 생각해."

"뭐?"

"일전의 토론회에서…… 네가 이야기하는 모습을 보고, 깨달았어. 독선적으로 이야기하는 것과, 듣는 이들을 향해 이야기하는 건 완전히 달라. 특히 이번에 하는 건 『인사』인 만큼, 듣는 이들의 눈과 얼굴을 보며 이야기해야만 한다고 생각해."

아리사는 무대 아래편을 쳐다보며 그렇게 말하더니, 진지한 눈길로 마사치카를 쳐다봤다.

"저기, 어떻게 하면 너처럼 관객과 이야기를 나누듯 말할 수 있는 거야?"

아리사가 묻자, 마사치카는 마음속으로 「향상심이 참 강한걸」 하고 감탄하며 머리를 긁적였다.

"으음, 그게…… 이것만큼은 익숙해지는 수밖에 없을 거야. 일단 대본을 보지 않고 완벽하게 이야기하게 된 후, 관객의 반응을 살피며 목소리 톤과 페이스를 조절하며, 농담도 적절히 섞어서 관객의 집중력이 끊어지지 않게 한다……
같은 느낌이려나."

"……."

아리사는 마사치카의 조언을 듣더니, 표정을 굳히며 입을 다물었다. 마사치카 본인도 꽤 난이도가 높은 요구라는 것을 자각하고 있기에, 쓴웃음을 머금으며 덧붙여 말했다.

"뭐, 처음부터 완벽하게 해내는 건 무리일 거야. 아까도 말했다시피, 익숙해지는 게 중요하거든……. 이번에는 앞을 보면서 당당히 말하는 걸로 충분해."

"……그걸로, 괜찮은 거야?"

"응. 이번에는 선거전에 대비한 연습이라고 생각해. 어제도 말했지? 괜히 유키한테 경쟁심을 불태웠다간, 거꾸로 페이스가 흐트러질 뿐이야."

"윽!"

마사치카가 그렇게 말하자, 자신이 무의식적으로 유키에게 지지 않으려고 초조해하고 있단 사실을 눈치챈 아리사는 눈을 치켜떴다. 그런 아리사를 진정시키려는 듯이 가볍게 어깨를 두드려준 마사치카는 목소리를 낮췄다.

"그럼, 딱 하나…… 긴장을 풀고, 관객의 주의를 끌 비책을 전수해줄까?"

"뭐? 비책?"

"응."

아리사가 눈을 살짝 치켜뜨자, 마사치카는 그 내용을 알려줬다. 아리사는 뜻밖의 내용을 듣고 한순간 놀란 표정을 짓더니, 미간을 모으며 생각에 잠긴 듯한 반응을 보였다.

"그건……."

"어때? 간단하지? 그리고 효과적일 거야."

"……응. 해볼게."

아리사가 진지한 표정으로 고개를 끄덕이자, 마사치카도 씨익 웃었다. 바로 그때, 무대 뒤편에서 목소리가 들려왔다.

"내일 리허설을 하는 건가요?"

그 목소리를 듣고 고개를 돌려보니, 평소와 마찬가지로 온화한 미소를 머금은 유키의 모습이 눈에 들어왔다. 그녀의 뒤편에는 아야노도 있었으며, 마사치카와 아리사를 향해 무표정한 얼굴로 인사를 건넸다.

"그래. 너는 맡은 일을 끝낸 거야?"

"네, 별 탈 없이 끝났답니다."

두 사람은 친근하게 이야기를 나눴지만, 그 사이에서는 평소와 다르게 긴장감이 흘렀다. 유키는 마사치카를 향해 천천히 걸음을 옮기면서, 입가에 손을 댄 채 고개를 갸웃거렸다.

"후훗. 마사치카 씨, 왜 그러시죠? 평소보다 표정이 무섭군요."

"그러는 너야말로 뻔뻔하기 그지없네……. 숙녀의 가면이 벗겨지려고 하거든?"

"어머나, 후후후."

완벽한 숙녀의 미소를 머금은 유키가 눈을 살짝 치켜떴다. 포물선을 그리고 있는 눈의 틈새로 보이는 눈동자에는, 웃음기가 느껴지지 않는 냉철한 빛이 어려 있었다.

평범한 사람이라면 움찔하고도 남을 듯한 안광이지만, 마사치카는 어깨를 으쓱하며 뒤편에 있는 아리사를 돌아보았다.

"봤지? 이게 이 녀석의 본성이야. 전에도 말했다시피, 숙녀 같은 표정에 속지 마."

"으, 응……."

"어머, 아랴 양. 후후, 저를 경멸하시나요?"

유키가 고개를 갸웃거리자, 아리사는 천천히 고개를 좌우로 저었다.

"아냐. 좀 놀라긴 했지만, 경멸하지는 않아."

"어머나……."

"아직 알고 지낸 지도 얼마 되지 않았는걸. 상황이 바뀌면서, 모르는 면이 드러나는 건 당연한 일이잖아?"

"……."

"그리고…… 나와 친구로 지내고 싶다는 건, 진심이지?"

"……네, 물론이랍니다."

"그럼, 됐어."

아리사가 아무렇지 않게 고개를 끄덕이자, 유키는 뜻밖이라는 듯 눈을 치켜떴다.

"그리고…… 유키 양 덕분에, 나 자신을 돌아볼 수 있었어."

"……그런가요?"

유키가 거짓 미소를 지으며 고개를 갸웃거리자, 아리사는 그런 그녀를 똑바로 쳐다보며 선언했다.

"유키 양. 그때 네가 했던, 왜 학생회장이 되려는 거냐는 질문…… 그 질문에, 내일 답할 생각이야. 그러면서, 나는 너보다 많은 지지를 얻고 말겠어."

아리사가 당당히 선언하자, 진지한 표정으로 눈을 깜빡인 유키가 웃음을 흘리기 시작했다.

"후훗. 아랴 양은 정말 올곧고…… 멋진 사람이군요."

"가, 갑자기…… 무슨 소리야?"

유키가 갑작스레 칭찬을 하자, 아리사는 당황한 것처럼 시선이 흔들렸다. 하지만 유키는 딱히 멋쩍어 하지 않으며 말을 이었다.

"진심에서 우러난 생각이에요. 아랴 양과 친구가 되어서, 정말 다행이라고 생각한답니다."

"윽……."

아리사가 더는 견딜 수 없다는 듯 고개를 돌리자, 유키는 더욱 진한 미소를 머금으며 말을 이었다.

"그런 멋진 아랴 양에게…… 알려줄 게 하나 있어요."

"……뭔데?"

"제 오빠가 사라졌다는 이야기 말인데…… 딱히 고인이 된 건 아니랍니다."

"뭐?"

아리사가 얼이 나간 표정으로 쳐다보자, 유키는 장난스레 웃었다.

"그저, 집을 나갔을 뿐이에요. 스오우 가문과 연을 끊었지만, 지금도 살아있죠."

"뭐, 뭐어……!"

착각했다는 사실에 얼굴이 벌게진 아리사가 유키를 노려보았다. 유키가 장난스러운 미소를 짓자, 마사치카는 씨익 웃으며 그녀의 앞에 섰다.

"아랴와의 우정이 깨지지 않아서 참 다행 아냐?"

부자연스러울 만큼 기분이 좋아 보이는 미소를 본 유키는 경계심을 느끼면서 다시 온화한 미소를 머금었다.

"어머나, 말투를 보아하니…… 마사치카 씨와의 우정에는 금이 갔다는 것처럼 들리는군요."

"그렇지도 않거든~? 그냥 한 방 먹었다고 생각하는 것뿐이야."

환한 미소를 머금은 채, 밝은 어조로 그렇게 말한 마사치카는 유키와 아야노를 향해 걸어갔다. 아리사는 걱정스러운 눈길로 그런 마사치카의 등을 쳐다봤지만, 유키는 눈앞까지 다가온 오빠 앞에서도 여전히 미소를 유지하고 있었다.

"어머나, 혹시…… 마사치카 씨가 몸져누워 있는 틈을 노린 것 때문에 화난 건가요?"

"그렇지 않아. 상대가 약해졌을 때를 노리는 건 올바른 전술이지. 내가 전혀 눈치채지 못하도록, 약까지 먹인 건 정말 대단하다고 생각해."

"그거 영광이군요."

유키는 그렇게 말했지만, 눈앞에 있는 오빠의 미소를 보며 소름이 돋는 것을 느꼈다. 그것은 마사치카의 시선을 받은 아야노도 마찬가지였다. 마사치카가 뿜는 박력을 느낀 두 사람은 등에서 땀이 나는 것을 느꼈다.

하지만 그렇게 무시무시한 분위기를 두른 상태에서도, 마사치카는 밝은 어조로 말을 이었다.

"이야, 이건 대체 어떤 감정인 걸까? 나도 잘 모르겠지만…… 굳이 따지자면, 자기를 문 귀여운 애완견의 머리를 쓰다듬어주고 싶은 마음과 다시는 물지 못하도록 길들이고 싶은 마음이 반씩 섞인 거려나?"

마사치카가 꽤나 무시무시한 소리를 늘어놓고 있지만, 유키는 농담으로 대꾸하지 못했다. 오랫동안 접하지 못했던 오빠의 진심 어린 기백 앞에서, 유키는 숙녀의 가면을 유지하는 것조차 포기했다.

지금 유키의 내면에 존재하는 것은, 조그마한 두려움과 그 이상의 환희였다. 그것이 찬란히 빛나는 눈동자와 흉흉한 미소라는 형태로 드러났다. 여동생의 그런 표정을 본 마사치카 또한 머금고 있는 미소를 더욱 흉흉하게 만들었다.

"아무튼, 한마디 해두자면……."

그리고…… 마사치카는 전혀 웃고 있지 않은 눈길로, 유키를 내려다보며 말했다.

"기왕 깨물기로 작정했으면, 어금니 꽉 깨물라고."

그 눈에는 궁지에 몰린 자답지 않은 무시무시한 패기가 감돌고 있었다. 그것을 본 순간, 유키와 아야노는 자기들이 잠들어 있던 사자의 꼬리를 밟았다는 사실을 자각했다.

(아하하…… 조금은 당황하게 만든 줄 알았는데…… 생각이 짧았어.)

오빠가 방금 한 말은, 명백한 선전포고였다. 하지만 유키로서는 잘된 일이었다. 정면 대결이야말로 유키가 바라던 바였다. 자신을 향한 전의와 가슴속에서 샘솟는 고양감에, 유키는 기대에 사로잡히며 떨었고, 아야노 또한 떨림을 느꼈다. ……어디가 떨린 건지는 밝히지 않겠지만 말이다.

아직 방학식 전날인데도, 무대 위에서는 엄청난 긴장감이 감돌았다. 하지만, 그 분위기는 무대 뒤편에서 들려온 목소리에 흩어졌다.

"으음, 저기 말이지. 방학식 최종 확인을 하고 싶다만……."

그 목소리를 듣고 일제히 고개를 돌려보니, 학생회 2학년 3인방의 모습이 눈에 들어왔다. 약간 질린 표정으로 그렇게 말하는 토우야를 본 마사치카와 유키는 전의를 집어넣으며 그쪽으로 향했다. 아리사와 아야노도 긴장을 풀며 그 뒤를 따랐다.

평소와 다르게 날 선 긴장감에 휩싸인 1학년 4인방의 모습을 본 토우야는 약간 허둥대면서도 내일 열리는 방학식 최종 확인을 진행했다.

그리고 화제는 학생회 임원 인사로 넘어갔다.

"그럼 학생회 임원 인사말인데…… 차례는 회장인 나, 부회장인 치사키, 다음으로 언니 쿠죠가 한 후에 1학년이 하기로 하자. 올해는 인원이 적으니 시간제한은 없지만, 얼추 한 사람당 3분 이내에 끝내줬으면 좋겠군. 혹시 질문 있어?"

일전에도 짤막하게 설명을 들었던 만큼, 아무도 손을 들지 않았다. 다들 고개를 끄덕이자, 토우야는 약간 머뭇거리며 1학년들을 쳐다봤다.

"자, 그럼 1학년들의 인사 순서 말인데…… 어떻게 하겠어? 작년에는 회장 후보끼리의 가위바위보로 정했는데 말이지."

토우야의 말을 들은 유키와 아리사가 서로를 쳐다봤다.

그리고 유키는 미소를 머금으며 고개를 갸웃거렸다.

“저는 가위바위보로 정해도 괜찮아요.”

유키의 말에 아리사도 동의하려 했지만…… 그 전에 마사치카가 입을 열었다.

“그건 안 돼. 가위바위보 같은 건 결국 눈치 싸움이거든.”

“뭐, 그건 그렇죠.”

유키가 어깨를 으쓱하자, 아리사와 토우야는 「응?」 하며 눈을 살짝 치켜떴고, 치사키는 「이해해」 하고 말했으며, 마리야는 「뭐어~?」 하며 난처한 듯 웃었다. 아야노는 또 공기화가 되었다.

하지만 이 남매는 딱히 농담을 말한 게 아니다.

오타쿠로서 언제든 인생을 건 두뇌 게임에 휘말려도 괜찮도록 대비해온 두 사람에게는, 가위바위보는 가장 먼저 터득해야 할 결투법이다. 다시 말하지만, 농담을 말하는 게 아니다.

“그럼 동전 던지기는 어떨까요?”

“그래. 그거라면 공평하겠는걸.”

“알겠어요. 아야노가 동전을 던지고, 아랴 양이 앞뒤를 맞추는 형식으로 하면 어떨까요?”

“아냐. 동전은 다른 사람이 던지게 해.”

“후훗, 의심이 많군요.”

마사치카와 유키가 동전을 던지지 않는 건 속임수를 쓸

가능성이 있기 때문이지만, 아야노는 그런 기술을 지니지 못했다.

하지만 아야노에게는 아무렇지 않은 얼굴로 약에 수작을 부린 전과가 있기 때문에, 마사치카로서는 경계하지 않을 수 없었다.

물론 마사치카와 유키가 동전의 앞뒤를 맞히는 역할을 맡지 않는 것 또한, 이것이 결국은 눈치 싸움에 지나지 않기 때문— 이하 생략.

"으음, 나보고 던지라는 거야~?"

마사치카가 2학년 3인방을 향해 돌아서자, 마리야는 그렇게 말하며 100엔짜리 동전을 꺼냈다. 마사치카가 확인의 의미를 담아 유키에게 시선을 보내자, 그녀는 어깨를 으쓱했다. 동의를 얻었다고 판단한 마사치카는 마리야를 향해 고개를 끄덕였다.

"부탁드릴게요. 마샤 씨가 동전을 던지고, 아랴가 앞뒤를 맞추도록 하죠. 맞춘다면 아랴가 선후공을 정하고, 틀린다면 유키가 정하는 거예요."

"알았어. 그럼 그림이 그려진 쪽이 앞이고, 100이라고 적혀 있는 쪽이 뒤야~."

마리야는 그렇게 말하면서 동전을 손톱 위에 올려놨지만, 그 모습을 본 아리사는 미심쩍은 눈길을 머금으며 입을 열었다.

“마샤…… 할 수 있겠어?”

“아~ 이 언니를 무시하는 거구나~. 할 수 있거든? 잘 봐~. 에잇!”

아리사의 시선을 받고 볼을 부풀린 마리야는 그 자리에서 껑충 뛰면서 동전을 튕겼다.

다들 미적지근한 눈길로 지켜보는 가운데, 몸을 흔들면서 동전의 행방을 쫓던 마리야는 마치 모기를 잡듯 양손으로 동전을 잡았다.

“잡았어! 봤지? 해냈어, 아랴!”

마리야는 양 손바닥을 맞댄 채 우쭐댔지만, 아리사의 눈길은 차가웠다.

“그래서? 어느 쪽이 위야?”

“어……?”

아리사의 말을 듣고 자기 손을 내려다본 마리야는 이대로는 앞뒤를 정할 수 없다는 것을 눈치챈 것 같았다.

“으음~, 그럼…… 이쪽이 위야.”

마리야는 그렇게 말하면서 왼손을 아래편으로 가져가면서 오른손을 위편에 두자, 아리사는 담담한 어조로 말했다.

“앞.”

“어~ 좀 더 고민한 후에…….”

“그런 건 됐어.”

“부우…… 알았어.”

마리야가 펼친 손바닥 위의 놓인 동전의 면은…… 100이라는 숫자가 적힌 면이었다. 아리사가 미간을 살짝 좁히자, 유키는 그런 그녀의 표정을 지그시 살폈다.

"어머, 틀렸네. 그럼…… 유키, 선공과 후공 중에 어느 쪽으로 할래?"

"글쎄요……."

마리야가 시선을 보내자, 유키는 자기 턱에 손을 댔다. 마사치카는 그런 유키를 조용히 응시했다.

(동전 던지기로 이기면 좋았겠지만…… 자, 너는 **어디까지** 꿰뚫어봤으려나?)

오빠가 지켜보는 가운데, 유키는 생각에 빠졌다.

(평범하게 생각하면, 마지막으로 인상을 남길 수 있는 후공이 유리해……. 하지만 선공을 해서 『스오우 양이 진짜 좋았으니까, 쿠죠 양에게 박수를 보내지 말아야지』란 분위기를 만들면, 압승을 하는 것도 가능해. 반대로 기준이 되는 선공은 최소한의 박수를 받을 수 있을 테니, 아랴 양이 선공을 하게 되면 압승은 어려워……. 『선공이었으니 어쩔 수 없다』라는 변명도 가능할 테고…… 역시 선공을 고를까? 원래 그럴 생각이었잖아…….)

하지만…… 하고, 유키는 생각했다.

(그건 압승을 거두기 위한 선택지잖아. 오빠가 진심인 이상, 무난한 승리를 노리는 편이 나을지도 몰라……. 그

렇다면, 역시 후공이 유리할까? 오빠가 어떻게 나오는지 살핀 후에 싸우는 편, 이…….)

바로 그때, 유키는 위화감을 느꼈다. 아까 오빠가 보였던 태도……. 그, 노골적인 위협에서 말이다.

(그러고 보니…… 왜 그렇게 노골적으로 위협한 거지? 항상 은밀히 손을 쓰던 오빠답지 않은데…………. 혹시, 연기일까?)

그 생각이 떠오른 순간, 유키는 직감적으로 그것이 옳다고 느꼈다. 마사치카에게 시선을 보내며, 유키는 두뇌를 회전시켰다.

(그게 연기라면…… 뭘 노린 거지? 한 방 먹은 것에 열받아서, 정면 대결을 펼치기로 작정한 것처럼 보이려고……? 실은 정면 승부 같은 걸 벌일 생각은 없는 걸까? 그래……! 아랴 양한테서 주의를 돌리려는 거구나!)

하늘의 계시를 받은 듯한 느낌에 사로잡힌 유키는 마사치카와 시선을 마주했다. 포커페이스를 유지하고 있는 오빠의 표정에서는 아무것도 느낄 수가 없지만, 유키는 자신의 정답에 다가서고 있다는 확신을 품었다.

(그래……. 오빠에게 정신이 팔렸지만, 원래 내가 노린 건 어디까지나 아랴 양이었어……. 그리고 보아하니 아랴 양은 생각보다 멘탈이 강하지는 못해. 게다가, 어제 교내 방송에서 제대로 말을 못 한 탓에 트라우마가 생겼을 거

야. 나는 원래 거기까지 내다보고, 압박을 받는 후공을 아랴 양에게 떠넘길 생각이었어.)

자신의 원래 작전을 떠올린 유키는 자신이 하마터면 마사치카에게 유도당할 뻔했다는 사실을 자각했다. 하지만, 이미 간파했다.

(오빠가 진짜로 노리는 건, 부담에 짓눌리지 않으면서 최소한의 박수를 받을 수 있는 선공을 차지한 상태에서의 무승부! 그렇다면, 나는 당초의 예정대로 압승을 노리면 돼!)

여기까지 걸린 시간은, 약 5초. 초인적인 두뇌 회전 속도로 결론에 도달한 유키는 입가에 미소를 머금으며 토우야에게 말했다.

"그럼, 선공을 하겠어요."

"그래. 좋아. 그럼 선공은 스오우, 키미시마 페어. 후공은 동생 쿠죠, 쿠제 페어다."

아리사는 그 말을 듣고 묵묵히 고개를 끄덕였고, 마사치카는 의미심장한 미소를 머금었다.

◇

그리고, 다음 날. 전날에 신경 써서 준비를 한 덕분에, 방학식은 별문제 없이 순조롭게 진행됐다. 선생님들의 이야기와 선도위원의 보고 등이 순조롭게 예정대로 진행됐다. 그 모습을, 학생회 임원은 무대 뒤편의 좌우로 나뉘어서 지켜보고 있었다. 오른편에는 토우야, 마리야, 아리사, 마사치카가, 왼편에는 치사키, 유키, 아야노가 서 있었다.

"그럼 이어서, 금년도 학생회 임원의 인사가 있겠습니다."

그리고, 드디어 이 순간이 찾아왔다. 사회를 맡은 방송부 부원의 호명에 맞춰, 2학년부터 차례차례 인사를 했다. 당당한 태도로 카리스마 넘치는 인사를 한 토우야는 하복의 변경이 결정됐다는 서프라이즈로 갈채를 받았다.

밝은 분위기를 유지하며 때때로 웃음을 이끌어낸 치사키는 비교적 대충 인사를 마쳤다. 평소와 마찬가지로 부드러운 미소를 머금은 마리야는 푸근한 분위기와 말투와 달리 똑 부러지게 인사를 했다.

2학년 3인방은 각양각색이지만, 남들을 매료시키는 인사를 했다. 학생들은 아이돌이라도 본 듯한 분위기에 휩싸인 가운데, 드디어 1학년들의 차례가 됐다.

"다음은 학생회 홍보, 스오우 유키 양의 인사가 있겠습니다."

차기 회장 후보가 등장하자, 공간의 분위기가 달라졌다. 후보자 간의 총성 없는 싸움을 기대하는 자. 즐거운 듯 주목하는 자.

냉정히 후보를 가늠하려는 자. 다양한 시선이 쏟아지는 가운데, 유키가 무대에 섰다. 무대 위의 스크린에 유키의 모습이 크게 비치자, 관객이 약간 흥분한 듯한 반응을 보였다.

"안녕하세요. 학생회 홍보, 그리고 전 중등부 학생회장이었던 스오우 유키라고 해요. 내년에는 학생회장 후보로 선거전에 입후보할 예정이랍니다. 부디, 잘 부탁드립니다."

온화한 미소를 머금은 유키가 가볍게 고개를 숙이자, 벌써 체육관 곳곳에서 성원이 터져 나왔다. 가볍게 고개를 끄덕여서 그 성원에 답한 유키는 약간 밝은 어조로 말을 이었다.

"자, 이 자리에서는 제 비전을 조금 이야기하고 싶어요. 제가 학생회장이 된다면…… 학생의 의견이 더욱 반영되는 학교를 만들고 싶답니다. 어머? 혹시, 의외로 평범하다고 생각했나요?"

유키가 갑자기 장난스러운 어조로 그렇게 묻자, 관객들이 웃음을 터뜨리면서 분위기가 누그러졌다. 그 후, 유키는 연단 아래에서 커다란 상자를 꺼내 관객에게 보여줬다.

"구체적으로는…… 이 투서함이에요. 몇 년 전부터 학교에 설치된 것이지만…… 여러분 중에 한 번이라도 이 투서함을 이용해본 사람이 이용해보지 않은 사람보다 적지 않을까요? 실제로 제가 점심 활동 보고에서 몇 번이나 다뤘지만, 진짜로 곤란한 일이나 요청이 들어 있었던 적은 적었다고 생각해요. 그건 역시, 여러분이 『투서를 해봤자 실현될 리 없으니 시간 낭비다』라고 생각하기 때문, 아니려나요."

유키가 구체적인 질문을 던지자, 학생들은 자신의 행동과 생각을 돌이켜보며 고개를 끄덕였다. 학생들이 납득하자, 유키는 그 이유를 언급했다.

"하지만, 그건 어쩔 수 없는 일일 거랍니다. 임원 대부분은 학생회 업무를 처음 경험하니까요. 사회인도 첫해는 업무를 익히는 데 주력하지만, 학생회 임원은 1년마다 임기를 마치고 바뀌죠. 그런 상황에서 학생의 요청을 듣고, 그것을 실현하는 건 어려울 거예요. 특히 올해는 어째선지…… 그래요, 어째선지! 1학년 학생회 임원이 적어서 일손이 부족하니까요."

유키가 농담 투로 그렇게 말하자, 학생들은「아니, 그게 누구 때문인데」하고 말하며 웃음을 터뜨렸다. 학생회 동료인 선배들을 감싸주면서 웃음을 자아낸 유키는 이어서 핵심을 짚었다.

"하지만 제가 학생회장이 된다면, 이 투서함을 통한 학생 여러분의 요청을 실현할 거랍니다."

유키는 그렇게 단언한 후, 이어서 말했다.

"구체적으로는 최소 한 달에 한 건은 학생의 요청을 실현할 거예요. 그리고 그 성과를 통해 더 중요한 요청을 실현하기 위해 힘을 쏟을 생각이랍니다. 예를 들자면, 운동회의 종목 변경. 문화제 이벤트 내용과 개최 시간의 확대. 수학여행에서의 자유 시간 증가. 그리고 핼러윈과 크리스마스에 연관된 새로운 이벤트를 만드는 것도 재미있지 않을까요?"

많은 학생이 흥분을 감추지 못한 그 내용에, 술렁거림과 함께 「진짜로 가능한 거야?」라는 의문이 터져 나왔다.

하지만, 유키는 그 의문에 똑똑히 답했다. 힘찬 미소를 머금으며 관객을 둘러본 유키는 선언했다.

"이건 중등부에서 2년 동안 학생회 업무를 봐왔고, 현재도 고등부 학생회의 일원으로 활동한다는 실적과 경험을 지닌 저만이 할 수 있는 일이라고 확신해요. 그리고, 앞으로의 활동을 통해 그것을 증명할 생각이랍니다. 제 이야기를 들어주셔서 감사합니다."

그렇게 말한 유키가 고개를 숙이자, 체육관 안이 박수와 성원으로 가득 찼다. 거기에 손을 흔들어 보이며 답한 유키는 차분하게 무대 뒤편으로 돌아갔다. 마사치카는 쓴웃음을 머금으며 그 모습을 응시했다.

"치사하네. 호언장담은 잔뜩 해놓고, 구체적으로 올해 뭘 할지는 전혀 이야기하지 않았잖아. 그뿐만 아니라 『올해는 학생회 멤버가 적어서 투서 내용을 실현 못 해』라는, 선배들을 감싸주는 척 자기의 변명까지 늘어놓다니…… 무엇보다, 그런데도 설득력이 있다는 게 정말 치사해."

마사치카가 그렇게 말하자, 토우야도 감탄 섞인 쓴웃음을 흘리며 고개를 끄덕였다.

"스오우는 적당히 허풍을 섞어가며 이야기를 잘하는걸. 그런 쪽으로는 나보다도 나은 거 아냐?"

"아하하, 그런 쪽으로는 경험도 많고…… 유키가 더 거짓말쟁이라서 그런 거 아닐까요?"

"너, 인정사정없구나."

그렇게 말하며 두 사람이 웃고 있을 때, 마리야가 아리사에게 말을 건넸다.

"아랴, 괜찮아? 긴장했어?"

"괜찮으니까…… 지금은 내버려 둬."

"정말, 아랴는 너무하다니깐."

여전히 언니에게 매몰찬 반응을 보이는 동생을 본 마리야는 볼을 부풀렸다. 그 모습을 보며 쓴웃음을 머금고 있을 때, 사회의 호명에 따라 아야노가 연단에 섰다.

스크린에 그녀의 모습이 비치자, 체육관 안에 가볍게 술렁거렸다. 하지만, 무리도 아니었다. 연단에 선 아야노는…… 교복을 입고 있지만, 헤어스타일은 머리카락을 깔끔하게 정리한 메이드 모드였던 것이다.

항상 대충 늘어뜨리고 있던 앞 머리카락을 모으면서 아름다운 이마를 드러낸 그 얼굴은, 평소와 다름없이 무표정한데도 불구하고 열의에 찬 것처럼 보였다. ……아니, 역시 기분 탓일지도 모른다.

아무튼, 평소 눈길을 끌지 않으려 하던 아야노가 앞 머리카락을 정돈한 상태에서 연단에 서자 수많은 남자애가 「저 미소녀는 누구야!」 하며 술렁거렸고, 일부 여자애가 「꺄아~! 아야노 양, 귀여워~!」 하며 환성을 질렀다. 사실 아야노는 저래 봬도 그녀를 아는 일부 여자애들 사이에서는 마스코트적인 인기를 구가하고 있었다.

"안녕하십니까. 학생회 서무, 키미시마 아야노입니다. 사적으로는 스오우 가문에서 종자로서 유키 님을 모시고 있습니다."

그 말을 입에 담은 순간에 체육관 안에서 흐른 분위기를 단적으로 표현하자면 「당황스러움」일까. 갑자기 정체불명의 미소녀가 나타났나 했더니, 스오우 유키의 종자를 자처한 것이다. 대부분의 학생은 「어, 잠깐만. 정보량이 너무 많아」 같은 상태일 것이다.

하지만 아야노는 관객들의 술렁거림을 개의치 않으며 이야기를 이어갔다.

"내년에는 유키 님과 함께 선거전에 입후보할 예정입니다. 어릴 적부터 유키 님을 모셔온 종자로서의 경험을 살려, 유키 님을 보필할 생각입니다. 유키 님은 품행 방정과 재색 겸비란 말이 어울리는 위대한 분이십니다. 학생회장으로서 이 학교를 잘 이끌어나가시리라 확신합니다."

마치 대본을 읽는 것처럼, 아야노는 담담히 이야기했다.

하지만 그 연기나 과장이 섞이지 않은 말투와 올곧은 눈동자가, 그녀의 발언에 묘한 진실미를 더해주고 있었다.

왠지 그녀가 사실을 이야기하고 있을 뿐이라는 것이, 관객에게 전해졌다. 그리고 실제로 아야노는 자신에게 있어서의 사실만을 이야기하고 있었다.

"유키 님은 학교 성적이 항상 상위권이시며, 영어는 원어민 수준이십니다. 최근에는 중국어 공부도 하고 계시며, 이미 일상 회화라면 가능한 수준에 이르셨습니다. 또한 피아노와 꽃꽂이, 가라테에서도 뛰어난 재능을 보이고 계신, 그야말로 문무를 겸비하셨습니다. 그런데도 오만함과는 거리가 먼 분이시며, 항상 주위를 배려하십니다. 저 같은 종자에게도, 매년 생일 때마다 마음이 담긴 선물을 주시죠."

그렇게 말한 아야노는 눈을 감더니, 턱을 살짝 들어 올리며 입술을 꾹 다물었다. ……아무래도, 의기양양한 표정을 지으려는 것 같지만…… 표정에 전혀 변화가 없었다.

아야노의 혼신을 다한 우쭐거림(?)을 본 일부 여학생들이 새된 비명을 질렀다. 덩달아 「저 애, 왠지 재미있네」 같은 느낌의 웃음이 퍼져나갔다.

그 뜻밖의 반응에 눈을 깜빡이면서도, 아야노는 의기양양하게…… 유키에 관한 열변을 토했다. 관객도 그 독특한 분위기에 물든 것처럼, 아야노의 말에 귀를 기울였다.

"뭐, 이렇게 될 줄 알았어."

마사치카는 아야노의 연설을 무대 뒤편에서 들으면서 중얼거렸다.

"중등부 시절의 실적에 뒷받침된, 유키의 설득력 있는 프레젠테이션. 그리고 어릴 적부터 그녀의 시중을 든 아야노가 그것을 보강해주는 건가……."

라이벌인 두 사람을 객관적으로 분석한 마사치카는 높은 평가를 내렸다. 그리고, 아리사를 돌아보며 말을 이었다.

"빈틈없는 연설인걸. 일부러 선공을 골라서 완봉승을 노릴 만해."

마사치카는 어려운 상황이라는 것을 냉철한 어조로 인정했지만, 아리사는 전혀 동요하지 않으며 물었다.

"……그래도, 이길 수 있잖아?"

"그래. 네 덕분에 말이지."

아리사가 흔들림 없는 신뢰를 보내자, 마사치카는 전혀 부담을 느끼지 않으며 고개를 끄덕였다. 그리고 아리사가 라이벌의 연설에 주눅 들지 않았다는 사실에 만족한 것처럼 웃더니, 그녀의 어깨에 손을 얹었다.

"그러니까 너는 괜히 경쟁심을 불태우며 맞서는 듯한 연설을 할 필요 없어."

애초부터 아리사가 같은 무대 위에서 유키와 싸운다면 승산이 낮을 거란 사실은 알고 있었다. 상대방도 그것을 알기에, 아리사의 경쟁심을 부추겨서 같은 무대에 서도록 유도한 것이다.

"알아……. 네가 해준 말 덕분에, 머릿속은 차가워."

하지만, 마사치카의 말 덕분에 냉정해진 지금의 아리사는 경쟁심에 사로잡혀 있지 않았다.

"응, 그럼 됐어. 이 이벤트의 이름은 기억하고 있지?"

마사치카가 그렇게 묻자, 아리사는 입가에 미소를 머금으며 대답했다.

"물론이야. 학생회 임원『인사』잖아?"

"그래. 인사야. 소신 표명 연설을 하는 게 관례처럼 됐지만, 원래는 그런 게 아냐. 우선……."

그리고, 마사치카는 체육관에 모인 학생들을 쳐다보았다.

"너라는 존재를, 알리는 것부터 시작하자."

바로 그때, 딱 3분 만에 인사를 마친 아야노가 인사를 하며 연단에서 내려왔다. 그리고 다시 무대로 나선 유키와 합류하더니, 관객을 향해 인사를 했다. 그 순간, 체육관이 크나큰 박수와 성원에 뒤흔들렸다.

사회가 진행을 주저할 정도의 박수와 성원은 십여 초 동안 폭풍처럼 휘몰아쳤고, 유키와 아야노가 무대 뒤편으로 사라진 후에야 잦아들었다.

"으음~, 그럼 학생회 회계인 쿠죠 아리사 양의 인사가 있겠습니다."

아직 흥분이 가시지 않은 학생들 앞에서, 아리사가 연단에 섰다. 스크린에 비친 은발 소녀에게, 학생들도 그제야 주의를 기울이기 시작했다.

체육관 안의 분위기는 흥미 5할, 무관심 3할, 연민 2할 정도일까. 대부분의 학생이 유키 아야노 페어의 연설에 마음이 빼앗겼으며, 아리사에게 응원과 기대의 감정을 보내는 학생은 거의 없었다. 마치 적진에 있는 듯한 분위기 속에서 시선이 드문드문 몰리는 가운데, 아리사는 천천히 입을 열더니—.

"Спасибо за представление. Я казначей ученического совета Кудзё Алиса. На будущий год я планирую выдвинуться кандидатом на выборах председателя совета. Прошу вас поддержать меня."

엄청난 기세로, 러시아어를 늘어놓기 시작했다. 그 바람에 대부분의 학생은 얼이 나가고 말았다. 유키와 아야노의 인사를 듣고 흥분했던 학생들이 한 명도 남김없이 아리사에게 주목하자, 그녀는 갑자기 입을 다물며 눈을 깜빡였다.

"……죄송해요. 긴장한 나머지 러시아어로 이야기하고 말았어요."

아리사가 진지한 표정으로 그렇게 말하자, 학생들이 웃음을 터뜨렸다. **바로 그** 아랴 공주가, 농담을 하는 것 같지 않은 표정으로 농담으로 들리는 말을 늘어놓았다는 사실에 관객들은 「아니, 그럴 리가 없잖아」, 「어, 방금 그거, 농담이었어?」 등, 농담인지 아닌지를 가지고 시끌벅적해졌다.

예상대로의 반응을 접한 아리사는 마음속으로 안도의 한숨을 내쉬었다. 이것이야말로 마사치카가 어제 아리사에게 알려준 비책인 것이다.

『잘 들어. 처음에는 러시아어로 이야기해. 유키와 아야노가 선공이 됐으니, 너한테 차례가 돌아온 시점에서는 분위기가 꽤나 넘어갔을 거야. 그러니 원어민의 러시아어로 찬물을 끼얹어주는 거야. 이건 네 긴장을 푸는 데도 도움이 되겠지. 연단에 서면 아무리 너라도 꽤 긴장될 테고, 자각은 못 하고 있지만 교내 방송에서 제대로 말 못 했던 게 트라우마로 남아있을지도 몰라. 그러니 마음이 진정될 때까지 러시아어로 이야기해. 뭐~, 러시아어로는 혀가 꼬이더라도 남들한테 들킬 일 없어.』

마사치카의 말대로 되자, 아리사는 몰래 미소 지었다. 그리고, 심호흡을 한 후에 다시 마이크와 마주했다.

"다시 인사드리겠습니다. 학생회 회계인 쿠죠 아리사예요. 내년에는 학생회장 후보로 선거전에 입후보할 생각입니다."

하지만 심호흡을 해도, 다음 말을 잇는 데는 크나큰 용기가 필요했다. 망설여졌다. 이런 말을 해도 되는 건지, 지금도 망설여졌다. 하지만…… 이것은 『인사』다. 아리사 미하일로브나 쿠죠란 인간을, 사람들에게 알리기 위한 인사인 것이다.

그렇다면…… 솔직하게 이야기할 수밖에 없다. 허식이나 허세 같은 것을 제대로 써먹지 못하는 자기 자신을, 솔직하게 이야기하는 것이다!

스스로를 격려한 아리사는 앞을 바라보며 이야기를 시작했다.

“저는 작년에 이 학교로 전학을 와서, 아직 여러분에게 자랑할 만한 실적이 없어요. 학생회 임원으로 활동한 지도 얼마 안 되어서, 회장직이 얼마나 힘든 중책인지 완전히 이해하고 있다고는 말할 수 없죠. 분명 지금의 저에게는 이 학교의 학생회장이 되기 위해 부족한 것이 잔뜩 있을 거라고 생각해요.”

반응이 무섭다. 아직 불완전한 자신을 드러내는 게, 너무나도 무서웠다.

하지만, 인정해줬다. 누구보다 믿음직한 파트너가, 이런 자신을 응원해주고 싶어졌다고 말했다. 그 말을 믿으며, 필사적으로 말을 이어갔다.

“그런 제가 자랑할 수 있는 걸 하나만 꼽자면…….”

아리사는 가슴에 손을 대더니, 관객을 둘러보며 당당한 어조로 선언했다.

“그건, 제가 누구보다 노력할 수 있는 인간이라는 점이에요."

그렇다. 이것만은 말할 수 있다. 이것만은, 절대 거짓말이 아니라고 단언할 수 있다.

"저는, 언제나 자신이 이상적이라고 여기는 결과에 도달하기 위해 노력해왔어요. 그건, 제가 이 학교에 입학한 후로 시험에서 전교 1등을 계속 유지해온 것만으로도 알 수 있을 거라고 생각해요."

바로 그때, 아리사는 갑자기 갑갑함을 느꼈다. 그리고 그제야, 자신의 호흡이 매우 가늘다는 사실을 눈치챘다. 하지만, 지금은 그런 것을 신경 쓸 겨를이 없다. 말이, 끊어지지 않도록, 계속 전달해야……!

"또한 작년 운동회에서는 여자 MVP 선수로 뽑혔고, 문화제에서는 최우수상을 수상했어요. 물론, 이것은 저 혼자만의 힘으로 해낸 것이 아니에요."

숨을, 쉴 수가 없어……!

다리가, 떨렸다.

소리도, 잘 들리지 않았다.

아니, 스스로가 소리를 듣는 것을 거부하고 있는 걸까.

"확실히, 지금의 저에게는 학생회장으로서, 부족한 부분, 이……."

토론회에서 청중이 했던 말이, 교내 방송 때의 자신이, 머릿속에 떠올랐다. 그렇게 되지 않도록 제대로 이야기해야 한다고 생각하면 할수록, 목이 잠겼다.

아아, 역시 무리였다. 관객의 눈을 보며 당당히 이야기하는 건 무리였다. 항상 혼자 달려오며, 누구와도 진지하게 마주하지 않으려 했던 자신에게는…….

시야가 흐릿해졌다. 폐가 경련을 일으킨 건지, 제대로, 숨을 쉴 수가—.

앞을 봐
"Не вешай нос!"

불현듯 귓속으로 스며들어온 러시아어 덕분에, 아리사는 자신의 오감을 되찾았다. 그리고, 어느새 자신이 아래편을 쳐다보고 있다는 사실을 자각했다.

(왜, 러시아어를…… 설마, 이때를 위해 연습한 거야?)

그런 생각이 떠오른 것과 동시에, 아리사는 무대 뒤편에서 자신을 지켜보는 강렬한 시선을 느꼈다. 그 순간, 아리사는 웃음을 터뜨릴 것만 같았다. 과보호 그 자체인 파트너 때문에, 절로 미소가 지어졌다.

고개를 들자, 당황한 나머지 약간 술렁거리고 있는 학생들의 얼굴이 눈에 들어왔다. 목소리가…… 들렸다. 그와 동시에, 자신의 목표를 떠올린 아리사는 앞을 바라보며 당당히 가슴을 폈다.

"실례했어요. 지금의 저에게는 학생회장으로서 부족한 부분이 많이 있을 거예요. 이렇게, 남들 앞에서 이야기를 해본 적도 없죠. 이틀 전의 교내 방송을 망치면서, 저는 그

le Bewaň HoC!

점을 통감했어요."

실은, 방금도 그랬다. 파트너가 도와주지 않았다면, 또 망쳤을지도 모른다. 하지만…….

"하지만, 저는 지금 이야기를 하고 있어요. 자신의 입으로, 자신의 생각을 말이죠. 그리고 앞으로도, 저에게 부족한 부분을 하나하나 메워갈 생각이에요."

그렇게 이야기를 이어가면서, 아리사는 자신의 말이 자신의 마음에 새겨지는 것을 느꼈다.

(아아, 그래……. 나는, 전혀 완벽하지 않았던 거야…….)

이제까지의 자신은 거만하기 그지없었다. 자기 혼자만의 가치관에 따라, 자신이 누구보다 뛰어나다고 착각한 채, 주위 사람을 내려다봤다.

하지만, 자신은 할 수 없는데 다른 사람이 할 수 있는 것이 잔뜩 있었다. 그것은 같은 또래의 첫 호적수로 인식한 유키와, 처음으로 존경한 마사치카만이 아니다. 사야카, 노노아, 아야노…… 그 외에도 많은 사람이 자기보다 뛰어난 부분을 지니고 있었다.

이제까지는 그것을 몰랐다. 말로는 인정하면서도, 마음속으로는 인정하지 못했다.

(이렇게 궁지에 몰리고서야, 비로소 눈치채다니…….)

마음속으로 쓴웃음을 지으면서도, 그것 또한 자기 자신이라고 생각했다. 타인과 얽히는 것을 거북하게 여기고,

자존심 탓에 그런 자신의 단점을 좀처럼 인정하지 못했다. 하지만, 자존심이 강하기 때문에 필사적으로 그것을 극복하려 했다. 그 또한, 쿠죠 아리사란 인간이다.

어느새, 불완전한 자신을 남에게 보여주는 것을 두려워하지 않게 됐다. 아리사는 대본을 의식하지 않으며, 개운한 표정으로 관객에게 말을 건넸다.

"제가 여러분에게 약속해드릴 수 있는 건, 제가 이상적인 학생회장이 되기 위해 계속 노력하겠다는 거예요. 만약 내년 선거전까지, 제가 학생회장에 걸맞다고 확신하지 못한다면…… 그때는, 스스로 선거전에서 사퇴할 생각이에요."

그리고, 아리사는 고개를 숙였다.

"그러니, 부디 앞으로의 저를 지켜봐 주세요. 그리고 저에게 학생회장으로서 부족한 부분이 있다면, 주저 없이 지적해 주세요. 그 모든 것을 양식 삼아, 저는 여러분이 바라는 학생회장이 되겠어요. 제 이야기를 들어주셔서 감사합니다."

아리사가 연단에서 내려오자, 박수 소리가 드문드문 들려왔다. 그것은 열렬한 박수와는 거리가 멀지만…… 건투를 치하하는 듯한, 따뜻한 박수였다. 그 박수 소리를 들으며 다시 고개를 숙인 아리사는 무대에서 내려왔다.

무대 뒤편에서 그 모습을 확인한 마사치카는 작게 가슴을 쓸어내렸다.

(고평가, 라고 봐도 되려나……. 상대방에게 분위기를 완전히 빼앗겼던 걸 생각하면, 잘한 편이야. 유키와는 전혀 다른 방향성의 인사를 한 것도 도움이 됐겠지.)

그런 식으로 냉정히 분석하고 있을 때, 아리사가 무대 뒤편으로 돌아왔다.

"이야~, 수고했어~. 꽤 잘하던걸?"

"……그래?"

"응, 잘했어. 멋졌다고."

가볍게 어깨를 두드려주며 아리사의 노고를 치하한 마사치카는 의아하다는 듯이 그녀의 눈을 들여다봤다.

"……왠지, 눈빛에 상쾌한 느낌이 감도는 것 같아."

"응……. 조금, 개운해졌거든."

"뭐? 그렇구나. ……아."

마사치카는 아리사가 한 말의 의미를 바로 이해하지는 못했다. 하지만 그 타이밍에 사회자가 마사치카의 이름을 부르자, 그는 고개를 들었다.

"내 차례구나……. 그럼, 다녀올게."

"응…… 힘내."

"나만 믿어. 그럼……."

마사치카는 연단으로 향하면서 아리사와…… 뒤편에 있는 두 사람을 향해 씨익 웃었다.

"이기고, 오겠어."

마사치카가 무대에 서자, 학생들의 시선은 마지막 임원에게 집중됐다. 그 시선을 한 몸에 받으며 나아간 마사치카는 연단에 서자마자, 씨익 웃으면서 관객을 둘러봤다.

"안녕하십니까. 학생회 서무인 쿠제 마사치카입니다. 내년에는 쿠죠 아리사, 그러니까 아랴와 함께 회장 선거에 입후보할 예정입니다. 그리고……."

말을 멈춘 마사치카는 쓸데없이 팔을 휘두르며 포즈를 취했다. 왼팔을 가슴 아래편으로 가져가서 왼손으로 오른팔의 팔꿈치를 받치더니, 꼿꼿이 세운 오른손으로 눈을 감고 있는 얼굴을 가렸다. 안광이 마구 뿜을 듯한, 나르시시스트 느낌의 포즈였다. 그리고 마사치카는 허무가 묻어나는 듯한 미소를 머금으며 청중에게 느끼한 시선을 보냈다.

"과거에 스오우 유키 학생회장의 버팀목이 되어줬던 그림자 부회장이기도 하지……."

한참 뜸을 들이며 과도할 정도의 연출을 섞으며 그렇게 고백하자, 청중은…….

"푸풉."

"……."

"흐음~."

일부는 실소를, 일부는 「저 녀석, 뭐하는 거야」, 대부분은 「흐음~ 그렇구나」 같은 반응을 보였다. 예상대로의 반응을 접한 마사치카는 눈을 껌뻑이더니, 의아한 것처럼 고개를 갸웃거리며 말했다.

"……어라? 반응이 별로네?"

마사치카가 솔직한 감상을 입에 담자, 실소를 터뜨리는 인간의 비율이 늘어났다. 그런 와중에 마사치카는 헛기침을 하더니, 마음을 다잡듯 이렇게 말했다.

"뭐, 저는 중등부 시절에 스오우 유키의 밑에서 학생회 부회장을 했습니다. 그러니, 여러분은 의문을 느끼고 계실 테죠. 『어? 그럼 너는 왜 스오우 양과 입후보하지 않은 건데? 바람이야? 바람피우는 거야?!』 하고 말입니다."

코믹한 말투로 그렇게 말하자, 술렁이듯 웃음소리가 퍼져나갔다.

"그런 여러분에게, 이 말씀을 드리고 싶습니다!"

마사치카는 고함을 지르며 두 손으로 연설대를 내려치자, 웃음소리가 잦아들었다. 아무 말 없이 눈을 치켜뜨고 있는 청중을 날카로운 눈길로 돌아본 마사치카는 진지한 표정으로 선언했다.

"유키는 깔끔하게 정리했습니다! 그러니, 이건 바람피우는 게 아닙니다!"

긴박한 분위기 속에서 마사치카가 그렇게 말하자, 다음 순간에는 웃음소리가 터져 나왔다. 일부 남자애는 「너, 진짜 쓰레기네!」, 「너무 쉽게 갈아타는 거 아냐~?」 같은 농담 섞인 야유를 보냈다. 그들을 향해 가볍게 손을 들어 보인 후, 마사치카는 차분한 어조로 이야기를 시작했다.

"그럼, 제가 왜 유키가 아니라 아랴를 지지하는지를…… 이야기하기 전에, 좀 진지한 이야기를 하자면…… 여러분은 학생회장에 어울리는 사람이 어떤 인물이라고 생각합니까? 우수한 사람? 저는 아니라고 생각합니다. 학생회장에 어울리는 건…… 사람을 끌어당기는 매력을 가진 인물이라고 생각해요. ……아, 여러분이 하고 싶은 말이 뭔지는 알아요.『그건 유키 아냐?』맞죠? 알고 있으니까, 제 말을 끝까지 들어주세요."

농담을 섞어서 웃음을 터뜨리게 하고, 관객이 품었을 의문에도 미리 답해주면서, 마사치카는 이야기를 이어갔다.

"그럼 구체적으로 사람을 끌어당기는 매력을 지닌 사람이 어떤 인물인지를 이야기하자면…… 역시, 솔직한 사람이겠죠. 타인의 의견을 성실히 들어주는 사람, 그리고 노력가여야 할 겁니다. 주위의 인간이 그 사람을 보고『저 녀석이 저렇게 노력하니까, 나도 노력해야지!』같은 생각이 들게 하는 사람 말이에요. 그리고 무엇보다…… 마음이 깨끗한 사람일 겁니다. 사욕에 사로잡혀 타인을 상처 입히는 것을 용납하지 않고, 타인을 위해 사욕을 버리며 손을 내미는 사람 말이에요. 그런 사람의 주위에는 사람이 모이기 마련이고, 그렇게 수많은 아군을 만들 수 있는 사람이야말로, 학생회장에 걸맞다고 생각해요."

논리정연하게 이야기한 마사치카는 약간 어조를 바꾸며 질문을 던졌다.

"그런 점에서 볼 때…… 여러분은 아랴의 아까 인사를 어떻게 생각했습니까? 이번 인사의 내용에는 제가 거의 간섭하지 않았는데…… 아, 처음의 러시아어는 빼고요. 그건 제가 재미있으라고 일부러 시킨 거죠."

마사치카가 그 점을 고백하자, 주위에서 「그걸 말해버리는 거냐!」, 「네가 시킨 거였냐고!」 같은 웃음 섞인 목소리가 들려왔다. 마사치카는 그 말을 듣더니 당연하다는 듯한 표정으로 손을 내저었다.

"그야, 아랴가 직접 그런 짓을 할 리 없으니까요. ……하던 이야기를 계속하자면, 솔직히 말해 저는 아랴의 인사를 무대 뒤편에서 들으면서 이런 생각을 했어요. 엄청 서툴다고 말이죠."

마사치카가 쓴웃음을 지으면서 파트너의 연설에 대해 부정적인 의견을 내놓자, 관객들은 약간 술렁거렸다.

"하지만 그와 동시에, 참 순수하고 정직한 연설이었다고 느꼈어요. 여러분도 그렇지 않았나요?"

마사치카가 그렇게 묻자, 상당수의 학생이 고개를 끄덕였다. 마사치카는 만족한 듯 고개를 끄덕이며 말을 이었다.

"아랴는 정직한 인간입니다. 자기를 과장되게 보여주거나, 실현 가능성도 없는 허풍으로 인기를 얻으려고 하지 않죠. 노력가인 건, 아까 본인이 말한 대로입니다. 게다가, 놀라울 정도로 순진한 인간이에요. 제가 제안한 러시아어 토크 같은 바보짓도 그대로 채용할 정도로 말이죠."

농담 삼아 그렇게 말한 마사치카는 약간 진지한 표정을 지었다.

"저는 아랴의 그런 면에 이끌려서, 그녀를 응원해주고 싶다고 생각했어요. 제가 유키가 아니라, 아랴를 밀어주기로 한 이유가 바로 그거죠. 그리고, 여러분도 아랴를 응원해줬으면 한다고 생각합니다."

거기까지 말한 마사치카는 관객을 둘러보았다. 그리고, 곧「뭐」하고 말했다.

"하지만 저 한 명만의 의견을 신용할 수는 없겠죠……. 『그냥 네 취향 문제잖아』하고 치부하면 끝이니까요."

어깨를 으쓱하며 맞는 말이라는 듯 고개를 끄덕인 마사치카는 검지를 세웠다.

"그럼, 이 자리에서 어떤 사실을 알려드리도록 하죠."

뜸을 들이면서 관객의 이목을 최대한 모은 후— 마사치카는 비장의 카드를 꺼내들었다.

"아랴가 학생회장이 되면…… 타니야마 사야카와 미야마에 노노아가 학생회 임원으로 들어오기로 했습니다."

그, 도저히 믿기지 않는 내용은……. 체육관 전체를 술렁이게 했다.

"이 점에 관해서는 본인들로부터 이미 약속을 받았습니다. 여러분, 믿어지십니까? 토론회에서 대결했던 상대가, 새 학생회에서 함께 활동해주겠다고 말한 겁니다. 이건, 과거의 저나 유키도 해내지 못했던 일이죠."

당혹과 의심에 사로잡힌 학생들 앞에서, 마사치카는 무대 뒤편에 있는 유키를 힐끔 쳐다봤다.

"아까 유키는, 학생회 임원으로서 오랜 경험을 쌓아온 자신만이 이 학교를 바꿀 수 있다고 말했습니다. 정말 그럴까요? 아랴와, 유키에게 버금가는 경험을 쌓아온 저, 그리고 중등부 학생회장 유력 후보였던 타니야마와 미야마에. 이 멤버 구성을 듣고도, 정말 그렇게 생각합니까?"

마사치카가 그렇게 묻자, 학생들 사이에서 「확실히, 그 멤버라면……」이라는 분위기가 생겨났다. 바로 그때, 마사치카는 더욱 몰아붙였다.

"그리고 유키는 이렇게 말했습니다. 올해는 1학년 임원이 적어서 할 수 있는 일이 적다고 말이죠. 그럼, 왜 1학년이 적으면 어려운 걸까요. 그 이유는 간단합니다. 2학년이자 학생회의 즉시 전력감인 사람들 전원이 선거전에서 진 것을 계기로 학생회를 떠났기 때문이에요. 그리고 이건 역대 학생회에 해당되는 이야기입니다. 학생회장을 꿈꾸는 우수한 인재는 딱 한 조만 남으며, 그 뒤를 이어받아야 할 1학년 또한 토론회 등으로 대결을 벌이며 줄어듭니다. 그 바람에 학생회는 항상 일손이 부족하죠."

그것은 누구나 알고 있는 사실이다. 하지만 당연하기 그지없는 일이기에, 다들 깊이 고려하지 않는 현실이었다.

"하지만, 거꾸로 말하자면…… 2학년 임원이 충실하다면, 1학년 임원의 불확정 요소에 좌우되는 일 없이 안정적으로 학생회를 운영할 수 있지 않을까요? 그리고 그게 가능한 건, 아라를 중심으로 한 학생회뿐입니다. 아랴를 학생회장으로 삼고, 전 회장 부회장 후보로 구성된 드림팀이 그녀를 보필하는 거죠. 이것이 제가 생각하는 가장 뛰어난 학생회입니다."

마사치카가 자신의 구상을 밝히자, 많은 학생이 흥분했다. 예전의 대립 후보가 손을 맞잡고, 함께 학생회를 운영한다. 이제까지는 없었던 그런 꿈만 같은 구상에, 많은 학생의 눈이 반짝였다. 바로 그때, 마사치카가 추격타를 날렸다.

"물론, 이것은 유키와 아야노도 예외가 아닙니다. 아랴가 학생회장이 된다면, 그 두 사람도 학생회에 들어와 줬으면 합니다. 뭐~, 아까 유키는 학교의 개혁에 대한 열의를 보였으니까요. 만약 선거전에서 지더라도, 기쁜 마음으로 학교를 위해 힘을 빌려줄 테죠~!"

농담 투로 그렇게 말해 웃음을 유발시키면서, 마사치카는 장래에 유키도 아군으로 만들겠다는 선언을 통해 그녀의 지지층까지 흡수했다. 그리고, 웃음을 터뜨린 관객을 향해 연극을 하듯 과장스럽게 인사했다.

"좀 길어지긴 했습니다만, 제 이야기는 여기까지입니다. 이제까지 없었던 최고의 학생회를 실현시키기 위해서도, 부디 응원 부탁드립니다. 제 이야기를 들어주셔서 감사합니다."

마사치카가 그렇게 말하면서 연단에서 내려갔을 때, 마지막 놀라운 일이 일어났다.

마사치카가 이동하기 시작한 순간, 무대 뒤편에서 아리사가 나왔다. 그리고, 그녀의 뒤를 따르듯…… 사야카와 노노아가 모습을 드러낸 것이다.

"어? 세 사람…… 어, 어엇?!"

"어, 거짓말?!"

"이봐, 저기 봐!"

"우와, 진짜야?!"

마사치카의 말을 증명하는 듯한 그 광경에, 오늘 들어 최고의 술렁거림이 체육관 안에서 발생했다.

그리고, 합류한 네 사람이 같이 고개를 숙이자, 폭발적인 박수와 환성이 터져 나왔다. 네 사람 사이에서 어떤 이야기가 오갔는지, 학생들은 모른다. 하지만, 그런 건 상관없다. 결코 힘을 합칠 리가 없다고 여겨졌던 저 네 사람이 손을 잡은 것이다. 그 사실만으로도, 환성을 지르기에는 충분했다.

"아랴, 이건 네 힘으로 쟁취한 박수야."

"……윽!"

마사치카가 고개를 숙인 채로 옆에 있는 아리사에게 그렇게 말하자, 그녀는 숨을 삼켰다. 마사치카는 그것을 눈치챘지만, 일부러 아리사의 얼굴을 쳐다보지는 않았다.

그리고 유키와 아야노 페어 못지않은 큰 박수를 받으면서, 네 사람은 무대 뒤편으로 돌아갔다.

"이야~. 수고했어~."

"……수고했어요."

"그래~."

"……."

그렇게 서로의 수고를 치하하면서도, 사야카만은 복잡한 표정을 짓고 있었다. 아무 말 없이 안경을 고쳐 쓰더니, 냉담한 목소리로 말했다.

"……이것으로 빚은 갚았어요. 그렇죠?"

"……응. 고마워. 큰 도움이 됐어."

아리사가 감사 인사를 하며 고개를 숙이자, 사야카는 거북한 듯 시선을 돌렸다.

"전에도 말했다시피…… 저는 당신들을 응원하지는 않아요. 당신들이 당선된다면 학생회에 들어가겠다는 약속은 지키겠지만, 선거전에서 도와주는 건 이번뿐이에요."

"알아. 너한테도 응원을 받을 수 있도록…… 노력할게."

"……그런가요."

퉁명한 어조로 그렇게 말하며 돌아선 사야카는 출구 쪽으로 걸음을 옮겼다. 그리고 잠시 멈춰서더니, 어깨 너머로 불쑥 이렇게 말했다.

"……기대하겠어요."

그 말을 남긴 사야카는 출구를 통해 밖으로 나갔다. 입가에 쓴웃음을 머금은 노노아도 그 뒤를 따랐다.

"그럼 힘내~. 나도 두 사람에게 투표하겠다고 단언할 수는 없지만, 만약 아릿사가 학생회장이 된다면 협력해줄게~."

"응, 고마워."

"아, 아릿사……?"

당황한 눈길로 노노아의 등을 쳐다본 아리사는 표정을 고치며 고개를 돌렸다. 떨어진 곳에 서 있는 유키를 향해, 아리사는 시선으로 말했다. 이것이야말로, 자신이 학생회장이 되려 하는 이유라고…….

(원래는 나 혼자만의 목표였을지도 몰라……. 하지만, 지금은 쿠제와…… 타니야마 양과, 미야마에 양의 기대도 짊어지고 있어. 그러니까, 나는 지지 않아. 더는, 네 각오에 압도당하지 않을 거야.)

그 강렬한 시선을 받은 유키가…… 웃음을 흘렸다. 질 수 없는 건 자기도 마찬가지라는 듯. 멋진 결의다, 어디 한번 덤벼보라는 듯이…….

몇 초에 걸친 두 사람의 눈싸움은 마리야가 아리사에게 말을 걸면서 중단됐다. 아리사가 마리야와, 마사치카가 토우야와 이야기를 나누는 모습을 본 유키는 쓴웃음을 머금었다.

"당했군요."

이길 수 있는 승부였다. 아니, 피아간의 실적과 지명도 차이. 교내 방송이라는 전초전에서의 압승을 고려하면, 대승을 거두는 게 당연한 승부였다.

하지만, 뚜껑을 열어 보니 결과는 무승부였다. 아니, 박수 크기는 비슷했지만 화제성에서는 졌을지도 모른다. 결과는 무승부지만, 과정을 생각하면 완벽한 패배다.

"이야~ 설마 저 두 사람을 아군으로 끌어들일 줄이야……. 깜짝 놀랐다니깐."

치사키가 감탄한 투로 그렇게 말하자, 유키는 고개를 끄덕였다.

"……네, 맞아요. 그건 전혀 예상하지 못했어요."

그렇다. 예상하지 못했다. 그리고 이건…… 유키 자신이 초래한 사태다.

아리사의 마음을 꺾고, 흐름을 거머쥐기 위해 교내 방송으로 대결을 벌였다. 그것이 저 두 사람이 아리사의 편에 서는 계기가 됐을 것이다.

(지나친 계략이…… 아랴 양의 청렴함을 돋보이게 한 걸까.)

게다가 오빠를 진심으로 만들었다. 자기 꾀에 자기가 빠진 느낌을 받은 유키가 이를 깨물자, 아야노가 고개를 숙였다.

"죄송합니다, 유키 님. 제가 말을 좀 더 잘했다면—."

"아야노 탓이 아니에요. 이건 제가 지나치게 책략을 짠 끝에, 마사치카 씨의 작전을 잘못 읽은 제 판단 미스예요."

유키는 아야노에게 그렇게 말하며 고개를 좌우로 저었다.

그렇다. 수읽기에 너무 심취하지 말고, 견실하게 후공을 선택했다면 이렇게 되지 않았을 것이다. 상대가 소극적인 무승부를 노린다고 예측…… 아니, 그 수밖에 없을 거라고 마음 한편으로 생각하고 말았다. 정면 대결을 펼친다면…… 오빠가 상대일지라도, 지지 않는다. 그런 오만한 생각에 빠진 나머지, 오빠의 위협을 허세라 판단하며 안이하게 압승을 노렸다.

(그것도 전부, 오빠의 예측대로였겠지만…….)

저 오빠는 유키가 어디까지 예측해서 어떻게 행동할지 전부 파악했기에, 위협한 것이다. 그러지 않았다면, 유키는 거꾸로 경계심을 느꼈을 것이다.「이상해, 너무 얌전하잖아. 뭔가 꾸미는 게 있지 않을까?」하면서 말이다.

(모든 면에서 오빠가 한 수 위였던 걸까……. 아하하. 역시 오빠는 대단해.)

졌는데도 불구하고…… 유키는 불가사의하게도 마음속이 개운했다.

오빠에게 이기고 싶다는 생각을 한 건 사실이다. 하지만, 그와 동시에…… 오빠가 지지 않았으면 한다는 생각도 했다. 예전에 자신이 동경했고, 존경했던 오빠는 여전히 대단하다. 그렇게 생각하고 싶단 마음 또한, 존재했다.

(아아, 틀렸어. 이런 생각은 하면 안 돼…….)

오빠에게 이기고 싶다는 마음도, 오빠가 지지 않았으면 한다는 마음도, 전부 진심이다. 하지만 졌으면서도 개운함을 느꼈다간, 앞으로 오빠에게 이길 수 없다.

그러니, 유키는 억지로 이 감정을 억누르면서, 자신만만하게 웃었다.

"뭐, 이번에는 패배를 인정하자. 이번에는, 말이지……."

그렇게 중얼거린 유키가 다음에는 반드시 이기겠다는 기백에 찬 미소를 머금자, 치사키는 보면 안 되는 걸 봤다는 듯이 시선을 돌리며 슬그머니 이 자리를 벗어났다.

아야노는 그 모습을 곁눈질한 후, 유키에게 작은 목소리로 이렇게 말했다.

"유키 님."

"응?"

"……사기 캐릭터 느낌이 물씬 나십니다."

아야노가 눈을 반짝이며 「저, 이제는 알 것 같아요!」 하고 말하듯 가슴 앞에 두 손을 모으자—.

"아니, 일부러 노린 건 아니거든?"

유키는 무심코 도끼눈을 뜨면서 그런 태클을 날렸다.

에필로그 앞을

"……이대로 목표까지 달성했다면 참 멋졌을 텐데 말이야."

"동감이야."

인적 없는 복도에서, 마사치카와 아리사의 목소리가 울려 퍼졌다.

방학식이 끝난 후, 두 사람은 클래스메이트를 비롯한 많은 학생에게 놀림과 칭찬을 받았다. 그것을 아리사와 함께 커뮤니케이션 능력을 최대한 발휘해 처리했고, 종례 후에는 학생회에서 마지막 협의를 마쳤다. 그 후에야, 두 사람은 복도에 붙어 있는 성적 우수자 발표를 보러 갔다.

가장 오른편에서 찬란히 빛나고 있는 건, 역시 아리사의 이름이었다. 그리고, 그 옆에는 유키의 이름이 있었다. 그 후에는 총 서른 명의 이름이 줄지어 있었지만…… 마사치카의 이름은 그 안에 없었다.

"33위, 인가……. 참 허탈한 결과네."

마사치카는 손에 쥔 성적표를 내려다보며, 쓴웃음을 흘렸다.

중간고사에서 254명 중에서 202등이었던 것을 생각하면, 엄청난 발전이다. 하지만 목표였던 성적 우수자 상위 30명 안에 들기에는 딱 6점이 모자랐다.

"뭐, 세상일이 전부 뜻대로 되지는 않는다는 거겠지."

"……왠지, 그다지 아쉬워하지는 않는 것 같네?"

"으음…… 뭐, 그래."

아리사가 눈썹을 살짝 모으자, 마사치카는 어중간하게 고개를 끄덕였다.

확실히, 그렇게 분하지는 않았다. 그뿐만 아니라, 30등 안에 들지 못해서 다행이라는 생각마저 들었다.

(이런 말은 좀 그렇지만, 시험공부에 온 힘을 다 쏟았다고는 말할 수 없거든…….)

마사치카는 시험 기간에 시험공부에 온 힘을 쏟지 못했다는 것을 자각하고 있었다. 도중에 몇 번이나 집중력이 끊어져서 능률이 떨어졌고, 「이쯤 했으면 됐겠지~」 하며 타협한 부분도 없지는 않았다.

그러니, 이걸로 됐다. 자신이 전력을 다했다고 자부하지 못하는데, 어찌어찌 목표를 달성한다면…… 마사치카는 또 인생을 얕보게 됐을 것이다.

"훗. 이 천재한테도 한계는 존재한다는 거겠지……."

"자기 입으로 그런 소리 하는 거야?"

마사치카가 쓸데없이 앞 머리카락을 쓸어 넘기며 그렇게 말하자, 아리사는 그를 째려봤다. 그 차가운 시선을 본 마사치카는 약간 진지한 표정을 지으며 어깨를 으쓱했다.

"뭐, 그냥 노력이 부족했어. 미안해. 부회장 후보에 걸맞은 결과를 내놓지 못했네."

"그건, 괜찮지만……."

"아니, 이건 내 반성점이야. 다음에는 더…… 진심으로, 노력할게."

마사치카는 진지한 눈길로 성적 우수자 표를 쳐다보면서 그렇게 선언했다. 그 모습을 본 아리사는 짤막하게 물었다.

"이 결과에 후회는 없어?"

"응."

"그럼, 됐어."

그렇게 말하며 돌아선 아리사는 더는 성적에 관해 언급하지 않으며, 마사치카에게 말했다.

"이만 돌아가자. 오늘은 이런저런 일이 있어서 피곤해."

"응, 그래……."

마사치카는 옆에 서서 걸으면서, 그녀를 힐끔 쳐다보았다. 왜냐하면…….

"……저기, 아랴."

"왜?"

"아니, 저기…… 내기는 어떻게 할래? 소원을 뭐든 하나만 들어주기로……."

아리사는 마사치카의 질문을 듣고 한순간 멈춰 섰지

만…… 곧, 다시 걸음을 옮기면서 시선을 슬며시 돌렸다.

"……생각해볼게."

"아니, 너는 미리 생각해둔 게 있지 않았어? 러시아어로 무슨 말 했었잖아."

"그건…… 대충 말했던 거야."

아리사는 우물쭈물 그렇게 말하며 고개를 돌렸다. 그리고, 투덜대듯 러시아어로 중얼거렸다.

【뭐야……. 나는, 분명…….】

마사치카는 그 요령 없는 말을 듣고, 상황을 얼추 파악했다.

(아하……. 이 녀석, 자기가 이길 거라고는 생각도 못 했던 거구나…….)

아리사가 그 정도로 자기를 기대했다는 사실에 멋쩍어지고, 마사치카는 그 기대에 부응하지 못했다는 사실에 죄책감을 느꼈다.

(아아~, 으음~, 대체 뭐였을까? 분명 【이름】이라고 말했었잖아.)

마음이 무거워진 마사치카는 아리사가 했던 말을 떠올렸다. 그리고, 잠시 생각에 잠긴 후…… 어떤 추리에 도달했다.

(즉…… 그런 건가? 아니, 하지만…… 만약 틀렸다면 엄청 부끄러울 것 같지 않아? 완전 자의식 과잉남이잖아…….)

머리가 아플 만큼 고민하고 고민한 끝에…… 마사치카는

결심했다. 이것도 내기에서 진 자신에게 주어진 벌이라 생각한 그는 수치심을 억누르며 입을 열었다.

"으음…… 아랴?"

"응?"

"저기……전교생에게 인사를 마쳤으니, 우리는 정식으로 회장 선거의 페어로 주위에 알려졌잖아요……? 그러니, 우리의 친밀도를 어필하기 위해서도, 서로를 이름으로 부르는 편이 좋지 않을까 싶습니다만……."

뜬금없이 존댓말로 그렇게 제안한 마사치카는 수치심 탓에 머릿속이 혼란스러운 상태였다. 그리고 아리사가 아니라 앞만 똑바로 쳐다보며, 숨을 멈춘 채 대답을 기다렸다. 그렇게 기나긴 몇 초가 흐른 후, 아리사의 작은 목소리가 들려왔다.

"……뭐, 괜찮을 것 같네."

"어, 아, 그래?"

"으, 응."

두 사람은 서로에게 시선을 보내지 않으며, 허둥댔다. 하지만 아리사가 「으흠」 하고 헛기침을 하자, 마사치카도 그녀를 힐끔 쳐다보았다.

"으음, 그럼……."

그리고, 아리사는 마사치카를 곁눈질로 힐끔 쳐다보면서, 머뭇머뭇 입을 열었다.

"마사치……카?"

"으, 응……"

약간 부끄러워하는 듯한 태도와, 이름으로 불러줬다는 사실에, 마사치카는 온몸이 근질거렸다.

"으, 응…… 뭐, 그러면, 될 것 같네."

"그, 그래? 그럼 앞으로는, 이름으로……."

그리고, 두 사람은 동시에 시선을 돌리며 멋쩍은 어조로 말했다. 말로 형용할 수 없는 분위기 속에서, 마사치카는 어느새 눈앞에 있는 현관을 바라보며 괜히 힘찬 목소리로 말했다.

"아, 맞다! 신발 갈아 신어야지!"

"마, 맞아."

냉정하게 생각해 보니 「일부러 말할 일이야?」라는 태클을 받을 것 같지만, 아리사는 딱히 개의치 않으며 고개를 끄덕였다. 그리고, 위아래로 나란히 있는 신발장을 향해 동시에 손을 뻗은 두 사람은 또 허둥댔다.

참 새콤달콤하달까, 멋쩍다고 할까, 확 폭발해버리라고 말할까 싶은 분위기 속에서, 마사치카와 아리사는 무난한 대화를 나누며 하교했다. 그 사이에도 절대 시선을 마주하지 않았고, 아리사 또한 마사치카를 이름으로 부르지 않았다.

그러는 사이, 갈림길에 도착한 두 사람은 누가 먼저랄 것 없이 멈춰 섰다.

"나, 이쪽이니까…… 잘 가."

"그래…… 저기, 또 봐—."

별생각 없이 말을 이으려던 순간, 마사치카는 눈치챘다. 내일부터는, 여름 방학이다. 그 『또 봐』가 성취되는 건, 한참 뒤의 일이다. ……이대로는 말이다.

"가볼게……."

"으, 응……."

서로에게 시선을 주지 않으며, 아리사는 건널목으로 향했다. 그리고, 차도에 발을 들이려던— 바로 그 순간이었다.

"아랴!"

마사치카는 반쯤 반사적으로 그녀를 불렀다. 그리고 아리사가 돌아보려고 하자, 고개를 휙 돌렸다.

"저기…… 여름 방학에도, 선거전에 대비해 여러모로 준비를 해야 하잖아? 유키와 아야노는 항상 함께 다니니까……."

마사치카는 고개를 돌린 채, 우물쭈물 말을 늘어놨다.

"그러니까, 저기…… 우리도 여름 방학에 자주 만나지, 않겠습니까……?"

거기까지 말하자, 마사치카의 수치심은 한계에 도달했다. 돌아온 아리사가 눈앞에 선 게 느껴졌지만, 도저히 그녀를 쳐다볼 수가 없었다. 고함을 지르며 도망치지 않으려고 버티는 게 고작이었다.

"마사치카."

코앞에서, 아리사의 목소리가 들려왔다. 마사치카는 고개를 돌린 채로「응?」하고 답했다. 마사치카도 자기 태도를 한심하게 느끼는 가운데, 아리사는 작게 웃음을 흘리며 말했다.

“Не падай духом(앞을 봐줘)!”

러시아어로 말이다. 마사치카는, 반사적으로 앞을 쳐다보고 말았다. 그러자, 눈앞에 있는 아리사가 순진무구한 미소를 지으며—.

С удоволь ствием!

■ 작가 후기

벌써 세 번째 인사군요. 안녕하십니까. 일본에서 3이라는 숫자로부터 가장 사랑받는 라이트노벨 작가, SUN SUN SUN입니다.

이게 무슨 소리냐는 생각이 드실지도 모르지만, 일단 제 말을 좀 들어주십시오. 기적으로, 제 서적화 데뷔(즉 러시부끄 1권 발매일)가, 카도카와 스니커 문고가 33주년을 맞이하고, 제 소설가가 되자 집필 경력도 3주년을 맞이한 레이와 3년의 3월이었습니다. 게다가 당시의 제 나이는 3의 세제곱이었죠. 이 정도면 3이라는 숫자로부터 사랑받는다고 해도 과언이 아닐 겁니다. 역시 이름에 『さん』이 세 개나 있는 사람답군요.[#3] 아, 참고로 『이 라이트노벨이 대단해! 2022』(다카라지마사 간행)의 랭킹에서는 러시부끄가 문고 부문에서 9위였습니다. 이것도 3 곱하기 3…… 게다가 아랴는 좋아하는 여성 캐릭터 랭킹에서 6위를 차지했

#3 이름에 『さん』이 세 개나 있는 사람답군요. 일본어로 「さん」이 숫자 3의 발음이기도 한 점을 이용한 언어유희.

고, 이건 3의 배수(이하 생략).

이렇게 3에게 사랑받는 제가 쓴 러시부끄의 기념비적인 제3권인 만큼, 열정을 쏟을 수밖에 없었습니다. 담당 편집자님도 마찬가지인지, 엄청난 분에게 추천 코멘트를 부탁드렸더군요.

바로 초 유명 러브 코미디 만화가이신 요시카와 미키 선생님입니다. 깜짝 놀랐습니다. 『건달군과 안경양』과 『야마다와 7명의 마녀』의 작가이자, 현재는 『뻐꾸기 커플』로 대히트 중이신 바로 그 요시카와 미키 선생님이에요. 지금 언급한 세 작품은 저도 전부 읽어봤던지라 살짝 놀라고 말았습니다. 참고로 제가 마음에 든 것은 안경양 아다치 하나 양입니다. 겉보기에는 전혀 그렇게 보이지 않는데, 물리 전투력이 뛰어난 여자애는 참 좋아합니다. ……어라? 딱히 의식한 적은 없습니다만, 제가 쓰는 여러 소설에 등장하는 최강 여계일족인 사라시나 일족은 아다치 하나 양의 영향을 받은 걸까요……? 어라? 그러고 보니 소설가가 되자 쪽에서는, 사라시나 일족의 가르침을 받은 성씨가 아다치인 히로인이 나오는 작품을 집필한 적이 있습니다만……? 으음? 게다가 전투력이 뛰어난 여자애의 이름으로 식물 명칭을 붙이는 저만의 기묘한 룰…… 이것도 어쩌면 아다치 하나 양의 영향? ……무의식이란 건 참 무시무시하군요. 아니, 우연에 기반한 부분도 많을 거라고 생각합니다만, 사람은 창작 과정에서 과거에 본 것의 영향을 받을 수밖에 없다는 증거란 느낌이 듭니다. 뭐, 그런 건 아무래도 상관없지만요.

아무튼, 그런 제가 소설을 쓰지도 않던 시절부터 일선에서 활약해오신 만화가님께 추천 코멘트를 받는 날이 오다니…… 이것이 아메리칸드림이 아닌 소설가가 되자 드림일까요. 진짜로 놀라움을 금할 수가 없습니다. 승낙해주신 요시카와 미키 선생님과 담당 편집자님께는 진심으로 감사드립니다. 정말 고맙습니다!

아니, 뭐, 이런 일도 있었던 바람에, 저 또한「저렇게 대단한 분의 추천 코멘트를 받아놓고 어설픈 글을 쓸 수는 없어!」하며 의욕을 불태워서, 글자 수가 15만 자를 넘고 말았습니다. 1권의 1.5배나 되다니, 제정신이 아니군요. 이것도 그나마 줄인 건데 말이죠. 줄이고 줄여서 15만 자 오버입니다. 그런데도 그렇게 두꺼워 보이지 않는 것이 바로 편집자 매직이겠죠. 이번에는 정말 폐를 끼쳤습니다. 다음 권부터는 조심하겠습니다. 조심만 할 뿐, 또 사고를 칠지도 모르지만 말이죠.

아무튼 편집자 매직의 부작용인지, 이번에는 후기 분량

이 4페이지나 됩니다. 대체 어째서일까요~. 4페이지나 되는 만큼, 소설의 내용도 언급할 수밖에 없겠죠. 1권 후기에서는 법정 속도가 어쩌고 같은 이야기를 했습니다만, 지난 권의 후기에서는 액셀을 너무 밟아서 속도위반을 했습니다. 그래도 딱히 담당 편집자님에게 꾸중을 안 들었으니, 갈 데까지 가보기로 작정했습니다. 그래서 진지하게 쓰면 지는 거라는 포부로 임해봤습니다만, 설마 분량이 두 배로 늘어날 줄은 몰랐네요. 으음, 이 분량을 액셀 전개 폭주 모드로 내달리기에는 소재라는 이름의 기름이 부족…… 할 거라고 생각했는데, 어라? 이미 페이지를 거의 다 채웠네요? 어째서일까요. ……요시카와 미키 선생님 부분에서 이야기가 길어져서일까요. 네, 알고 있습니다.

으음, 그래도 본편의 내용을 좀 언급하자면…… 아, 맞다. 마샤의 담임 선생님. 본편에서는 묘사되지 않았습니다만, 저 푼수 모녀를 상대로 학부모 면담을 한 마샤의 담임 선생님은 아마 지옥을 봤을 겁니다. 음, 본문 내용 언급은 이 정도면 됐겠죠.

자, 그럼 마지막으로 감사 인사를 드릴까 합니다. 이번에도…… 아니, 이번에는 평소보다 더 집필에 도움을 주신 담당 편집자 미야카와 나츠키 님. 바쁘신 와중에도 신들린 일러스트를 다수 그려주신 일러스트레이터 모모코 선생님. 이번에도 히로인인 아랴의 보이스를 맡아주신 우에사카 스미레 님. 마사치카의 보이스를 담당해주신 아마사키 코헤이 님. CM에서 내레이션을 맡아주신 타치키 후미히코 님. 게스트 일러스트를 그려주신 미시마 쿠로네 선생님과 휴가 아즈리 선생님. 저 같은 풋내기 작가에게 추천 코멘트를 선물해주신 요시카와 미키 선생님……. 이렇게 정리해보니 진짜 무시무시한 멤버군요. 올해 데뷔한 작가를 위한 포진이라는 게 믿기지 않습니다. 늘어만 가는 치트급 파티 멤버, 그리고 풋내기 용사는 생각하는 것을 관뒀다…… 같은 느낌입니다.

으음, 어험. 마지막으로, 이 책의 제작에 관여해주신 모든 분과 이 책을 구매해주신 독자 여러분에게, 삼계(三界)에 울려 퍼질 만큼 감사 인사를 올립니다. 정말 고맙습니다! 4권으로 다시 뵐 수 있기를 진심으로 빕니다. 그럼 이만 실례하겠습니다.

『러시부끄』
더욱 인기를 끌 수 있도록
노력하겠습니다
momoco

■ 역자 후기

안녕하십니까. 근로청년 번역가 이승원입니다.

이번에 『가끔씩 툭하고 러시아어로 부끄러워하는 옆자리의 아랴 양』 3권을 구매해주셔서 진심으로 감사드립니다.

7월이 접어들자마자 여름이 본격적으로 시작된 것 같습니다.

작년에는 작업실이 너무 더웠는데, 작년 가을에 에어컨을 설치한 덕분에(주문했더니 가을 다 되어서 설치된ㅠㅜ) 올해는 땀 범벅이 되어가며 일하는 사태는 피하고 있습니다.

대신, 전기세는……. 자동이체 되게 해놓고, 고지서를 안 보고 있습니다. 더워서 일 능률 떨어지는 것보다는 한 글자라도 더 번역해서 전기세를 벌자! 마인드로 전환했습니다, AHAHA.

독자 여러분도 더위 조심하시며, 건강하게 여름 나시기를 진심으로 빕니다!

그럼 『가끔씩 툭하고 러시아어로 부끄러워하는 옆자리의

아랴 양』 3권에 관해 이야기를 좀 해볼까 합니다.

스포일러가 포함되어 있을 수도 있으니 본편을 안 읽으신 분은 유의해주시길!

『가끔씩 툭하고 러시아어로 부끄러워하는 옆자리의 아랴 양』 3권은 본격적으로 아랴 vs 유키의 대결이 시작됐습니다.

……아뇨, 농담입니다. 이 작품의 본질은 그런 게 아니죠. 제목처럼 『가끔씩 툭하고 러시아어로 부끄러워하는 옆자리의 아랴 양』을 보면서 흐뭇해하는 작품이라고 믿어 의심치 않습니다(어이).

하지만 아무리 맛있는 것도 계속 먹으면 질리듯, 아랴 양의 귀여움을 다양한 각도에서 즐기기 위해서는 새로운 이벤트가 필요합니다. 그걸 위한 희생양이 된 이가 바로 유키 & 아야노 페어인 거죠. ……크흑, 역시 여동생 & 소꿉친구는 패배할 수밖에 없는 운명!

……어험, 그래도 건투를 한 그녀들에게 박수를 보내고 싶습니다. 특히 메이드복에 허벅지 무기 수납(^^)까지 하며 분발한 아야노는 개인적으로 매우 좋았습니다.^^

그래도 역시 최면 플레이는 너무 강력했어요-_-;;;

독자 여러분도 이번 권의 캣파이트 & 최면 플레이를 즐기셨길 진심으로 빕니다!

그럼 이만 줄이겠습니다.

L노벨 편집부 여러분, 언제나 재미있는 작품을 맡겨주셔서 감사합니다. 앞으로도 잘 부탁드립니다!

구미에서 나 보러 부산까지 와준 악우여. 술 한잔 못 해서 미안하다. 하필이면 지병이 도져서ㅠㅜ 스케줄에 여유 생기면 구미로 놀러갈게.^^

마지막으로 언제나 제게 버팀목이 되어주시는 어머니와 『가끔씩 툭하고 러시아어로 부끄러워하는 옆자리의 아랴 양』을 읽어주신 모든 분께 진심으로 감사드립니다.

유카타와 수영복과 잠옷으로 가득 찬 『가끔씩 툭하고 러시아어로 부끄러워하는 옆자리의 아랴 양』 4권 역자 후기 코너에서 다시 뵙겠습니다!

2022년 7월 초

역자 이승원 올림

가끔씩 툭하고 러시아어로 부끄러워하는 옆자리의 아랴 양 3

1판 1쇄 발행 2022년 11월 10일
1판 5쇄 발행 2024년 7월 29일

지은이_ Sunsunsun
일러스트_ Momoco
옮긴이_ 이승원

발행인_ 최원영
본부장_ 장혜경
편집장_ 김승신
편집진행_ 권세라 · 최혁수 · 김경민 · 최정민
커버디자인_ 양우연
국제업무_ 박진해 · 조은지 · 남궁명일
관리 · 영업_ 김민원 · 조은걸

펴낸곳_ (주)디앤씨미디어
등록_ 2002년 4월 25일 제20-260호
주소_ 서울시 구로구 디지털로 32길 30, 코오롱디지털타워빌란트 1301-1308호
전화_ 02-333-2513(대표)
팩시밀리_ 02-333-2514
이메일_ lnovellove@naver.com
L노벨 공식 카페_ http://cafe.naver.com/lnovel11

ISBN 979-11-278-6598-6 04830
ISBN 979-11-278-6439-2 (세트)

값 7,800원